知叶

靳大光／著

中国文联出版社
http://www.clapnet.cn

图书在版编目（CIP）数据

知叶 / 靳大光著．--北京：中国文联出版社，

2015. 10

ISBN 978 - 7 - 5190 - 0680 - 8

Ⅰ.①知… Ⅱ.①靳… Ⅲ.①杂文集—中国—当代

Ⅳ.①I267.1

中国版本图书馆 CIP 数据核字（2015）第 254757 号

知叶

作　　者：靳大光

出 版 人：朱　庆

终 审 人：张　山　　　　　　复 审 人：蒋爱民

责任编辑：胡　笋　　　　　　责任校对：傅泉泽

封面设计：中联华文　　　　　责任印制：陈　晨

出版发行：中国文联出版社

地　　址：北京市朝阳区农展馆南里 10 号，100125

电　　话：010 - 65389152（咨询）65067803（发行）65389150（邮购）

传　　真：010 - 65933115（总编室），010 - 65033859（发行部）

网　　址：http://www. clapnet. cn

E - mail：clap@clapnet. cn　　hus@clapnet. cn

印　　刷：北京天正元印务有限公司

装　　订：北京天正元印务有限公司

法律顾问：北京市天驰洪范律师事务所徐波律师

本书如有破损、缺页、装订错误，请与本社联系调换

开　　本：710×1000　　　　　1/16

字　　数：240 千字　　　　　　印　张：20

版　　次：2016 年 1 月第 1 版　　印　次：2016 年 1 月第 1 次印刷

书　　号：ISBN 978 - 7 - 5190 - 0680 - 8

定　　价：58.00 元

月亮走我也走

（代序）

　　少时家里生活紧巴，衣食便也穷气：西红柿、茄子等蔬菜一定要等到收市前五分钱或一毛钱一堆时妈才让去买；过年做件新衣裳裤腿和袖子那是要长出一拃的，以备来年或弟妹们接手穿；穿的鞋自然也是妈下班后熬夜做的。稍大些便懂得了难堪，有球鞋穿的般般大的孩子都说我穿的是娘们鞋，就盼着有一双球鞋，最好是白色的。大约小学三年级时爸果真给我买了一双白球鞋，就美得鼻涕冒泡。那时，爱踢球的孩子都要在新球鞋前脸处包一块皮子，那鞋就耐踢了。我也想这么做，但花不起那个钱，得四毛钱之多呢。就到新鱼市口的把角处看那补鞋匠是如何作弄的，一来二去就摸出了不少门道，补鞋的技术大进，家里补鞋的活儿都包了，连邻居也来求我补，就听到有生以来第一次表扬的话语。便美滋滋地想，这手艺大可养家糊口且挺舒坦的，夏天找个凉快的地方一磴就齐活了，冬天寻个朝阳避风的角落一猫，旁边一小煤球炉，炉上炖着水，壶边烤着吃食，一边哼着曲儿一边补着鞋蛮滋润的。那活儿都是别人送上门，多得做不完。我就又冲动地添买了钉鞋的鞋拐子、补鞋的各色皮子等，这种事妈是大力支持的。

　　不久，妈花三块多买了把推子。我们几兄弟的头先是妈给推，后来我和二哥学着推，慢慢的锅盖头就变得顺溜受看了，门口的穷小子们也来找我推，行，反正也是练手，久之便也有小半个专业水平了，什么头都能推，首先是什么头都敢推，赞誉之声日隆，当然是廉价的。便也觉着这手艺比那补鞋的要强多了。别的甭说，你只看补鞋匠那粗黑干裂的手指就可想见有多辛苦了。剃头师傅的手那就细乎多了，还有捏拿的功夫在，少说也算跟医道沾着边呢。就爱在理发店前久站，更常在走街串户的剃头匠做活时琢磨门道，希望将来能以此为生。

文化大革命过了一年多，社会不大折腾了，但工人不好好上班，学生也不上课，人们忽地一下子都干起了木工活儿。我率先把家的土炕拆了，用炕沿子那块长料做了木床，虽说翻身就吱吱响，但毕竟是市里大多人家用的木床。渐渐地就打了大衣柜等十多件家具，活儿在这摆着，那求的人就多了起来。这回可不是唾沫粘家雀儿甜给两句话就成的事了，咱正经八百也挣了几顿炸酱面呢。后来知道齐白石是木匠出身，宋朝和明朝都有个皇上爱做木活儿胜过爱美人爱江山的，就觉着这活儿更伟大些，不仅人才辈出，还在于它确是比补鞋和理发要高级多了：你得会画图纸吧，你得把卯榫结构搞明白吧，你得把干活的流程整清楚吧，为此你会一夜一夜地琢磨，您说这活计能不为之奋斗吗。插队后也没死心要当个木匠，就常往大队木工窑洞跑，看师傅做犁架子镰刀把什么的，觉得那活儿挺粗糙的。当然你得谦虚，木匠在农村也是个令人羡慕且不着风雨的美差，工分也是最高的。

没想到就当了知青的先进，在讲用团里认识了当时县里最走红的中医。好，这下子眼界开得比上二郎神了，不为良相便为良医的古训更让人觉着这行当高挑而贵气。便跟着学，他也喜欢教，背汤头歌辨药材记经络认穴位还进了县医院短期培训班。不久当兵了，军训和种稻子之余手里还拿着本人体解剖书。

退伍后在县委通讯组干活，做梦也没承望会吃舞文弄墨的饭。我是67届初中毕业生，实际上也只上了一年多一点的初中，底子太薄了，就拼命地学。那时最好找的是鲁迅的书了，我通读了至少两遍他的全集，这不单单是他骨头最硬，也因他太像我的岳爷了，有一种天然的亲切感，而那时觉得他的文字怪怪的不大好懂。再有浩然的书也是当时最流行的，仅他的那本三十多万字的《春歌集》我可背下小半部来。后来浩然遭骂那是必然的，但他也是我为文的一位师傅。"文革"结束后那为文的师傅就更多了，我的作家梦便也火借风势地燃起来。

我也觉得自己像个无根的浮萍，哪边风大顺哪靠，哪边流急往哪走。但无论如何是当不了官的，县、市、省级机关混了三十多年也没搞出个子丑寅卯来就量出不过一鞋匠一木匠的尺码了，不是不想当官，实在是没那个才情。我想说的是人的眼界、理想离不开环境的启悟，成龙成虫那得看天分了。清朝学者赵翼诗云："少时学语苦难圆，只道功夫半未全。到老方知非力取，三分人事七分天。"我为文的天分绝对达不到一分，但努力岂止是三分呢，差点没把我努死了。书中收录的几类文章大都是在省内外报刊发表的，文体驳杂，大有补鞋篇理发篇木匠篇赤脚篇云云，实在是念头太多之故了。但也年轻地想，人高于其他动物的地方首先在有念想，有了念想就有了奔头，一如插队时见到房东姐姐过年贴的窗花，又如各自张扬的树叶，在哼唱着平凡独特的歌谣时却也斑斓着世界。

人之为人根本的在于知性，笛卡尔则说，我思，故我在。但你思前总得有情感的积累，就像那磨盘子有了各色粮食的参与，转动的歌便有了韵致，于是我们感谢生活的赐予。从记事起一个饿字就占了大半，稍后是"文革"中的恐惧和侮辱，插队时心情是舒畅的，不过是饿些累些罢了，当兵真好，能吃饱饭还把《毛泽东选集》背了小半本，也算是补了文化课。退伍后在机关混了几十年，是精神最苦闷的时期，诚然，我也感到了时代蓬勃的气息且呼吸其中。我们是苦难的一代，因此我们才是富有的一代，是生活给了我各种滋味的品尝，是文学给了我精神的喘息，只是我的笔太笨拙了。

月亮走我也走，那感觉暖暖的像牵着恋人的手。

2015 年 5 月 10 日

目 录
CONTENTS

辑一 01

| 美丽的弧线 |

留得老歌听心声

　　早过了放歌的季节，柴米油盐的重负锈了色彩，锁了无邪。也有心澜泛绿的时候，那多是偶尔听一些熟悉而雅致的歌曲，这是额外的奢侈了，在爱得恨得死去活来的嘈杂中，飘升几许真诚清亮的曲目，实在是难得的享受，就静静地听，也跟着哼哼。赶上心事芜杂而又不得排遣时，一曲旧词旧调足让你卸了积郁放了火气，你甚至能真切地感到胸中块垒溶解的豁然状，一种通畅舒朗的情绪久久包裹着你，心空空的，暖暖的，纯真、博爱、宽容等美妙的情愫在身心流溢，中学生似的。你竟舒展地哭了，放任泪水宣泄，乃至家人莫名地惊慌起来。你自然能嗅出无奈的怀旧情结在发酵，但你恬然乐然。精神的喘息和修复是短暂的，那短暂昭示着太久的饥渴，还有害怕漂泊又企盼漂泊的矛盾。

　　你落伍了吗？

　　突然有一天，当红太阳颂的旋律熟悉而娇柔地腻在大排档时，那久违的朴质和笨拙又一次让你大大地动心了。你知道生活之水已少了先前的清澈和柔媚，雨后蘑菇似的摊铺骚动着人群，街道显得瘦弱而泥泞，歌声又是如此的滑腻而花哨如此的商业化，不时在逼仄的隧道中做着泥鳅般穿行，令人想到河边柔顺的垂柳，软嫩的枝条在斜风细雨中嬉戏着养育它的河水。河水是混浊的，但它毕竟于苍老中泛些活泼，况且甜腻的歌声中也不失几分阳刚，这大可为之动容了。就不由自主地扣律而和之，情绪也健旺起来。

音乐是奇妙的，燧石般韧性地撞击着你的身心，往事被点燃，洞照几多苦涩，心野深处的那堆柴薪又冒烟了。

你是唱着红太阳颂入世的，一位邻居因唱错了一句歌词而畏罪自杀，那血被你认为是肮脏的。一位老师错写了歌词的两个字而遭批斗，与其决裂的子女在你心中划一道雄奇的光环。一辆满载知青的火车开动了，红太阳颂的歌声淹没了呼儿唤女的喧嚣，你看到父亲蹴在车站一角抹泪，只一瞬间，你就加入潮湿而亢奋的合唱。汾水作证，你把歌声真诚地撒落在这片山水的怀中，你曾让幽暗的窑洞添加几许鲜亮，让马厩飘几缕刚健的清新。这被称作流动情感的长河中，有你，也有你们父辈清晰且佝偻的身影啊。

你的真诚终究是被玩弄被亵渎了，你坍塌因而也生出愤怒与厌恶，然而你更多地陷入沉默中，不想唱也不再唱了，随后激越而黏糊的生活之水把你裹卷得不知唱歌了。

前不久的一次朋友小聚，又一次让你尝到揭疤的痛楚和尴尬，朋友们随意翻出一本画册，一年轻战士胸前密匝匝别满领袖的像章，脸透真诚无限。朋友们嬉笑嘲讽着扔下一堆"幼稚愚昧"。你黯然离去，借着暗淡的月光，抄小路回家了。

你知道无论如何也排解不掉仿佛把像章别在肉里的真实。于是你惊异于人们的忘却，也许忘却的真意在于无视自己的心灵。于是你更惊讶人们精神的长寿，也许长寿的秘方在于蹂躏他人也蹂躏自己的情感中获得滋养。那时你抬头窥望月光，阴柔在高远的深灰里诡笑着，分明挥手扔出那团酥软而永恒的太极，好个博大的勾勒，直叫生命做着怎样不尽的呻吟。

红太阳颂仍轰鸣在人群的上空，你呆立街头一任星们的侵略，传达的隔膜却渐生渐厚。像杯鲜奶兑进过多的白开水热而寡淡，更像顽童闯进花园攀枝折花，随意地组合随意地丢弃随意地践踏，娇柔的花腔把那份纯真热诚的音响彻底砸碎了，一如碾过花蕾的战车。

你生出哀哀的绝望来。作为特殊一群人的情感，注定要受着双重的历史磨难吗？一代人用怎样的热血谱写的青春之歌如今竟是拿来换钱了，并且是在你情不自禁地踊跃购买情不自禁地扣律而和之的时候漠视了它逗你玩的铜臭。也许每代人的情感岩片都注定要遭到后人的剥蚀，也许飘逝的花蕾根本不值得去寻访去回味，也许历史就是这样在悄无声息中篡改抑或踏雪无痕地前行了。

但无论如何你是带着敬畏的心听新人们唱你们曾经热恋的歌，你只是希望自己真的落伍了，更希望年少的一代有自己真诚而自由的歌。

1996 年 6 月 30 日

——载《人民代表报》1997 年 2 月 15 日

闷子还得逗下去

——理解断想

一

　　理解并且万岁是因了轰鸣的炮声响彻大江南北的，目下两国交好边贸频仍，此语便也烟消云散了，由是常常想到机运的大神秘。

　　许慎的《说文解字》云：理，治玉也，从玉里声。解，判也，从刀判牛角。看来要理解人非得先把人大卸八块不可了。

二

　　分子、原子、质子、夸克——我们对微观世界的认识一再骄傲着人类理解的坚韧。我们还不时跑到月球上、太空中去理解，我们豪气贯宇宙。然而，人又是最不配占有理解权力的动物了，从"血流漂杵"到《自杀指南》，倒是颇能概括人类自身理解的艰难史。庄子在《列御寇》中曾引孔夫子之叹：人心比山川还要险恶，比预测天象还要困难，自然界尚有春夏秋冬和早晚变化的一定周期，可是人却面容复杂多变情感深深潜藏，无法让人琢磨。

三

一个冰天雪地的隆冬，一群伤痕累累的男女，颤抖地向光明伸出索求的枯手。或混浊或明亮的眼睛贪婪地盯着碧空，似盯着敦煌壁画永不降落的花朵。因为饥饿因为企盼因为曾经粗壮而又一天天脆弱下去的心灵，我们发现了理解。

四

一颗小小的石子钻入平静的湖水，阵阵涟漪泛起，这是对理解层次的绝妙象征吗？接连不断的石子跳入湖面，涟漪交织作不规则的网，这是对复杂的交叉、简单的包容的昭示吗？我好似理解到大象无形的精微与恢宏。

五

民间传说罗贯中评价关羽时，提笔凝思颇费踌躇，那时夜阑人静，窗外关侯身影闪动，青龙偃月刀哗啷啷鸣响，罗氏思维大开，下笔立判：亘古一人。前无古人后无来者的关爷独怆然而欣然地退去。往不朽、高迈、挺拔等等一切美妙处理解是需要理解人所认可的理解吧。

六

苏轼们多向往"侣鱼虾而友麋鹿"的生活，那大约是因野兽除饿急外不大伤人而发的感慨。我常苦恼地发现，乐于理解他人的人多与阴谋家琉璃球软骨症等相连。当然也不乏真诚的绿意，那又因过多的富有像慷慨的慈善家。

七

好话一句暖三春是困顿者的感受，兴旺得流油的人是不屑于此的。马斯洛的需求层次说永远放着真理的光芒。而落井下石肥肉添膘不能不说是我们这个民族文化中特有的层次和把戏。

八

秦桧夫妇在杭州西湖畔跪了近千年，我们几曾站着理解这青山白铁之间的历史雾霭，几多跪着审判历史的血腥与悲苦？与其说司马迁赞颂了失败的项羽，不如说太史公展示自己的人格供后人理解。

九

方以类聚物以群分，达尔文的哲思与《周易》暗合。猪往前拱，鸡往后刨，这大约是理解的桥梁却又难免是阻隔的关山。大人物的理解是居高临下的，小人物的理解是仰视的，不要指望生机勃兴的姑娘小伙能理解疲软的中老年人，不要以为妓女小偷自认可耻，他们常在人前显能，我也常常以为某些大家的深邃里有着猜测的成分。

设想平等人格的对视抑或有资格掌握打开理解的钥匙。

十

猜想隐者是不需要理解的，但广为人知的隐者还叫隐者吗？猜想孤独者是不需要理解的，但自诩孤独本身不正是需要理解的呻吟吗？恬淡如孔明者常自比管乐，飘逸如孟浩然者喟叹"欲济无舟楫，端居耻圣明。"也许理解了自己便容易理解他人，可我们常繁忙的懒散的不愿透彻理解自身，这其实又未必不是件幸事。

十一

理解充其量不过是邂逅的一对小情人，在无人的旷野中织着缠绵动人又四通八达的退路，一如沐浴在黄昏枝头的两只小鸟，叽喳几声便各自飞回窝去了。但愿此种理解是对理解的亵渎。

十二

我常常放飞理解的鸽子，它叼回的常是带刺的酸枣，这感觉让我惊恐自己是否太多地辜负了他人的春意，进而逼我作如是观：理解是游渡大海时的救生圈，给你我便没有了，理解别人是否意味着消灭自己？

十三

吃腻了大鱼大肉想喝稀粥，蹲久了机关看见挑大粪的下苦人也觉得他们活得香喷喷。谁知明天又有哪个词汇交了好运道，有则是肯定的，人们很快忘却也是可以肯定的。人有什么玩不腻的时候呢？

十四

一个人不需要他人理解而又不感到孤独时，我以为便懂得了理解，因为他与天地同在，他摘得了天地之心。"相看两不厌，只有敬亭山。"此所谓也。

十五

"子非鱼，安知鱼之乐？"
"子非我，安知我不知鱼之乐？"
两位先哲在濠水桥上的思辨，让我努力品出几千年前那股活水的苦涩与隔膜，它竟涣漫开来，溢流四野，一时消失的了无踪迹了。

十六

理解及其意蕴虽浮沉不定却是不死的，那或许是人们须臾不可或缺又始终把握不住的缘由吧。
于是闷子还得逗下去，以祭我们日趋细致而优雅的生活。

1996 年 10 月
——载《山西人大》1997 第 3 期

美丽的弧线

——正气断想

一

一群斑羚面临着种群灭绝的灾难，后有天敌追杀，前是凭一己之力无法跳跃的山涧。头羊"咩—咩"发出一声吼叫，骚乱的斑羚群安静了下来，并迅速分成老年和年轻的两拨。年轻的头羊在两拨斑羚间看了几个来回，悲怆地轻咩了一声，走到老年斑羚里去了。又有十来个中年公斑也跟着头羊归于老年斑羚的队伍，这样，两拨斑羚的数量大致均衡了。一只老斑羚朝那拨年轻斑羚示意性地咩了一声，一只半大的斑羚应声而出，一老一少走到崖边又后退数步，突然，半大的斑羚朝前飞奔，在悬崖边缘纵身一跃朝山涧对面跳去；差不多同时，老斑羚也从悬崖上蹿出。当半大斑羚从最高点往下降落的瞬间，老斑羚恰好出现在它的蹄下，一如两艘宇宙飞船在空中完成对接，半大斑羚在老斑羚结实的背上猛蹬一下，仿佛享受一块跳板，下坠的身体奇迹般再度升高，瞬间，轻巧地落在对面山峰上，兴奋地咩叫一声隐去了。而那只老斑羚像只断翅的鸟笔直坠落下去。一对对斑羚凌空跃起，在山涧上空画出一道道弧线。每只年轻斑羚的成功飞渡，都意味着一只老斑羚摔得粉身碎骨。没有拥挤，没有争夺，秩序井然，快速飞渡。

这是载于 1996 年第 3 期《读者文摘》的一则足令人类汗颜的真实

故事。斑羚无言，从容就死，为种群的存续架一条淌血的桥梁。

这是个象征，一个美丽而痛苦的象征。

二

气分正邪已落形而下了，神人不就圣人少及。佛云：不生不灭，不垢不净，不增不减。道曰：顺德之人无善恶之别。这是不着相的大境界。《素问·刺法论》上讲"正气存内，邪不可干。"此论病因，移于人心却是妙喻。也嫌陈义太高，只好敬而远之了。凡夫俗子多是食不厌精的，且登徒子好色，有诸多待满足的欲望。欲而不得隐痛于腹，正邪难辨东风西风的一塌糊涂了。

然而要生存总得透出清正的气来。正气大约就是升华心魄进而维持人际生态平衡的幽灵，那当是植根于生命深处的机制，并且最终经过文化理性的滋润而日见磅礴的。

三

"天地有正气，杂然赋流形，下则为河岳，上则为日星，于人曰浩然，沛乎塞苍冥。"文天祥的正气歌伟哉大也，让人窘得益发鄙俗而猥琐，掂掂骨头的分量，又少了论及正气的憨勇，更遑论实践了。

鲁迅无疑是深刻的，一剂《药》令富于忧患的人们警醒：为民族为民众的情怀往往是头对屁股的抗争。汨罗饮恨，风波长叹，零汀孤鸣，督师鱼磷，被奸碎喉……面对蛮荒、冷漠、愚昧、鄙俗、委琐的人际沙海，夏瑜们孤寂地蓄养着浩然之气，傲骨为犁铧，在板结的土壤中寂寞地耕耘着绿色。也许他们不曾想到收获馥郁，只是一种性情的自然流淌，像母亲愤怒的爱抚。他们用生命血浆泼洒的人间正气为民族存留一脉火种，为种群的强壮注一份阳刚，为混浊的文化镀一层亮色。没了这些人格的殉道者，中国的历史真不堪一瞥！

他们终是收获了，一代代收获着龙种还有跳蚤。

我是什么东西？夜阑人静时能对心灵做些冷酷逼视的也算是活出点人味了。

四

一个无法回避的定数。

在黄河清澈的源头，我的先人冥思苦想之后，把一个睿智的叹息交给了奔逸的河水，还有像河水一样绵延的子孙：有限的生命与无限的时空，包孕了整个人类的痛苦。于是先人充满博大的人道情怀顺流而下，浇灌出两岸的灿烂连同苦涩。

只是河水日益混浊而肆虐了，先人提升生命的初始选择终于把我引入沙滩，我看到死寂的沙漠和埋首其中的父亲，痛苦在父亲淡泊欲求的混沌中消融了，世界在虚拟的心境里静极了。终于强盗来了，带着文明，终于老师来了，带着血腥，终于我在双料的蛮野中饱尝了耻辱与惊恐。

起先人于地下吗？先人浩大精深的终极思索，先人超度众生的深情宏愿，早在我的身后培筑起葱郁的泰山。奴颜婢膝任人宰割寄盼青天等等一切沉积的泥淖正昭示着我辈今天的承担。也许我命中注定要重新破译这痛苦的密码，也许先人在黄河源头的沉吟将成为世界人文的主旋。但我既然走到大海的潮头，就让我张开双臂勇敢地迎接这辉煌的痛苦，去拥抱这灵与肉心与身的无隙的结合。人，他该是多么完美的精灵。

我似乎领悟了正气，那是来自玄牝之门沉郁的呐喊，那是来自冰河期被迫走出森林的远祖们惊恐的哀号，那是来自圆明园上空永远燃烧的狞笑，那也是来自蝉儿蜕变时畏惧的撕裂，那最终是来自生命无限进取的欲求。

鲜血淋淋地跑在向上的逆境里，我将痛哭复将大笑。

五

不再迷信道德重整，崇尚了几千年的清风正气，总是被吸附其中的毒质所污秽，热衷一演再演，清风难已为继，一次次复归冷寂。几十年、几百年一次换得正气喘息的历史地震应当停演，正气只能在合理健全的制度上生根和弘扬。以时代精神主旋为内核的正气不因特别的倡导而增加多少，也不因特别的逼迫而减少几分，公正欲望舒展的歌将唱出生命深处的那份自然和丰满。

六

人类因理性的光芒而远离蛮荒，理性的人类也因原欲的冲动不时披着文明走近畜生。当英雄向我们走来的时候，当人渣向我们走来的时候，那浩然正气就永远富于弹性地充沛人间。

1996 年 4 月 10 日

——载《人民代表报》1997 年 8 月 13 日

春雨惊春清谷天

——为自己断想

一

在苹果园干过的朋友想必见过此种情形：被扭伤且伤不致死的枝条，它春花往往开得最繁秋实也丰。如果你留心被锄过草的地方，偶尔会有几棵劫后余生的小草头顶着比以往繁密得多的草籽，在瑟瑟秋风中炫耀着生命的韧性和张力。很多年前的一个秋季，在汾河滩将成熟的稻田水渠边，一对生命将尽的蜻蜓在施放着最后的冲动，交尾时那美丽薄翼的扇动分明奏着理想的歌。那时我曾幼稚地想，还有比种的繁衍和强壮更为重大而切实的人生目的吗？植物的动物的牺牲、再生和变异，不过是为了种的绵延，没了"为自己"，哪有这色彩斑斓的大千世界。人为的不让它"为自己"，它将变着法地为自己。在这个大生物圈内，人怎可例外。

二

我们是忌讳"人不为己天诛地灭"的，硬安给资产阶级他怕是没有资格享用的，让剥削阶级独占也不尽然。在生存和发展的意义上，人不为己就是要天诛地灭的，就连我们用最美好语言讴歌的母爱，那所谓的博大与纯真不过是为完成种的延续的狭小的利他性。也正是因了她的狭隘才成就了母性的伟大。不孝有三，无后为大，大在种的繁衍。"老吾老及人之老，幼吾幼及人之幼"的动人，我想那仍是先以自己的为内核，是由此及彼的利他而已，大凡有人味的在可能的情形下都能来的。如果放着自己的老幼不赡养，任其困苦，却满世界地慈悲鳏寡孤独，我看多半划不到凡人的圈里来，是圣人还是王八蛋，天知道他自己更知道。圣人当属绝少，满大街跑圣人我是不敢逛荡的，宁肯钻马棚瞧马驴咬槽来得亲切。人首先为自己便倍感自然，而后能谈得上为他人则美然奂然。正当的为自己便也是为他人，像那被伤害的树枝和小草，在顽强维系种的繁衍的同时，不也给这世界以甜腴和绿意吗，更遑论它对生命深刻的昭示了。然而，我们常常高尚的艺术的忘了自己是什么东西，无视人性中的丑陋，长时间地沉迷在"人之初，性本善"的自欺欺人的幻梦中，颓废了人生，萎缩了人种，成全了无赖和流氓。

三

没人否认为民族更生而献身的人们及其精神，那是园林中最艳丽的花朵，是点燃夜的心头的流火。然而，他们值得仰视的价值在于令我们低头思索，思索如何不再像他们那样去献身，如何更合理的为自己。因此与其说我们歌唱改革开放的巨大成就，不如说我们欢呼人的自身价值的高扬，因为我们比以往任何时候更注重了人是为自己的这个最简单最朴实的真理。不是吗，曾几何时，几亿出工不出力因而时常为口粮发愁的农民，竟是以争吃窝头以为尝鲜了。

四

我们低头思索了。感性生命是鲜活的，因而也是赤裸的。我们曾超越历史拒绝"丑恶"与"腐朽"，但我们最终在建立道德纯净的幻想中限制乃至窒息了人的生存活力，从而也远离了真理与真诚。潘多拉的盒子从来就没有被镇锁过的那一天，不过是扭曲、伪善、自虐等情绪来弥补和践踏我们这个民族古老而伟大的心灵。历史的机制总是恰到好处地在她生命的深处作了最率性而全面的观照。每代人都站在历史与未来的交叉点上，也许只有当代人在面对这个命题时才倍感选择的痛苦和紧迫。今天，当欲望的火焰再次燃起人性的太阳，勃勃的新绿便涨满了季节的台阶。尽管有负累、困惑、焦虑、甚至迷失和堕落，但更有希望连同它唤起的以法制意识为核心的新的理性，这一切才构成了我们这个时代多彩瑰丽的音响。

1985 年 1 月

——载《决策参考》1992 年第二期

哟

　　我在地摊上买了几块肥皂，那老妇人接钱后在太阳下耀了又耀反正地端详过，而后神秘地看着我，咧开缺牙的嘴笑了："大兄弟，换一张吧。""钱咋啦?"我莫名不悦。她说这十块钱被水洗过了，要是洗得不厉害自是没的说，眼下这份德行怕是花不出去了，小本买卖，没别的意思。老人一脸的和气生财，我猛然想起这钱的事来。

　　妈玩不转洗衣机，就说那家伙洗衣服糊弄人哩，还是手搓得干净。妈的搓板用了几十年了，中间还请匠人清过一次槽。妈说别小看这玩艺儿，秦始皇时就有了，妈没上过学，想来是听姥姥讲的。我的裤腰处有个可装手表等小物件的袋子，不知啥时塞了十块钱，这时髦的机关妈是不知晓的，妈就叹息这钱怕是不好花掉了。十块钱只是洗得灰白些像个久病脆弱的女人，我不以为然地装进衣兜，没想到果应了妈的话。

　　我匆匆换过钱走了。这些小摊上的人尤其是老年人最是吝啬严谨的，找钱时总是把破烂的给你，那是较真不得的。继而却也反问，我何以不加思索地把洗过的钱先花掉呢? 远离危险保护自己利益不损当是人的本能了。如此一深刻，立散了不快倒生出些羞耻的心来。但我远没料到为了这十块钱，险些跟人动起手来。

　　一粗豪汉子挺胸叠肚，胸际毛乎乎的瘆人，大手摇着蒲扇站在西瓜堆中大声叫卖。我要了两个，汉子接钱手一抖又扔给我说，这钱不能花，你这不是坑人吗！汉子话太难听又上纲上线的，我心火突起，又不是假币不过被水洗过，这十块钱竟成了重磅炸弹了。那时怒气冲天，非要把这钱花掉不可，论战中几近上演武行。

但往后这钱却再也不敢拿出手了，想到此心就打鼓仿佛做了贼一般，我猜想罪犯作案时的心情也大致不过如此吧。别受这份罪了，咱不要总行了吧，这样想着心就轻松得解放区的天了。如今的电影大都十块钱一场，且不清场不对座，一个片子看到夜阑人静。我这十块钱看了一大折人生戏且始终在握，仿佛持一张特别证件似的。

然而我终是晴朗不开，特别是想到文化大革命中家里的一件小事时，心阴得立马拧出水来。那时抄家之风正盛，全家人因爷爷是资本家终日惶惶，亲戚朋友避瘟疫似的都不敢走动。在技校学徒的二哥住校不回家了，一日深夜二哥悄然溜进家说：家里挂的那把长剑弄不好就是反党的证据，立即毁了吧。爸妈吓得惊叹：看看看，多危险！二哥还连夜把院墙上的铁丝网拆了。在后来的抄家中，这些小动作多少让家里免了些罪证。这十块钱竟让我想起很久以前的心悸事，一时也琢磨不透二者更为渊源的关系，但我确信它们之间人性的文化的隧道是相通的，继而也似乎明达了我们这个民族的某些性情，乃至基于此种性情之上的历史悲喜剧的底蕴了。这十块钱哟，恰如一面镜子令我昭然了许多事理催我自新，倒是舍不得丢掉了。

上初中的儿子好集邮，说能保值甚或发点小财，常埋怨我们没保存几枚"文革"时的邮票，儿子也收集古钱币。我让他郑重保存这十块钱，并讲了许多故事。儿子不屑地说：这有啥，自古已然嘛。我吃惊地望着已有毛茸茸髭须的儿子，从此对他不敢小视以至生出大恐惧来。

1993 年 2 月

——载《山西人大》1997 年第 2 期

揶揄的胡须

"能不能把你的小胡子刮干净了机关干部哪有你这形象的。"妻没当县委书记之前就多次剃我更遑论正仕途通达正暖风频吹正把我烤得如孙猴子掉进火焰山般那当口呢。

"这年头太监还少吗您了让我雄壮一把再死总可以吧官痞没有不压抑人的你是客客气气地完成一如关心我的胡子。"要当大丈夫的我总是这么愤青尽管我早步入中年太阳已偏西。

妻就愕然而视像不认识我进而老道和谐中庸地建议道咱草色遥看近却无如何?

我哪来的诗情画意再说日本鬼子早已滚回小岛繁衍再说我压根不喜京剧尤其不喜霸王别姬,无奈之下我给老婆来了个有些生疏的军礼招来些令人作呕的记忆,在下属面前要有狼性在上级面前尽显狗性这是当兵经历给我上的第一堂官场课。

在以后的三十多年中我在县里地区里省直机关里都操练过,工作变了多次但有一样东西不变的那就是上唇始终留着短短的胡须这就是在今天的党政机关中也不多见。我没有心情标新立异我只想告诫自己且告诉那些新贵们,我,一个"文革"中家被抄亲人被斗的狗崽子一个曾对革命前辈敬仰有加最后明了那有的不过是个荒花的被愚弄者在某一天突然大悟,在这个世上只有老实巴交的爹娘才是最值得敬仰的人走爹娘平实敦厚的路凭劳动吃饭一辈了不当哈巴狗不当太监我对着蔚蓝握紧拳头。

我当然清楚不留胡须的不都是太监但太监一定是留不了胡子更遑论精神上的太监了。

我的胡须遭到妻的挑剔于她而言不无道理不无揶揄。她说爱听我的揶揄仅仅是爱听而已，生活使她对事平和且游刃有余且希望我的胡子也协调到她的规范里，而她似乎也只好如此为了头上的光环为了来之不易一袭官服，二十多个苦夏她只是回家才穿穿裙子在外则不敢那也怨不的谁，但正像跳舞大人物蓬嚓是洒脱老百姓蓬嚓是活泼她这样的七品官上了舞场肯定会生出一串故事且殃及池鱼。

其实妻曾说过她小时候看京戏最喜须生了，那胡须或短或长或白或花抛抛撒撒抖抖颤颤在她幼小的世界里都化作五彩的云飞动的雨了。那年爷爷带她看《群英会》戏到热闹时却见爷爷双目微闭以手拈须和着板眼摇头晃脑，她便觉这戏词儿一定是世上最好的这胡须一定是最值宝贵的玩艺了。戏散时她拽着爷爷的衣襟大声道我也要留好长的胡子呢。爷爷脖子一扭说这丫头片子真真魔怔了。她终是明白那胡须是长不出的但那飘逸的云和雨却未因了她的遗憾而淡漠了她的梦，只是不知从何时起她竟对我的胡须挑剔了起来。

夏夜凉爽的风又一次驱散了两地生活滋蔓的忧闷心便是解放区的天连楼下的鸽子也较往日咕咕的缠绵了。啥时那弯新月钻进窗口憩在穿衣镜的一角紧抿着嘴像是窥笑我们，只要有潮汐的期盼还管月儿的嬉笑她兴致地翻出精心选购的西装。

咱明天模特儿行不行要饭都等不到天亮况且还有重大的事情没做但我还是不情愿地穿上了。

望着镜中益发年轻健硕且横溢的才华如上唇茂密胡须的我她脱口道我都有鱼尾纹了。

"您就是满脸开菊花进了天津狗不理包子铺我也爱你没得说。"

她会心而又隔膜地笑了。

灶王爷上天那日我从太原回临汾过年黑亮的皮夹克衬着浓密的胡须让人想到大西北的强悍和不羁甚至还有点不修边幅的派儿连我都觉得挺招惹人的，可她却说给鸟搭窝呀太飞扬了也不好一个硬币薄厚就挺不错的。

我笑了，大凡妻子都要往美处装潢丈夫的或儒雅或舒展或她自以为风流倜傥的什么派头，大凡妻们在宣泄了绵绵的情愫后每每会涌上淡淡的惆怅我老吗？更有甚者，大姑娘小媳妇要多盯他几眼那想象的枝桠即刻繁茂起来落满啁啾而斑斓的鸟轰也轰不散的，她贤惠未能免俗自忖却又不尽然。

她尊重任何人诚然她也想得到他人的尊重但生活淘汰了她的稚想，她学会了威严也学会了沉默扪心自问她还不至于压抑下属只是能感到他们诚恳中时常浮泛痛苦的笑，那也是曾让她心悸和惭愧的笑但她不觉讨厌了。她不止一次地承认她的幸运因为她有一个聒噪而揶揄的我不是什么人都可以有的，她说她努力享受这幸运揣摩它所包含的全部意蕴。那时我就堆起高大堆起雄壮堆起深刻不觉摸摸胡须。然而幸福时光总是短暂的当她在理智中抬头时便常常痛苦地看到我的肤浅。

"人在环境前是渺小的。"她说。

"那该当粉饰就粉饰该当刚愎自用就别客气。"

看完平阳的威风锣鼓我又要回单位了聚散两依依我说今年的胡子嘛章程咱先定个点。

她又一次轻松地笑了释放着轻松的思绪，美以及属于美的品德和才情能压得住吗？她抒发了多年官场和人性场所得的哲思后潸然泪下我就感动地觉着那是做姑娘时才有过的纯净的足以淹死我的泪水。

1990 年 4 月 10 日

假作真时真亦假

爱人做的红烧鱼越发失了水准，其色紫黑入口咸涩，猛然想到才买的那桶酱油与先前有大不同，色重味美且浓度颇高，事后甚觉可笑，常用过于稀释的酱油自然要多放些，久之遂成习惯，而今突遇佳品竟懵懂无查依旧施为，也可谓是假作真时真亦假了。由此想到，人之思维习惯及其生活行为的养成也大致不过如此吧，就引出一串的故事和感慨来。

一位朋友年少得志于官场，几十年恭言软语喂得晕晕乎乎舍我其谁的早无了先前的清醒。话讲砸了，心里别扭，您甭急，宽慰的"理解"紧跟着稀拉疲弱的掌声就来了，以至于觉得本来就思维敏捷幽言妙语。明明工作失误了，很快就被"理解"的无可挑剔乃至荣光，乃至想永远在那一亩三分地里享受着圣人的高洁，似乎生活本就如此。一日一壮汉直闯其办公室，直呼其名，直刺其错，直白己理，直道己求，尔后一个近似军人的向后转就直直地走了。这位朋友就尴尬地直在沙发里。宦海沉浮在饱尝了人情炎凉后，他说，我是没得救了，人是多么需要用虚荣虚伪虚假的沙粒来堆就貌似威严的城堡，尽管哪怕是一场凄沥的秋雨也可将其淋塌，但你仍是顽强地固守和捍卫着，你在自造和他造的生存况味里优哉游哉，不知寒暑不辨秦汉，于是你终于造就了你的人格，你还造就了一批称之为环境的人群。我常是不辨人话的真伪，但那时我感到这位朋友虚荣的真实。我想，假冒伪劣商品实算不得什么，甚至有着不可磨灭的历史功绩，它毕竟锻造了人们的自我保护意识，推动商品知识的普及乃至形成人类文化的结晶——法律。而我们身上特别是领导干部身上的诸种假货色对社会的倡导和培育是无形的，所谓"楚王好细腰，宫中多饿死"，在一个有着长期培植奴才传统的国度里，有谁去疏松日益板结的土壤呢？

有谁不是戴着面具行走江湖的。

"假的真不了，真的假不了"，我也常常激动的中学生似的，年事稍长便觉辨别之不易，悟出一切都在有无之间真假之中似乎方为要义。美国科学家威尔逊的人类行为"发展地形说"我是深以为然的，然而我更觉得每个人不过是围着自己旋转的行星，质量大些的吸几卫星腕似的，小些的跟着别人屁股后面转悠，走出自己歪歪仄仄的轨迹来。"人迹板桥霜"，这味够浓的。

还是为了生存。生存境况的某些方面变得日益恶浊了，这毋庸讳言。谁没有过率直纯真的时光？几十年下来，朴质敦厚不知跑到哪里去了。不时地为他人的假大空文章叫好啧啧称叹，不时地为毫无内容的讲话鼓掌热烈鼓掌，不时操纵面部肌肉，你竟发现你的大椎处是那样的劲健，虚与委蛇狡兔三窟明修栈道暗渡陈仓以其无私故能成其私。当你把中国文化中的养生摄生之道从容圆融时，突然有一天你发现你不是你了，不知是个什么东西了。"哇！"一位朋友由衷地赞道，"你成熟了。"就是说你该出锅了，果然你就装进了盘子摆上了台面。"人潮人海中，是你是我，装作正派面带笑容，不必过分多说，自己清楚，你我到底想要做些什么？"这歌唱得够野，野得真实。

自然又想起庄子"有机械者必有机事，有机事者必有机心"的议论。庄子有反社会进步的顽固，但也不无对物质昌明可能带来的精神污染的担忧。事实也仿佛证明了这位先哲的深刻，社会是不可阻挡地前行了，但生长的文明的大山似乎永远披着同步的光明与阴暗。传统的伦理道德及价值观念已支离破碎，难以计价的真诚率直纯朴善良日趋淡化，欲望的物质化，精神的商品化，人际关系的交易化，日益使人心变幻着"机心"，甚至于成为人们思维和生活行为的模式准则，物质文明带来的反文明现象大概也是一个定数，相信历史深处即人的心灵深处是有一个回归的机制在的，但这当是在物质文明制高点上的反观和自觉，因而它又显得那么的艰难。

前不久我去车站送人，一颗烟头想丢进垃圾箱但落在了外边，跟踪了我半天的执勤妇人立罚我五元钱，捡起烟头也不中。我说罚得好，给您十块钱让我再丢一次，执勤的妇人笑了，我一扬手，那妇人虎起脸说明知故犯罚二十。我张开手让她看仍然在握的烟把把，执勤妇人就又笑了。我说大娘您慢走，这一块钱缺个角麻烦您老换换。那妇人就愉快地给我换了八张一角的另二十分硬币。我终是痛痛快快地扔了一地的纸屑。一个稚嫩的声音突然说："不文明"。我扭头看见一女孩黑亮的眸子，母亲抱起孩子训斥道："胡说什么！""老师说的。"孩子直犟。家长就打了那孩子快步走了。不知怎的，我竟不可抗拒地拾起扔掉的纸屑。我想再看看那孩子，母子俩早没入夜幕中了。汽车如流，灯火辉煌的都市夜晚包容了真也包容了假，橘黄的路灯排两行省略号玩着深沉。我心里说，孩子，好好活几年吧，长大了可别像我。继而又担心，她能不像我吗？

假作真时真亦假，真糟，也真无奈。

1993 年 5 月 15 日

——载《杂文报》1994 年 4 月 19 日

诱人的遗憾

不知您以为如何，我们作文表述的思想抑或情绪，其实我们的前人大都表达了宣泄了，所谓太阳底下无新事。特别是你崇拜的现当代大家中，也可随意指出他们思想的出处和渊源，那虔敬的心碑不免有些剥蚀。读书多了还常能吼出如是的惊诧：呀呀，我们与前人的某些意思暗合呢。于是生出狂喜来，高兴过后却也滋漫着灭顶的悲哀，因为我们无意中重复着前人所走过的路，甚至远不如他们走得高而远。炒前人冷饭拾人牙慧的悲凉笼罩着你，能立马放了写作的勇气。就想到古人"述而不作"的真意，他们也未必多为尚古而保守的懦弱，其为文的精神不无严肃的自知和谨慎。也曾为前人想，他们在高空冷眼这些苦读苦吟的后生们，是怎样认真磨着他们的残汁，他们将摇头轻蔑还是眉头紧锁了悲哀？

有朋友说，一种思想、一个观点反复咀嚼不寡淡不累得慌？说得有理，说得不无遗憾。

于是求变，努劲写出自己的个性来，希望在近似灾难的诸多文章中能被人一眼认出来。不错，判断一个作者最外在的标志就是语言，语言没了自己的味道和节奏其它也就谈不上了。学问、技巧、生活的支撑当然是不可或缺的，而包装的翻新不过让人更生出沮丧来，真正有价值的思想有怎样的生长和丰腴，这就不能高估了。

也有朋友说，这不过是穿新鞋走老路。说得也有理，说得也不无遗憾。

就顺理成章地生出两个念头来：才气不够，该钉鞋的钉鞋去该补锅的补锅去，这不失为自知之明；要么便超越前人留下点真玩艺，这种雄心是必须的，比如杂文吧，你不站在鲁迅的肩头继而有所得，也就谈不上杂文的真正发展。

却也有第三个念头冒出，也许不断重复前人的思想，恰是人类永远长不大因而永远年轻的吉兆；也许一部人类思想史，就是在不断炒冷饭中逐渐突破而丰盈的。大才自有大才要做的事，像我辈也就配弄个鸡零狗碎的小玩艺，但终见有用而不失光顾者，就满高尚地想，做一颗铺就更好活法道路的小石子，做个终将遭大才不屑的铺垫之一分子也是诱人的，那"不屑"中不是有着我们的劳动在吗。

于是遗憾将不死，在坎坷的路上唱着忧郁而勤奋的歌。

1995 年 6 月 6 日

——载《山西人大》1996 年第二期

害怕强壮

打开电视，俩男女相拥玩命地"啃"着仿佛饿鬼互抱了烤羊腿，上初中的儿子刚好走出自己的房间，下意识立马换台。是少儿不宜的紧张还是努劲在孩子面前保持点大人的假正经？一时也说不大清楚。反正当儿子将将碰上自己的房门时又一对男女余勇可贾地在"啃"着，像是续着先前的欲火。儿子在屋里没动静，挺好，就木木地看也默默地想。

人过四十禁忌就少了许多，尤其是可以毫无顾忌地谈性，还有堂皇的理论：敢说不练男子汉，敢说敢练一流氓，不说干练是恶棍，不说不练乃残废。当真一动就"吉凶悔吝"只有四分之一的吉兆。就都抢男子汉的名头，逮机会就来点荤腥，却也给沉闷的生活透出些欢快来，人际关系竟是出奇的和谐。兴许是人到中年下身疲软可以进保险箱了，兴许是满脸皱褶要靠口头的二次青春来熨平，兴许是走黑道唱山歌似的酒壮熊包胆。有一点不必兴许：报应终是来了。

当少年的性意识朦胧时，家长和老师早给我们打了那是罪恶的预防针，当精力沛然喷薄时，我们便不敢向异性袒露爱恋，却有阳刚的祝愿表述心迹：革命友谊春常在。友谊革命与否且不去论它，"春"当真是常闹的，且大有为老不尊之势。就深深感到那个报应的存在，当然正人君子是不在其列的。

相信不少人都见过这么一幅摄影照的，那画面是两个洋娃娃，男童双手把自己的裤口尽量撑开，身旁的女孩好奇地向里边探视。那种美让人震撼，它透露的信息更多的仿佛是一种教育方法。印度得道大师奥修主张，消除孩子们性心理恐惧的最好办法是让他们从幼童起尽力能赤身裸体地在一起，神秘的窥探将不在神秘，鲁迅先生也有此意，我以为是蛮高明的。

然而，理论归理论，国情归国情。前不久有报载称，某小学几个六七岁的男孩走进女厕所，老师硬让几个孩子吃了屎才作罢，这种令人咋舌的举动其表露的教育方式却又是司空见惯的。我们是由有着诸种身心残疾的师长栽培出来的，我们便也自然地栽植着孩子们的疾病，不如此我们会害怕孩子"学坏"，害怕他们理性的长堤欠坚固不足以平安地走完一生。于是道德教育从基础夯起，有趣的是越往上走劲气便越见不足，我们倒金字塔式的品德要求的说法似乎是个印证：对小学生要求他们时刻准备着为共产主义献身；对中学生要求他们有良好的思想品德修养，做到遵纪守法；对大学生要求他们加强基础文明修养，言谈举止均应遵守一定的规范；对成年人则不在公共场所吸烟，不随地吐痰，不乱扔废弃物等基本要求；对领导干部则是一种最低级的要求——要清正廉洁，别贪污腐化。这有戏言的成分，却也点出我们教育上的一些真实情形。

我们是否应当"残酷"些？在灌输真善美的同时更应告诉他们假丑恶是生活的一部分，让他们多些身心的粗粝多懂些世情的自然，从而不至于遇到书本以外的事便惊诧地蹦高不能自已。孩子和老人是人生的两极，在这两极中多见人性的自然，那是比太阳更为美丽而壮观的磅礴。而我们偏偏雕刻塑造出一个不太自然的中间过程，那是有着怎样人格分裂的上演啊。然而，我们仿佛特别喜欢看到他们重新塑造的那种痛苦似的。因为我们害怕，我们害怕他们不像我们，我们似乎从不害怕感性生命的扭曲和变形，似乎从不害怕他们"病"得超过我们自己，似乎从不害怕种的弱化。我们是有这个传统在的。

我们过往的爱有多少是害怕种的强壮！思之再三，我只能得出这么个悖论来。

1990 年 11 月 10 日

袁崇焕 * 墓前

一

蓟辽总督袁崇焕通敌——谣言夜幕般瞬间覆盖了京城，轻信的阴影在惶惶不可终日的人群中演义着、鼓胀着愤怒。那时，东边巨大枯桠上正支托一弯残月，越来越多的鸦雀聚集，撅着屁股聒噪，聒噪，还是我们这片土地盛产的聒噪。而此时的袁督师正以自己的体温驱赶蒙在民族心头的噩梦。

二

惯于在淫威波及的荒野里放牧平庸，那股得意之色流溢中国二十五史。于是，目力所及的树木化作在背的芒刺，更遑论仰视的挺拔了。猜忌的荆棘疯漫四野，人走的路径淹没了。当王朝风雨飘摇时，独裁者无边的迁怒更似一群麻雀污水般不时从一棵树上泼到另一棵树上。

大明的最后一只雄鹰被唾沫击落并肢解！

八月残阳滴血，关外长城崩塌，高原铁骑自此夜夜叩击脚下平原残破的梦境。"流寇"的洪峰终于漫过紫禁城，崇祯把一个橙黄而委屈的惊叹号吊在煤山上。

独裁者的字典里从来写满了刚愎——怯懦的刚愎。我知道，为袁崇焕平反的绝不是乾隆，当是地心深处那枚不动声色的砝码吧，而乾隆不过是在播撒更壮更多平庸的种子于更广阔的荒原，当鸦片麻醉中华身心时，我们又一次收获着"盛世"文化的苦果。

于是，袁督师得以富于弹性地活着。

三

大啖袁将军肉者必是华老栓的祖先了，其先人正是从那片平庸自私怯懦的荒野深处走来。而我一定是华老栓的后裔了，否则无法解释在那个血色的年代，尽管家庭遭污蒙我仍真诚地随众"活剐""油烹""清蒸"开国元勋，我分明感到嗜血的狂热，分明听到血管里涌动着快乐的歌。这是我们谄媚上演的时刻，这是我们的节日。我清楚，这真诚的花园中不单单有轻信的败草，还有更多自诩的喇叭花哩。一如变色的蜥蜴，适时的振臂高呼和检举揭发，足使我们远离风浪的旋涡，得以平庸地活着。在"特务""警察"横行的晚明，先人们以"吃人"活着当属自然了，于是我们都有了一个共通的名字叫"忘却"。

我们的后人还会上演吃人的惨剧吗？

南方的斗士倒在北方的情场，你以细碎的骨殖敲寻民族文化断裂的焊点。

四

"宁远大捷"、"宁锦大捷"，似这般生前的烟云足可让一些人辉煌几本大书了；"通虏谋叛"如此弥天大罪能有几人不呼天抢地。

沉默的是大地。

你相信如金的时间会掂量出骨头的轻重，你不怨恨寡恩如虎的君王，你不恼怒妒忌似狼的朝臣，你甚至佩服敌酋的多智。你知道，最大的难堪莫过于为民族为民众的热血泼洒于冷漠荒野而无助于土地的肥沃和种群的提纯复壮了。那时你微眇了痛苦的双眼，眼光迈过抢购你血肉的疯狂人群，你看到刑场边际摆满了新设的酒幌茶摊，且生意兴隆，陡然间你心底生出无边的悲悯：且让我的血肉养活几家人口吧。

五

不是所有的骨殖磷火都可闪耀历史的隧道，不是随意的血浆都可肥沃脚下的土壤，袁蛮子你是可以携手共语的冤魂，让我们以你的骨为炬透照且走出人性的蛮荒吧，充足而新鲜的空气定可助燃于拾阶而上的黎明。

1990 年 1 月 15 日

*袁崇焕（1584—1630）明朝名将，原为一介书生，为万历四十七年进士。万历四十五年努尔哈赤起兵攻明，逼近山海关。天启二年（1622 年），明军广宁大败，13 万大军全军覆没，40 多座城失守，明朝边关岌岌可危。就在这一年，袁崇焕出镇山海关。四年之后，努尔哈赤率兵十三万，攻打孤立无援的宁远，却被袁崇焕的一万守军打得大败而归，不久郁郁死去。这是明清的长期交战中，明军取得的首次胜利。又过了一年，皇太极欲为其父报仇，亲率精兵围攻守宁远、锦州，攻城不下，野战不克，损兵折将，连夜溃逃。袁崇焕从此威震辽东。崇祯二年（1629 年），皇太极采用了汉奸高鸿中的建议，率领大军，绕过袁崇焕驻防的辽东，直抵北京城下。袁公知后，两昼夜急驰三百余里，以九千士兵与皇太极 10 多万大军对阵于广渠门外，亲披甲胄，临阵督战，战士无不以一当十，奋力杀敌，终于击退清兵，保住京师。在决战胜利第十后，崇祯听信了两个从清营里逃出的太监的话，认定袁公是个内奸，一意孤行把袁崇焕当场抓了起来。并在八个月后处以极刑——凌迟。所谓凌迟就是一刀一刀从活生生的人身上剐，是极刑中的极刑。更为可悲的是：由于京城老百姓都听信了官方的话，认为袁公是个内奸。于是，出现了历史上最为悲惨的一面："遂于镇抚司绑发西市，寸寸离割之。割肉一块，京师百姓从刽子手争取生啖之。刽子乱扑，百姓以钱争买其肉，顷刻立尽。开腔出其肠胃，百姓群起抢之，得其一节者，和烧酒生啮，血流齿颊间，犹唾地骂不已。拾得其骨者，以刀斧碎磔之，骨肉俱尽，只剩一首，传视九边。"——明·张岱《石匮书后集》悲哉，中华民族的千古英雄，不是战死在沙场，却给自己誓死保卫的汉族儿女凌剐着吃了。

飘思包拯祠

经过勾勒漂染感光的包拯图谱承载了太多中国庶民的冀望——包办阴阳两界一切需要拯救的人和事。于是,老包累得终年面呈黧色,弯月暗淡,不禁叹曰:能拯救庶民的只能是庶民自己,"清心为治本,直道是身谋"是也。我怀疑写国际歌的鲍狄埃侵犯了老包的知识产权,也许他们有点血缘关系啥的,怎么那么凑巧都有个发 BAO 的音。

一百几十口子任过开封府尹的北宋大员聚集石碑上述职,包拯两字被后人抚摸得留下指痕而模糊不清了。是叩问深深的疑惑?还是织纺长长的期许?抑或导演潮湿的喘息?石碑无言,但透过模糊的字面分明显出枚刻有中国人特质的黄色印章,印文有些漫漶,依稀可辨的两字是懦弱。

合肥廉泉,一个可进幼稚园小班的神话读本。作者是在喝了二斤庐洲老窖后一挥而就的,之后得意地签下天真弱子的名字,听起来有点像深受中国文化影响孤悬海岛的日本人。

作为人的包拯可敬可爱,走向神坛的包拯令人生厌,一如铺天盖地的包青天剧让人倒胃,这与艺术的典型化无关,与白花花的银子有关。多一集《包青天》就多散一颗摇头丸,正像多一集《康熙微服私访记》就多造一剂海洛因。

造神的国度多鬼，鬼多则表明神弛。其实老包生前死后的天空大多是晦暝的难得一现晴朗，不远处的梁山水泊正睁着仰望的天眼把整个的历史天空装下，当然少不了那面呼啦啦招展的杏黄大旗。但热衷的人们仍在做着公正馅饼的美梦。于是我们知道，精神天空的耕耘总是与疏懒怯懦的民族无缘。

强烈推荐最佳和谐工具设计奖授予中国庶民，代表作品：包龙图的三口铡刀与黑旋风的两把板斧。总体评价：投资少见效快。

强烈推荐终身导演成就奖授予中国平民作家，其代表作品是《铡美案》与《武家坡》。前者可保护弱势群体的合法权益，后者流行于丐帮，可于饥肠辘辘的间隙梦见抛来的绣球，美女投怀入抱后，还可吼一嗓"一马离了西凉界"。

你把端砚丢入江心，把评说交给了历史长河，至今"墨砚沙"仍生长着七色的传奇。

2011 年 1 月 17 日

浅夜拾零

天闷热，新闻联播未看完抓包香烟就往外溜。夜色尚浅，街灯已急急地亮了，橘红的献媚，炽白的呆滞，色彩驳杂流变的霓虹灯像撒欢的马驹子，把太原的夜给踢踏醒了。

无意间溜达到开化市口，对面是宽银幕影院，隔街可见巨幅电影广告：《狼吻夜惊魂》。艳情片？公狼还是母狼？老狼是歌星。"吻"字太滥，一嘴的大蒜味。"惊魂"才扯淡了，害个羞都不易。甭瞎琢磨啦，且进去探究一二。

过街天桥上人群稀落，拾阶而上，居高临眺，晚风清爽，想起"我站在城楼观风景"的戏文不觉莞尔，虽无羽扇在握，立定桥头环顾四方，仿佛一大将军，就惬意得无心看电影了。桥上有几妇人摆地摊，无非发卡一类的物件难得惹人驻足。有一算命女先生，年纪二十出头且面色娇艳，几壮后生蹴其摊前眼神灼灼有腥味，当真《狼吻夜惊魂》？离远点。

突然汽车喇叭大作，高低粗细不辨西东。抬眼四顾见解放路西侧天桥以北路面堵了车，倏忽间就拥堵蔓延向府西街口了。东侧车辆却张弛有致，想是出了交通事故，我想立功的时候到了。

退至台阶看个究竟，不是撞车。一38路公交车头东尾西熄火在路中间，有十余人在卖力推车，庞大车身缓缓在动，我也加入了队伍卖把子力气。无奈南北绿灯又亮，北行车辆鱼贯冲出，38 路车只好原地暂歇。如是几次尚不得过，推车人愈见其少，终是了无雷锋了。桥下交通更为混乱，像一锅正熬的八宝粥，喇叭声声浮动着燥热，电子控制的红绿灯照例严谨地变换，行人照例悠闲照例匆匆。

交警已下班了。

那辆 38 路公交车宛如一座堤坝挡了来往的车辆，但车身前后有量，车流尚可缓缓挤过，也算趴窝得恰到好处。西来的车辆不多因而不见太堵，往南的车流量颇大，虽不值高峰却也不见低谷，38 路车一夫当关车身占据中央，南往的车可贴绕其身侵东而过，车流在天桥以北臃肿着，汽笛就焦虑地嘶鸣像不尽的牢骚。红绿灯于东侧车辆仍有不尽威风，于西侧似尊严无存。此时最怕南面车辆抢行，更忌左转弯的盲目前挤，那样非把一线喘息的路口堵死。

然而趣事来了。

先是打头的几辆瞅准时机前挤左拐，急急如落网之鱼，有两辆竟是抹回头拐进东道北行了。公共汽车、出租汽车不断有乘客下来，想是另谋便捷。猛地警笛炸响让人惊惧中生出企盼，当是交通警到了。一辆 213 就款款钻出，车辆皆俯首帖耳未敢有僭。警笛响过拥挤便戛然而止，那辆 213 竟贵族般走人了。"妈的！"骂声涌出，喇叭又起，亢奋而急促，继而又近绵软似无奈的叹息。一辆南行的无轨电车柔身而上了，软软地扭成几字形，竟然泥鳅般滑过 38 路车，喇叭就耐心而欢快地叫，听来也无了先前的浮躁。车辆仍拥挤在天桥北边，但毕竟在缓缓移动，因为通过的希望在，人们也就不去想把那辆趴窝车推开了，况且车总有过完的时候，况且国人的忍耐力是超强的，况且还有习习的凉风吹着。

就想抽烟，掏了一通感觉是空了，又细细瞅过方把烟盒团掉。夜色渐浓一如眼前皱巴巴的烟盒，真不想回家接着闷，但烟瘾难熬胜过闷热，回。

1996 年 8 月 7 日

隐　痛

孩子，我不知是为自己流放晨霜的青春悔恨，还是为你们蹀躞于浮躁花影的失语隐痛，当五个"宋丹丹"八个"赵本山"同台疯癫模仿时，我哀叹的泪水还是注满古老的车辙了。

孩子，你是有创造能力的人不是成批生产的面具啊。你还没上台秀一把就已锈死了绚丽的季节。创造的艺术活水不是用来洗屁股的，一如张扬的七荤八素的头型抑或骚扰的肚脐那不过是趋同的残羹。个性生命的喘息永远来自历史骨髓的律动。孩子，我没有底气教化你，我只知道，即便真挚灵魂的模仿之花也是要沸腾热血浇灌的。

像罂粟花一样美丽的名堂，我们曾韧性地栽培一批又一批繁芜的奴性，我们还曾是生产太监的大国，至今我们还不时忍受着不男不女鹦鹉的聒噪。

孩子，我是多么渴望见到你们哪怕是苔花一样灿烂的笑脸，哪怕是行走于地表盛开绿意的小草，只要你们认真地模仿自己坚守自己就足以彪炳人的历史了。

2013 年 3 月 17 日

这次第

记不清是哪位诗人说的，好像还是个老外，诗的意思是"我想躲进石头里去"，表现的年代是我经历的文化大革命，铭记在心那是自然的。时代巨变，以革命的名义明抢明砸的事可说鲜有了，心悸而防御的日子才染了舒展的绿色没多久，新的文明的坑蒙拐骗就驳杂的变迁起来，晕，真的眼晕呀。

早上买菜，我在土法鉴定外加小市民揣度认为不至跑肚拉稀乃至减损不多的寿命后选了菜付了款，满脸憨厚的中年汉子接钱稍作迟疑状便热乎乎地说："大爷，您手里的零钱就够了，这一百的您收好，给您再套个袋子，这老爷子身板真硬朗。"我的腰不由挺直了些许，挑鸡蛋时还哼了"我们走在大路上"。但卖鸡蛋小伙一过手我的百元大钞淡淡地说："假的"。我脑袋瓜子一嗡，感觉像是被人脱了裤子。回头找那个汉子已是不见了踪影，不知为啥，我的心却一时踏实了，也许是即便拽住了他的脖领也说不清楚，论动武抱住了人家的大腿根也不是个儿，找不着人正好给自己留个天然的大面子。这种事情我老伴也遇上了两次。怪不得别人，谁让我们老年痴呆呢。现在买菜的次数是比先前少了，而且尽量用小票，用大票时我们事先记下 3 个尾数。久之，您猜怎么着？老年痴呆未见大好但记忆力大增，人民币六位编号一扫能记 24 小时，连前边的 R 啦 E 啦都不落下。

多年从牙缝中抠出的钱总想积个什么裘的，老两口商量了一晚上认为，一年期的利息太少，五年的太远怕看不到胜利取款的那一天，我们伸腰扩胸后一致觉得三年期的中庸。转天来到一家常去的大个的中国工商银行，排了半天的号，当我把钱递进窗口办理时，从银行里面走出个热情可爱的姑娘，说您的情况不如做个"新华保险红双喜分红型"，比五年期的存款要多。又说了好多诸如您老再活二十年不在话下的鼓励话，我的小市民根性就迅速地鼓胀且挤走了与老伴民主商妥的决定。回来后老伴那叫埋怨，但中国工商银行在我心目中就是社会主义祖国的代名词啊，从工商行走出来做新华保险的小姐那起码是国家信誉的代言人吧，这信念直到被证明是骗保才不情愿的破灭，那感觉像是被新华保险一群大姑娘强奸了，从此我那玩艺就再也没了音讯。

"爸，我在广州嫖妓被捉，您汇三千到这个账户上，事就可抹平，实在对不起。"短信电话这类小儿科我老人家现在也算是见多识广了，就回复说：寄去十个亿玩死你个臭小子，你干事时千万带个套呀，用时吹一吹。

窗外又是雾霾天，漂亮的女主持人温馨地提醒你关好窗户尽量待在屋里，特别是老年人。我就想在道德沦丧的雾霾天里躲进室内就安全了吗？

你说飚不飚。一天下午，一对衣着整洁胸前带着工作证的青年男女上门说是电信局搞业务促销的，现场办理可优惠30%，见你犹豫马上说：您可以打这个电话求证一下。我不想印证猫腻，心里掂量无论如何我是打不过其中任何一个的，把戏说穿了报复你一下也受不了，我就把信任写在脸上，认真地填了表，还修改了一个字的不太美的笔画，尔后悭吝地说，我先买十块钱的行吗？他们嫌生意太小就没做，故作不屑地摇头走了。两天过后"谨防电信诈骗"的横幅标语挂在小区的大门口。事后我不在家时，老伴遇有人按门铃是不会贸然开门的，先悄悄地走近猫眼看个究竟，久之老伴步履轻盈似猫了。而我是不屑于老伴为伍的，我重操练家子，落英掌无影脚是不赶趟了，我来个猴子摘桃总还行吧。

于是我也常想，这法律知识和防范意识用得着普及吗，生活挤兑的你上赶着吸收呢。不瞒您说，身上有百八十块的我也会分放几个兜儿里，伟大领袖毛主席他老人家早就告诫过鸡蛋不可放在一个篮子里的，更遑论我是个浮沉几度的老股民。走到人群中总觉得个个值得揣摩怀疑，我越来越信"天上没有掉馅饼这回事"比学雷锋更接地气。遇事先想在法律上我能否站得住脚，我是否收集到有利于我的证据等等。我还学了《消费者权益保护法》，《民法》、《刑法》的有关章节，现在对正当防卫与防卫过当的问题颇感兴趣。不瞒您说，我对古人仗剑走天下的风范欣羡已久，踏着李白的足迹我想走两步，当然我的佩剑是小了点。

"老弟，何苦愤懑乃尔，比之周永康徐才厚辈幺麽小丑者也，且文明多多且和谐徐徐哉。"一老兄在晨练之时开导我，就心镜大开地来了一套杨氏太极。

您还别说，风物长宜放眼量。秋叶送来一枚橙红的请托，邀我阅读十月的丰美与鲜活；秋风微拂，引领草木斑斓的轻唱；明澈的溪水，滤几声雀鸟的执著；累累果实，把沉甸甸的思绪挂满枝头；更有草叶上的露珠啊，依恋着晨光短暂的包裹；啊……面对美景我正朗诵给孙女写的诗，突然有双大手卡我的脖子，吼到：旅游为什么不购物，穷鬼穷鬼穷鬼……我使了几个擒拿手也不得解脱，憋气愈甚，忽想到南怀瑾大师让参"无梦无想时谁做主"的话头，一时竟然悟醒，定神一看，时针指在凌晨两点多，窗外施工的机械正放肆地喧嚣着。

这次第，怎一个躲字了得？

2014 年 10 月 2 日

面 具

——有感于巨贪

即便避孕套都穿戴不直挺了还是要书写皱巴巴占有的狂草。欲望早已扫描所有路径脚本早已构思成熟就待导演下令开机。

面对历史道义，一言不发的张春桥与不断重申"我的观点"的薄熙来谁更想扶正面具的主题呢？

我们一向忌口宋体字的著作权，但从不避讳政客历来是各种面具的首席签约演员。

从公车上书到公车拍卖，近代的编剧正上演一幕幕情节昂扬的传奇，而面具细节的勾勒也史无前例地细腻了传神了梦幻蒙太奇了。

面具舞会的发明与盛行让艺术象牙之塔为之意境大开。

我们曾用青丝提炼摄取真诚的镜头，我们也学会了用白发厘清反诘挑剔硬伤的片段。三十二相八十种随形好的大特写，甭说凡夫俗子就是佛菩萨也懒得替他们冲洗剪辑。

街道在流动，面具在拥挤地诉说：
病树前头万木春。老杜大气磅礴的旁白。
春花秋月何时了。后主缠绵的画外音。

若使当初身便死，一生真伪有谁知。小杜的主题歌先欢愉后沮丧地响起。

舞会仍将上演，记不得自己戴过什么面具还将瞠目结舌于什么面具。不时有愧赧的潮湿泛起恋人般守住，心田得以植被嫩绿着纯朴。

面具与角色有着怎样的血缘关系密码已丢失文件无法打开。

窗前火红的中国结执著如钟摆，似摇醒洁静朴素的莲花。

2015 年 2 月 17 日

辑二 02

| 乡路弯弯 |

乡路弯弯

到过天津的朋友少有不提及路的，且少有不摇头的，往往还要操上两句生硬的津腔：你们老家的路那是嘛玩艺儿呀，黄河九曲，忽宽忽窄，南北不辨，东西冥迷，那叫乱。逢此我常点头憨笑，暖暖地听，抓空儿也捍卫道：北京的东西长安街，太原的迎泽大街，宽则宽矣，直则直矣，然而一览无余不少了点韵味吗？每每就有朋友点头称是了。

家乡的路是够乱的，甭说初来乍到的外地人转向，就是土生土长的老人出家门口也常犯晕。妈最怵头出门了，遇上非应酬的事总是黄花鱼似的溜边先出九道弯，再走学堂前街，而后上大沽路，明知有近道却不敢走，怕绕在胡同里头出不来更耽误事。乡人性情貌似多粗豪，其实又是极循规蹈矩的，我以为这跟天津七股八岔的路有点关系。在复杂的地理环境中，记住条熟路哪怕是绕远的路，又何尝不是最便捷的呢。惰性给人以安然原是无可厚非的，而乡人的粗豪仿佛又是对蛛网般胡同的一种挣脱，那当是长年蜗居逼仄空间才滋长起来的旷达情绪，或者说是个深深的渴求吧。

我曾就乡路问过爸，爸头一歪，先喷了一声说：好，敢情，八国联军，大沽口一完，租界地，法国菜市场，英国教堂，各盖各的，好么，那街道能不乱套吗。

"瞎掰。"妈就抢白道：八国联军大沽口是哪年的事了，天津卫早八百年就有啦。

"那你说，你说，咱天津卫的路为嘛这么扭，跟十八街麻花似的。"爸就急扯白咧的。

"为嘛？水土呗。你不见海河拐弯路拐弯，海河直溜路也跟着直溜吗，嘁！"

爸听直了眼，胡噜着寸头傻笑："你别说，还真是的。"

家乡的路还是留给地志学家考证吧，我是宁可信了爸妈的分析。这无关紧要，对一个游子来说，弯弯的乡路和乡路上弯弯的故事，才是这世上最美的醇醪。我常醉在乡路间，一任网状的乡路分割我的寂寞，深深打捞起那份殷殷的恋情。

我家住在天津的九道弯。

天津这些年修路筑桥兴建居民小区，一时西装革履起来，原先的风韵已不多见了。短住天津的朋友，凭几条弯曲的公路那是难窥天津人的幽秘了。九道弯，您听这名字够绕的吧，敢进去吗？

乡路一如我的手掌纹，纵横交错了三十多条小胡同。九道弯宛似月亮，周围星样密扎的西街、新鱼市、老鱼市、学堂前街、学堂后街等，都因了九道弯而有了辉光。陌生人打听九道弯在哪儿，这片人没有不知道的。乡人热心肠，怕外来人走迷糊了，常亲自引到地方才踏实，若是觉得来人不顺眼，也引他进九道弯，瞅空子再开溜，让他绕去吧。乡人也有搅不清路的，就说，到九道弯打听就知道了。九道弯成了中继站。久之，人们爱把自己住的胡同冠以九道弯：我家住九道弯某某胡同，有空来玩啊。

迷宫般的九道弯着实困住过不少来客。

那是个初秋的晌午，弯脖柳树上新落了知了，把天都吵翻了。我已瞄到它的藏身处，得尽快逮了，被前院的二宝发现就完了，他的粘杆比我的长。可眼下顾不上，我刚从下瓦房花二分钱买了个蛐蛐儿，小是小了点，但全须全尾，钢牙，倍厉害。二宝的黑头，你给我留下条腿吧。我抱了蛐蛐儿罐走到柳树下狠狠踹了两脚，那知了果然就不吱声了。

一位面生的婶婶拉住我问路："小哥，去大马路怎么走？"她怀里抱着孩子，衣服也湿透了，满脸淌汗，说话带着哭腔。

"这么一拐，再这么一拐，再这么一拐，再这么一拐就上马路了。"我急着找二宝咬蛐蛐，完事还要逮那知了呢。

那婶子揪住我急扯道："我转了好半天啦，问了几个人，就是出不去，这是嘛路呀，倒了八辈子霉了。"

"照我指的道走，没错。"

"那路我走过了，怎么越来越窄巴，像是过不去似的，我又踅回来啦。"

我知道那是老孙家的一段路。就说，"没事的，尽管扎，到头一扭身就过去了。"

"带个路行吗？这孩子多仁义。"

"不行，我还咬蛐蛐儿呢。"

那婶子掏出五分硬币塞给我说：买根冰棍，这孩子一看就可人疼，麻烦啦。

"我不吃冰棍，我咬蛐蛐儿。"

婶子似乎是笑了，把五分钱硬塞我裤兜里说，那就买个蛐蛐儿吧。

我惊喜地瞪着这位不认识的婶婶，觉得她比我三伯大方多了，好么，五分钱，能买个五厘大的蛐蛐儿。七厘为王，八厘为宝，九厘十厘没处找。五厘的蛐蛐儿一准儿是九道弯的大王。

我一手在前捂着蛐蛐儿罐，一手在后按着裤衩后兜，七拐八绕把那婶婶引到大马路上，而后就急急奔了下瓦房虫市。美得不看脚下，一个大马趴，摔了罐罐跑了蛐蛐儿，但按口袋的那只手却不曾松开。到了虫市钱不见了，急得哇哇哭，裤衩脱下里外翻个遍，见口袋有个窟窿，想是掉在摔倒的路上了，回去细细找了几个来回，直到爸把我提溜回家。

老想着有只大个的蛐蛐儿咬败二宝的黑头，就老巴望着那位婶婶再来这里迷回路，常坐在石门墩上等。还真碰上几个迷路的，上赶着领他们出去，但无人给钱买蛐蛐儿，秋天也很快过去了。

门口有个马二爷，矬，比'邮筒'张老师还矬，但人瘦得萝卜干似的。马二爷那嘴快且损，突突突地跟拖拉机似的一天到晚不消停，感觉中的九道弯像那位马二爷。

宽畅点的路勉强可错过两辆三轮车，窄巴的地方两人相遇都得脊背贴墙擦身而过。乡人中蹬三轮的不少，无论是拉客的还是运货的，三轮车的把前都有个铜铃铛，大小如手炉，状似柿子，顶部有一推拉杆，内装舌簧，一按叮咚作响，音色极是纯厚，但传得不远。拉三轮的每进胡同口，特别在拐弯的地方都要停下来按一通铃铛，听不到响动方敢往来扎，否则就顶了牛：

——你耳朵塞鸡毛啦怎么着，这通铃铛还听不见，回个音呀！

——你急着报丧去！我的铃铛快按哑了。

——呦呵，不服气怎么着？

——哪敢呀，不扶（服的谐音）尿一裤。

——谁忘了提裤子把你给露出来了。

——你妈作你时忘了放起子（发面时用的老面，作用似苏打粉）死性。

京油子，卫嘴子，保定府的狗腿子。这卫嘴子说的就是天津卫人说话嘴损的意思。话说到这份上免不了一场文武带打了。但乡人又是极心性绵软的，一句好话递到，立觉着欠了人家几辈子情似的：

——哟哟，大哥是我分心了没留神，您了别动，我立马退回去。

——别，别别，兄弟您坐着甭下车，要么我可急啦，我这儿有量。

两人兴许都退回拐弯处，死命让对方先走，常有相持不下的时候，往往是占理的一方硬把对方的车推过去。

九道弯多大杂院，少则三五家多则十几户。本来就巴掌大的小院，各家的小灶房、煤球筐、劈柴等物件把个院子挤得透不过气来。九道弯又多私房，那年头不讲计划生育，家家差不多五六个孩子，前院的二宝家姐八个，再往前的邋遢五，叽里咕噜就敢凑齐十位。人多粮不下，自然就吞食街道，能盖房的地方都瓜分完了，九道弯就是'殖民地'，能不瘦吗。陌生人进九道弯，常把大杂院当胡同走：

——大爷，前边拐得出去吗？

——别介呀，再往前就拐进炕头啦。这是院子您了，这不拿我们打岔吗。

——好嘛，这哪是人住的地方。

——怎么说话呢？这儿，福地，燕王朱棣就是后来的永乐大帝打这儿渡河夺天下的，天津天津，天子渡津之地也。

一个大杂院住着，再有过节儿的也会同仇敌忾，抵御外侮的活动常是化解矛盾的好时机，关系僵硬的借此形式会变得松动起来，再见面会点个头，只要点了头话会渐渐密起来。逼仄的乡路把人心挤瘦又拉长，像盆里的那团面，反复揉搓中变得熟透了。

九道弯胳肢窝那段有个曲伯伯，我们这帮坏小子背地里叫他'正忙'。一次有个生人误进了他住的大杂院，敲他家的门问路，那门吱地就被碰开了，曲伯伯正与他媳妇热乎，那人扭头边跑边惊呼道：哟哟哟，啧啧啧，不不不，您忙着。这码事让邻居麻点瞧个正着，见面就逗曲伯伯的闷子，吵得九道弯的人都知道了，曲伯伯为人随和不急不恼的，他媳妇可挂不住脸到底搬家走了。

九道弯的路灯迷迷糊糊像张家小三常带眵目糊的眼。灯暗不说还少的如秃子的头发，走几个弯才有一盏灯。政府不是不给安，弯多路瘦安不过来，再者大电线杆子也不易进来。九道弯的院落也分布得邪乎，一弯里就热闹了十几门大杂院，一弯里又冷清得只有独门独院，那路就显得特别幽深。女孩子夜晚是不大敢单独走此段的，上厕所也要结伴叽叽嘎嘎而行。我们这些半大的小子常在此闹出恶作剧来，也常以此为赌注：谁敢在老温家那个胡同待半小时，我输五个玻璃球。二牛胆大待了一次，吓得丢了魂，我在半夜里听到他家人给二牛招魂，那声音瘆得人起鸡皮疙瘩。

1968年底我到山西插队落户，差不多每年都要回家的，每当踏上九道弯脚步就变得沉重而慌乱起来，心是暖暖的酥酥的，微醉中慢慢转遍几个胡同，仿佛查验着久藏的珍玩。奇怪的是那时我很怕见到熟人，像是怕毁去我的什么，是什么呢却又一时也说不清楚。1985年九道弯拆迁了一大半人家，我家搬到河东区万新村，每次回家也顾不上去趟九道弯。1993年母亲在天津胸科医院做手术，聊天时得知九道弯那一片拆平了正准备起新楼，我急着去了，心情沉重的好比送别过世的亲人。

九道弯已是瓦砾遍地，惊诧的是，我心中的九道弯一带应是好大一片森林般的世界，而展现在眼前的地盘充其量不过比三两个足球场大些，而那条离我家不近而最具魅力的小河竟然只有二十几步远！以家为中心的活动半径原来如此地连小字都称不上的，而我一直以为她像海洋一样深广，尽管是早已过了不惑之年的时候了。

噢，弯弯的乡路没了，熟悉的乡人不知都去哪了，怅惘就溢满了身心。但那枚家园带出的种子，早已埋入生命的深处，故事就开满了心灵的原野。

写于是 1994 年 2 月

——载《人民代表报》1996 年 12 月 14 日

故里断章

一

　　一群燕子齐刷刷地歇在几根并排的电线上，仿佛抒写着咏春的五线谱，叽叽喳喳互诉的劳烦旖旎了天津海河两岸的景观。雄浑的自行车长流伴着舒阔而幽深的河水蜿蜒着，岸边散泊的几只小木船上有炊烟袅袅腾腾地升起，偶尔驶过的小型货轮让河水变得暴躁起来，涌起半米多高的浪头把木船搅得像个醉汉，船上晒网的渔人就伸长了脖子，嘴上不拾闲地叨叨着什么。杨、柳、槐等树筑成淡绿色的长堤依河势逶迤伸展，渐渐融入远方的云气里。不知名的春花东一团西一簇地燃烧着，红的奔放，黄的敦厚，紫的含蓄。柳絮满天飞，抚在脸上痒痒的，分明还有几朵挂在燕子的短喙边，也都化作音符融进劳燕的大合唱中了。这音韵在一个游子心中缠绵发酵了几十年，时间愈久便愈觉醇厚如佳酿了。

二

　　我家与三伯家合住一明两暗的三间土坯北房，中间的明厅两家合用。祖父祖母住的东厢房是砖的。南墙也是一水的青砖，墙根中间有棵巨大的爬山虎，浓密的枝叶覆盖了整个院墙。大门朝西开，进门的过道却是木质结构的，堆放着煤球劈柴等杂物，即便白天也有些昏暗。一天放学进门，突见两只燕子扑噜噜飞出，抬头发现过道顶处多了个燕窝。"燕子，燕子"！我惊喜地对奶奶喊。奶奶胡噜我的头说，你才多大，那燕窝你爸小时就有，不知住了多少辈哩。燕子是益鸟，你可不能祸害。我警惕地点点头，盯着燕窝仿佛盯着河里的鱼漂。

门口有人养熟了一只家燕，天晴暖将落晚时便去河边放飞，此时河边上空的小飞虫特别多。养燕人右手食指架了家燕，那燕子扑棱着翅膀在舞蹈，一会踩上主人的头顶，一会又挂在耳边，就是不高飞，它在等候命令。跟在养燕人屁股后边的大人孩子比天上的飞虫还多呢。快到河边时，养燕人"嘟"的一声，食指往上轻轻一送，那燕子弹珠似地钻入蓝天，继而又在我们头顶上空来回穿梭。空中有数不清的燕子在往来捕食，大家都不眨眼地盯着那只，我们这些半大的孩子兴奋地嗷嗷叫着，把满眼的惊羡写上蓝天。西边又是一片火烧云，仿佛比往日多喝了两缸直沽高粱，把整个黄昏都醉倒了。有几群鸽子盘旋迂回，嗡嗡的鸽哨忽粗忽细地悠扬传来。那燕子突然间一猛子扎进红云里，转眼只见小小的黑点了。有人惊呼起来，养燕人像受了鸽哨的感染，拇指食指放在嘴里，一声长长的呼哨过后，那家燕又箭似地飞回，倏地像中弹般从空中跌落下来，眼看要掉到河里了，一个扑棱弹起"嗖"地便滑到主人的食指上了。现场悄无声息，随即爆出欢呼来。我却一时猛醒，扭头往回跑，疑似我家的那对燕子被人掏了去。

有段时间我还真担心门口的毛家小九，这家伙是浑球，跟他哥二哑巴较上劲还蹦着高地骂娘哩。不知他从哪儿淘换了把可打石子的弹簧枪，虽杀伤力不大，但毁燕窝是绰绰有余的，我就见过这小子把二踢脚放枪筒里点燃了打出去，吓得臭鱼的鸽群一天都不回窝。那次因为玩弹球我俩滚打成一团，未了他跺着脚发狠：你等着，我非把你家的燕子灭了不可！此后放学我也不敢野去了，急急地回家看顾过道的燕子，燕窝里还多了几只雏燕呢。天黑后，过道一有动静我就以为是毛小九来了，有一回竟是在过道里睡着了，妈把我拍醒后骂道：黑灯瞎火你抱根棍子干嘛？打鬼哩还是找魂呢！

　　教语文的吴老师个头不高，带一副瓶底似的近视镜，白多黑少的大眼珠子躲在后面探照灯似的让人生畏。他的食指爆栗子更是令人胆寒，我就吃过，感觉像有个炮仗炸在脑顶上，一天都是嗡嗡地痛，但我最爱上的还是吴老师的课。记不得课文的题目了，反正是讲燕子的，上来先问"谁家有燕子？"全班加上我有五六个人举了手，属我举得高，我想该当我露脸了。吴老师又问"谁知道燕子为什么迁徙？"有十来个举手，属我举得更高了，连屁股都离了凳子。吴老师就是不叫我。有个同学回答道，燕子吃飞虫，天一凉没有飞虫逮了，燕子才不得不迁徙。"好"。吴老师点点头把个巨大而便宜的表扬抛出去，我却不能接，惋惜的直搓手。而后吴老师把燕字大卸四块："廿、北、口、火"，然后指着廿字问大家念什么？有念草字头的，有念甘甜的甘的。吴老师有点得意地摇摇头，而后"啪"的一声拍惊堂木般把黑板擦反扣在教桌上，瓶底似的眼镜如两只笊篱把同学们捞了一遍，大家就都坐直了身子。"记住了，廿发念音，就是二十，是讲雏燕从出壳到会飞得20天。凡是念错了的把这个字写二十遍。"我心里美滋滋的，反正我没吱声用不着写。吴老师接着又高深地说，北指玄，燕者，玄鸟也。"口"是个四方框，是城市的图形，指家燕喜欢在城市居民家里造巢。我就不服气了，小声与同桌的叨叨。"嗖"地一块粉笔头砸来，我胸口多了个白点，浑身一激灵，见俩镜片雷达似的锁定我："大声说，说不出理由外边待着去！"我有点胆怯地说，我姥姥家是武清县农村的，好多人家都有燕子窝呢，不光城市有。吴老师嗯了一声，顿了顿说："好。"

我一时弄不清是说村里的燕子好呢还是表扬我，或是指我胆敢课堂上放肆？反正没赶我出去。火字讲的很少，说是指气候暖和的意思。最后总结道，燕字是个会意字，每年春暖花开时节，燕子从居民家的巢中起飞，一路向北回到故乡。开场白热闹了小半节课才开始讲课文，但有关燕子的事我却留心了大半辈子哩。

我家的燕子窝到底还是给人捅了，肯定不是毛小九干的，此前他家已搬走多时了。

又是一年芳草绿，窗外传来阵阵燕子的呢喃，是我家的那对回来了吗？我守望在窗前多日，不见燕子衔泥补旧垒，破碎的燕窝仍旧把那个巨大的忧伤挂在过道顶上。后来我插队走了，像燕子那样向往着温暖坚定地走了，但当见到燕子在我住的窑洞前织飞时，还是禁不住心头一热，想起家乡的劳燕，淡淡的乡愁如远处山岚般弥漫开来。"是非衮衮书生老，岁月匆匆燕子回"。可怜书生已老，却还漂泊异乡，燕子是更见寥落了。日益膨胀的钢筋水泥把人与燕子的距离挤兑远了，一如越来越坚硬冰冷而寡淡的人情。

三

调教一个孩子已把我们夫妻俩弄得鸡飞狗跳人仰马翻了，父母一辈子生养了我们哥七个（最小的一个兄弟送人了）也没见怎么费劲，虽然生活紧巴些。我曾就此问过母亲，母亲抱屈地说，瞧你能的，你也带一群张口要吃要喝的试试？继而又笑道，那时还真怕你们是憨憨哩，炕上地下给个笤帚疙瘩半天都不待挪窝的。你想啊，包括你三伯的孩子，般般大的五六个呢，你奶奶一人就都看拢了。邻居四娘见了就打趣：靳奶奶哟，您了几个孙子怎么瞅着都跟泥胎木雕似的。你奶奶就把嘴撅到天上去了，等四娘出门，一拍大腿"呸"地啐一声说："你想要还没有呢！"四娘一辈子生养了六个都是丫头，算是吃不着葡萄的狐狸了。

但我的愚笨是大致不差的。我们哥六个都是天津东楼小学毕业的，我上一年级时大哥上六年级二哥上三年级。一次大哥的同班同学问我：

"你是某某的弟弟？"

"不，是妹妹。"我纠正说。

"那你是男孩女孩？"

"男孩。"

"是男孩怎么是妹妹？"

"就是妹妹！"我执拗地说。我想课本上说哥哥姐姐弟弟妹妹，我二哥是大哥的弟弟，轮到我自然就该是妹妹了。

靳字在那时的我看来就像人民公园旁边的三层楼房外加一个云梯，太难认难写了，父母也没得精力教我，于是我的作业本、考卷上有名没姓，直到二年级下学期才学会写自己的姓了。那天王老师当着全班同学的面表扬我说"终于能认祖归宗了"。我听不太懂，反正觉得是好话，要么王老师为什么笑得腰都弯了？我想那时我美得脖子根肯定都是紫的。当我的孩子三四岁可识得一千多汉字、能背几十首唐诗宋词时，我就到处显摆，还想让孩子走文学的路，哪承想他长大后见了文学一如老鼠见了猫，而我捧起本好书就跟猫嗅到了腥般的舒坦。母亲就说，猪朝前拱鸡往后刨，各有各的食路子，这人呀压根就不是教出来的。我就惊叹母亲的哲思，比美国科学家爱德华．奥斯本．威尔逊在《人类的本性》中讲的"地形发展说"要通俗明了的多了。

四

我有个远房伯伯，若与我父亲论似已出了五服，祖父生前常与他家走动，两家年节时就多有往来。大伯的爷爷我们叫他四老太爷，是天津河东电厂工程师，自家有一座三层小楼，楼下是车库，还有个后花园，小时候爷爷带我去过他家。四老太爷长得模样一点也记不起了，记得真真的是他家的那个特别的木床，两个床帮都装有大镜子，仿佛对视的两个半月，我好奇地走近跟前琢磨，见镜子里套床，床里装镜子，有无数的镜子木床和越来越小的我排向深处，感觉像掉进了魔镜。印象最美的是那个后花园了，有四五间房大小吧，镶一条人字形碎石小路，一石桌围四个石墩，园内长满了叫不上名的花草，还有两棵海棠树牵了手。蟋蟀正撒欢，心就兴奋的咚咚跳。逮蛐蛐儿我也算是老手了，忙找纸卷了个一拃长拇指粗一头折叠封死的纸筒夹在耳朵上，然后蹑手蹑脚听音辨向找到蛐蛐儿所在，一泡尿对准砖缝滋去，蛐蛐儿蹦出，顾不上提裤子，双手罩了蛐蛐儿放入事先做好的纸筒里，那心情比高远的蓝天爽多了。后来读鲁迅先生的《百草园》就倍感亲切，认定先生写的就是这么个园子，由此深爱先生的作品，这是后话了。

四老太爷三代单传，大伯结婚多年媳妇也没个动静，医生说不能生育。大伯想让父亲过继给他个儿子。“行，行行行行。”人称傻二哥的父亲满口答应，撂下一串的厚道。其时母亲正怀第七个孩子，母亲说，要是个小子就过继给他大伯吧，夫妻俩人性好，家境更是没挑；但要是个丫头就不给了，日子再难也要让她和姐姐大敏做个伴。母亲到底给我们添了个弟弟。满月过后大伯两口乐颠颠地把小弟弟抱走了，倒没见父母怎么着，我蹴在河边抹了好一会鼻子。小河已结了薄冰，我把一块砖头向河心砸去，砖头在冰面上滚了几下漏进河里，我在心里演义着怎么把小弟弟弄回来的情节。

不久后便是漫长的饥馑，尚有定量供给的城市一如干旱的草原，虽可见大片绿色但羊们却啃不到足可果腹的青草。全家人个个浮肿，这时我又庆幸小弟弟去了好人家，但愿他每天都能吃到发面饼。

终于熬过了荒年，浮在人们脸上的淡淡绿色渐渐褪去。一天，大伯和婶突然带着小弟弟来，全家惊喜莫名，我更像个耗子满屋地转悠。小弟弟长得酷似二弟，文净而秀气，一口的京腔却显得有点弱，想来这几年是在北京过的。我们哥几个抢着带他玩，心里暖融融的像生了个小火盆。大家小心地护着这层纸不被捅破，仿佛不舍得打开的一瓶陈酿。那以后小弟弟过几个月便来一趟家里，这成了我们的盼想，不仅兄弟相聚，还可打打牙祭。有一次，小弟弟指着二弟对婶说："妈妈，门口的四娘说我长得像老哥哥。"婶就紧张得白了脸，带小弟弟匆匆走了，此后就再也没来过。我插队回津时专门去大伯家看过小弟弟，时值"文革"，房子大多被工宣队强占了，他们一家人挤在一间插不进脚的小屋里。我特意准备了笔记本和钢笔送给小弟弟，他讷讷的什么也没说。那以后我们似各奔东西的飞鸿连个爪痕都不见的。父亲弥留之际有话要说，但已不能了，我们握着他的手腕，任他用最后的力气写下歪歪扭扭的线条，我们辨认猜测可能是小弟弟的名字，父亲想最后见他一面，于是二哥四处打听，该去的地方都去了也没有找到他，父亲是带着深深的内疚走的。

小弟弟叫靳鸿文，已是知天命之年了吧。

兄弟你在哪儿？哥想你。

五

母亲的爱阳光般普施我们，即便在饥馑的年月也公正的像个法官，多年后我能感受到孟子"不患寡而患不均"深刻的母爱情怀。清晨，母亲上班前总是把我们的早点哪怕是菜团子也要均匀地用刀切了，以至我在几块吃食前反复掂量也难抉择。半大小子吃死老子，天蒙蒙亮我们几个大些的早已饿醒，一如过道顶上那窝待哺的雏燕趴在被窝里盯着母亲分吃食，嗓子眼仿佛伸出手来。一次我们每人分得半块窝头，母亲前脚出门我便第一个蹿出挑了缩在被窝里享受，一个猴急不小心把窝头掉进土炕前的尿桶里，我毫不犹豫捞出，用清水泡洗过，放在炉膛下烤成焦黄，香甜似比往日更甚，也更加速肠胃磨盘样地转动了，盯着一身板大小的窗花我想，这要是大白发面饼该多美。而母亲是从来不吃早点的，所带的中午饭是没有菜的，最多是自家腌的白菜疙瘩，经常是滴上几滴酱油了事。

我们穿的鞋从小至上初中大都是母亲做的，用碎布头打袼褙是母亲工休日常做的活计，那次我盯着母亲打袼褙用的糨糊说："妈，这玩意儿能吃吧。""去去去。"母亲用沾糨子的手轰我，眼圈突得红起来。趁母亲不留意我到底偷喝了半罐子，气得母亲追打我，母亲追不上，就边哭边追，我突然停下来让她捉了，母亲把我提溜回家但并未打我，只是一个劲地啜泣。

饥馑过后我家的粮食仍是不够吃，每月都要从黑市上买三四十斤粗粮票，价格记得是两毛多钱一斤。于是下乡劳动是我的最爱了，可以不上学，还可放开肚皮吃，在南郊劳动时我一顿吃了七个半窝头，那窝头至少有三两一个吧。军粮城的稻米饭没有菜也可香香地吃个贼饱，有个同学连吃三饭盒白米饭后撑得走不动了，班上派两人扶他在院里转了一下午。我倒觉得死也要做个饱死鬼。下乡插队也始终是半饥半饱的，当兵的第一顿二米饭像是有生以来胃口最舒坦的一次了，几顿饱饭过后我便野成了青纱帐，我不禁在心里喊：当兵真好呀。

六

小时候最怕的事莫过让母亲理发了。母亲初上手不会运推子，夹头发是常事，一个锅盖头下来，母亲累得满头汗，我们则仿佛受完刑疼得一脸泪。已知美丑的大哥嫌寒碜那是死活不理的，二哥以下任由母亲强按了头。人长得本来就不透亮，再留个锅盖头，演二傻子都不用扮相了。邻里四娘见了我就捂嘴偷笑，更有顽童在屁股后边叫"锅盖头，赛猪头"。我便加快了脚步，仿佛有无数钢锥样的眼神在扎我。

碍于邻居的耻笑父亲也埋怨："毛八七的事，用得着嘛？"

母亲就掰着指头算：剃一个头一毛五，他们哥五个是多少？就算一个月剃一次，一年又该是多少？

"九块"。当会计的父亲不耐烦地随口说道。

这不结了，我花三块多买把推子，一年的电钱就省出来了。咱家按人头平摊生活费十块钱出点头，柴米油盐煤电水哪儿不用钱呀，夏单冬棉的孩子们露肉了吗？这不都得靠我抠着来，凭你每月扔下的那几十块钱，我们娘儿们早上街讨要了。噢，这一大摊事都归我划算，敢情你吃凉不管酸的……母亲呜呜咽咽地絮叨着，父亲在土炕的西头已响起了鼾声。

初春的半月一如刚推成的锅盖头，顽皮地躺在我家院墙的爬山虎上，似乎被尖尖的枝条扎着了，猛地蹿起蹲上老阚家高高的烟囱上，忽而又仿佛被烟熏呛了一下，慌慌地带着半张大花脸谱躲进路过的浮云里了。那以后我和二哥都学会了推头，再以后我们推遍门口的一亩三分地。家住附近靠剃头吃饭的刘师傅见了我们便眼黑，招揽生意用的铁夹的嗡鸣就少了我家门口一大段的悠扬。想来有点愧，他也算是我得以偷艺的半个师傅哩。到山西插队时我带上了那把推子，给老乡们理发滋润了我们浓发般的亲密。儿子的头更是从小推到上大学。我还新换了把电推子，准备他假期回来用，细细的甜暖织进长长的期待，仿佛侍奉一幅绣锦。但到跟前时，儿子脖子一梗：都嘛年月了，您歇菜吧。

儿子竟是不让我摸他的头了。

七

如果说麦秸垛是农村的一个象征，那么生煤球炉子也许是那时天津的一大景观了。每日清晨，胡同里的院门口、大杂院里的家门口都会先后燃起煤球炉子，浓烟滚滚仿佛起了战争，一股股焦煳味弥漫在空中，不时有人冲出烟阵后大口地换气，仿佛浮出浑浊水面的鲫鱼。凭高远眺，弯曲的胡同似伸出无数支巨大而饱蘸浓墨的毛笔，向着蓝天涂抹每天必不可少的作业。

八

坐落在天津下瓦房附近的人民公园据说是李大善人捐出的，"人民公园"飘逸的四字出自毛泽东的手笔。园内于暖季自是树林荫翳鸣声上下的，更有小桥流水叠岩参差，园内还圈养了一些动物，有虎狼猴鹤等。我家距人民公园也就一里地，常可听到虎啸声，奶奶哄吓我们最有效的话是"老虎来了"。据说现在已无老虎等大型动物了。园内最醒目的要算十来层的宝塔了，几乎在任何角度都可见到它的峥嵘，小时候每次进园都少不了要攀爬的。公园以面积论也就是山西迎泽公园的五分之一吧，但孩提时的我却觉得大的没有边际。出大门口有百十米的花墙路，依墙望去，砖线呈缩小的长三角形越来越细像没有尽头似的，若是仲春时节，还可见飘摇的地气蒸腾而上，人已玩得倦呆欲睡，便更觉家远了。园子被两米多高的青砖花墙圈起，从花墙的孔隙处依稀可见园内的一些景观。花前月下的勾当属园内最宜了。稍长，我们几个坏小子常从花墙孔往里寻找搞对象的，见里面一有动作，我们便"哈哈哈，嗨嗨嗨"一通的怪笑，直到对方逃走。也许是为禁不花钱就能观看园内景致的缘故，管理处从里面把花墙用砖砌封掉，这是稍后一些的事情了。

盛夏时节，园内为揽生意几乎晴天都放露天电影，我们没钱的几个小伙伴都是乘黑翻墙而过的。《林海雪原》、《虎穴追踪》等片子我们熟得胜过自己的掌纹，最爱看的当是《刘三姐》和《英雄儿女》了，刘三姐和王芳总让我莫名的挠痒，心是麻酥酥的。

其实真正好玩的地方是人民公园的花墙外，这里大约与传说的北京天桥差不多。有撂地说相声的，印象最深的是对父女；有拉洋片的；有耍关公刀的，一百八十斤的大刀贴身上下翻飞，未了把大刀挂脖子上就地转圈，围观的人吓得直往后退；顶瓷坛的，摔跤的，用手砸石头的都挺叫座。属拉硬弓的围观最众了，表演者虎背熊腰，上半身的疙瘩肉比体操运动员还见发达，先拿张硬弓让围观者试拉，上去的都是青壮，大都拉不动，也有拉满弓的，看得出试者也是努得青筋暴露脸红脖粗。表演者不说话只中间坐定，一帮衬者口齿伶俐，边说边帮着表演者把四支弓弦套在脖子上，一支弓弦用牙咬了，左右手各撑一支，左右脚共蹬三支，稍定，表演者一个眼神，帮衬者大喝一声"开"，五张弓嘎吱嘎吱慢慢拉开，围观者欢呼雷动。帮衬的赶紧用铜盘转圈收钱，大多扔一两分钱，也真有给一两毛钱的，这期间表演者较劲撑着，一直到收不上钱才撤力。

这里还兼鱼市鸟市的功能，只是规模比城里的要小多了。初秋时候，可见近郊农人挑一担大肚蝈蝈来卖，也常见走街串巷的，一如挑了个聒噪盈天的合唱队，更似官老爷出巡，大老远地就知道蝈蝈大哥来了。用高粱杆编织的拳头大小的蝈蝈笼那叫小巧灵便，蝈蝈笼堆挂在一起让人想到仿佛是吹肥皂泡吹起来似的。秋季依花墙卖蛐蛐儿的最火，我在这里可是扔了不少的零花钱。节粮度荒年月这里成了所谓的黑市，傍黑时分拥挤着倒卖粮油布票的人群，我和二哥曾在这里把父母不舍得抽的绿叶烟卖掉过。"文革"时天津养热带鱼成风，这里又成了卖鱼虫的场所，我也曾是这里的卖主。

噢，人民公园，我什么时候再来抚摸你？

九

鲁爷爷给我少年的底色里留下一抹鲜亮，否则我也不会活得有人味，特别是在各类的机关里。鲁爷爷是个退休老师，常在路灯下给门口的孩子们讲故事，至今不忘的是则寓言：话说有一群绵羊抱头痛哭，这是为嘛呢？领头的说，河里的鱼、天上的鸟谁个不比我们活得自在呀？我们走到哪里都被欺负，狼咬狗撵的，人更是屠宰我们，活着无趣不如死了吧。群羊咩咩号啕却没有反对的。他们哭哭啼啼来到一座小山头，下有河水，一群鸭鹅在河里呱呱叫着嬉戏，有的还把头扎在水里屁股对着蓝天。头羊叹息道，我们连鸭鹅也是不如的，去死吧！说完带头往河里冲，群羊紧随其后，大地咚咚如擂鼓，卷起的烟尘遮了日头。此时但见河里的鸭鹅惊恐四散，笨重的翅膀啪啪地拍打水面又好像是讨好羊群的到来。头羊收住已迈进河水的脚步，扫视四散的鸭鹅似有所悟，回头对群羊道：慢，且慢，也许我们未必是最软弱可欺的，好好活着吧。鲁爷爷绘声绘色地讲完，孩子们瞪着涉世未深的眼问："后来呢？后来呢？"鲁爷爷摇摇手中的大芭蕉扇悠悠地说，后来羊群繁衍，把善良和坚毅传遍了全世界。后来残酷的生活历练更让我理解了鲁爷爷故事的寓意，并知道如何对付邪恶。

十

暮春时节玩在海河边。两个灰色芝麻粒大小的昆虫搂在一起摇晃着，我甚至能听到它们快乐的哼哼声。头顶上两只白色的蛾子转成了飞碟，忽地一下就远去了。路灯杆上有几个蜗牛在比赛爬高，爬在最高处的大约是个美人喽。虫要疯玩，草在疯长，花张扬地疯开，大自然到处播撒着勃勃生机。有琴声传来像是专门拉给我的虫草朋友们，浪花拍岸为悠扬的琴声伴奏，又仿佛抛来的掌声。

十一

少时的故里五行八作诸样齐全，补锅锯碗的、箍筲修伞的、磨剪子戗菜刀的、做炉子打烟筒的等等走街串户的手艺人如走马灯似的数不过来，各种小吃的叫卖声在叮叮当当的合唱中一如高音，那香味直往你的肠胃里灌。开铺面坐店的更似雨后的蘑菇随处可见。我家往南几十米处有个热水铺子，门口一天到晚云遮雾罩的，一次我拿暖水瓶打开水，明明把一分钱放锅台上了，老板娘找不见把我数落了一顿。后我又去买水，老板娘没跟我要钱还给了我一把沙果吃，说：上次那一分钱沾在水舀底了。

我家往东北几十米处有个鱼市，河蟹上市时我们几个顽童免不了偷几只拴了线玩，盛蟹的大圆木桶直径约两尺、高有一米多，悠闲吐泡的螃蟹在木桶底只是薄薄的一层，我们个矮，把上半身探进去勉强可捉一两只。那次大来子往下探身探得猛了，整个人都栽了进去，是我把他拉出来的，蟹没偷成手还让螃蟹夹破了。我有一次更险，把偷得的一只螃蟹放裤裆里，差点毁了我的命根子。

十二

卖钢针的小贩后面总是跟着一群孩子，孩子们总是能恰时地接上小贩的最后一句唱词，嘻嘻哈哈的一群人活脱一个流动的广告招牌，走到哪里都能热闹半条街。

卖钢针的脖子上挎个打开的一肘来宽两肘来长一拃厚薄的小木箱子，里面好多的小格子，放了各样的钢针，右上角处有块巴掌大的软木。卖钢针的是边卖边唱的，曲调用的是大秧歌调，歌词有套子活也有现编的，有些沙哑的嗓子唱道：

卖钢针的又来了，

一毛钱呀买一包。

我的钢针实在好，

一年四季离不了，离不了。

凑热闹的孩子们与小贩同时把"离不了"三字吼唱出来，于是就不断有妇女被歌声拽出家门。

冬剪棉来夏裁单,

缝缝补补又一年。

我的钢针花样多,

能牵能连四季安,四季安。

有人来买钢针那要看年岁大小,奉承话张口就有:

这位大嫂眼光好,

选针似把女婿挑。

邻里缝补上把手,

妯娌感情纳得牢,纳得牢。

买钢针的大嫂就捂了嘴咯咯地笑,脸羞成了晚霞。遇上挑了一会儿又不买的上岁数妇人,卖钢针的话茬一如螃蟹吐泡喘气就有:

这位大娘心性绵,

铜勺难免碰锅沿。

买把钢针试试看,

婆媳好合再找咱,再找咱。

那走了几步的老妇人还真就回来挑了一包,说:"饶几个饶几个。""好哩您了",小贩边说边捏了一小把往右上角一甩,"噗噗噗"数声轻响,几根钢针挺在软木上。

十三

新鱼市口有个小人书铺,一明一暗的小房间内摆几排矮脚长凳供人坐阅,墙壁上贴满了小人书封面画任人挑选,薄些的本子一分钱看一次,厚些的二分钱一次,你就是坐上一天铺主也是不管的,但是不能互相换着看。来此翻读的都是些半大的孩子，大人们是不好意思与儿童为伍的，他们大多通过租借来看小人书，价钱比一本本的看还划算。那时的文化生活寡淡，人们的文化水平普遍不高，说小人书是传播文化的半壁江山也不为过。《封神榜》、《列国志》、《荆轲》、《伍子胥》、《三国演义》、《隋唐演义》、《薛仁贵》、《杨家将》、《呼家将》、《水浒传》、《平原枪声》等等，小人书为我展一广阔多彩的世界，涂抹了我最初的生命底色。那时我常常幼稚地想，李元霸把锤扔向天空后干嘛不躲一边去呢？周侗是武松、卢俊义与岳飞的师傅怎么查不到呢？燕子丹真蠢呀，偏偏让一个草包秦舞阳去作荆轲的助手，要么秦始皇必死！楚霸王也是的，过江招集人马再战呀，那匹乌骓马不知下落如何了……当第一次听毛阿敏唱《三国演义》篇尾主题曲时，未竟，我已是热泪潸潸了。

小人书铺的主人是对中年夫妇，男的高大肥胖，眼光锐利，一直防着我们交换互看，着实令人生畏，女的则宽松多了，我们每次进去前总要看清是谁在当值。"文革"中夫妇俩被贴大字报，女的还剃了阴阳头，想来晚年是抑郁的。这对夫妇为我的人生开挖了最早的矿脉，我一直怀着敬意。

十四

因为想学推头，我常在理发师旁默观，赶上刘师傅在门口剃头理发，我更会黏上去偷艺。刘师傅早先是挑担的，一头是个火炉子还挂了铜盆，另一头是个红漆剥落的梢形木凳，凳子中空，有数个小抽屉放理发所需工具。后来不挑担了，只背个小木箱走街串户，但手中的铁夹（音叉）是不可少的。找刘师傅剃头理发的都是些老人和孩子，光头、高平头、平头、学生头是他的拿手活，特别是剃光头的老人那是非刘师傅不剃的。"那叫柔，那叫爽。"被剃过光头的老人都伸大拇指。刘师傅还有一套按、捏、捶、拿方法，常侍候的一些老人舒服地鼾声微起，流出的涎水隐隐挂一串阳光。想剃头但又手头不便的时候，刘师傅就说"乡里乡亲的，这算个嘛，免了免了。"我就见过鲁爷爷剃完头后，左右手各捏一份钱递过去交代："这次的，上次的。"刘师傅就用白毛巾一边掸着鲁爷爷的后背一边点头道：爷，爷爷爷爷，谢啦您了。

刘师傅还有一肚子的半生不熟的典故，看他理发那是一点也不寡淡的。常有理发的问：你们这行有祖师吗？

瞧您说的，木匠拜鲁班，戏子拜唐明皇，连窑姐都得拜梁红玉，我们这行拜罗道士，现如今还在北京的白云观供奉着呢。

有人问道，听说罗道士是唐朝人？

刘师傅忙接道，您圣明。传说，武则天有个儿子叫驴头太子，脾气那叫暴，动不动就要杀人的，伺候他剃头可是件要命的事，不知死了多少人。我们罗祖手艺好，亲自伺候的一个头，驴头太子觉着舒服透了，打那起不再杀人了，后来我们这一行的都拜罗祖师的。

但鲁爷爷有一次纠正说，剃头一事是从满人入关后才有的，所谓留头不留发，留发不留头，为此那人死得海了。此前我们是不剃头的，老话说，身体发肤受之父母不可损伤者也。

"爷，爷爷爷爷，您了圣明。"刘师傅就转弯道，也有的说是雍正皇帝头上长疮，剃头时痛得龇牙咧嘴，雍正皇帝疑性大，杀了好几个太监。一次雍正爷微服私访，我们罗祖伺候了他一个头，雍正舒服透了，事后给罗祖来了副对子：做天下头等事业，用世间顶上功夫。

小人书读多了，也能分清一些朝代，有一次我问刘师傅，唐朝跟清朝隔着有千年呢，哪段是真的？

他跟我眨眨眼道："你想听段吧？"说罢，刘师傅收拾好家什，挎箱在肩，音叉在手，一根钢笔长短粗细的铁棒伸进音叉中间脆生生地拨出，嗡嗡的音响悠悠传开来，仿佛抛出一个个长长的约请。

十五

夏蝉撕心裂肺地嘶鸣着，仿佛蒙了眼罩的犟驴，在太阳的磨道里碾压没完没了的心事。绿叶像得道的禅师般不动声色地录下它油黑的嘱托，脉叶安详而清晰，是希望有一天翻唱那只雪白眺望的歌吗？抑扬顿挫的鸣唱柔和了暮色，直到弯月收割磨道上深浅不一的蹄痕。

十六

我家终于被工宣队抄了。那天母亲似有感应，厂里组织看的电影未及一半就慌慌回家来，正赶上工宣队抄得起劲，土坯墙，土炕掏挖了不少坑。整个过程我都在场，睁着惊恐的双眼一直到现在。祖父平时威严不可犯，那天吓得尿了裤子，尚有余尿想面壁排了，一年轻工宣队员拿了二尺长的木棍猛拍祖父后背骂道：想要流氓。是我架了祖父到小库房小解的。工宣队从我家抄走的四旧有：六十年代出产的话匣子，一只国产表，两个新木箱子，还有装满木箱的我们一家人穿得四季衣裳。这些东西都是全家人常年苦熬苦受省俭下来的，而它们不久就被工宣队分了，那是从分瓜不均的人嘴里说出的。"文革"后，一些曾受过打击的大大小小的人物们仿佛都镀了块金字招牌，十倍百倍地吸回他们的"损失"，而我们这些最底层的小老百姓是无人问津的，更遑论破损的心灵了。

政客、流氓、小瘪三们，你们等着吧，一个报应正在途中。

十七

这还是我们游泳嬉戏的海河吗？

海河一夜之间仿佛成了地狱，曾经旖旎的岸边浮漂着跳河自杀人的尸体，有的地段隔上百十米甚至十几米就可遇一无人认领的浮尸。尸体显然是被水浪推到岸边的，有的已被河水泡得膨胀起来，仿佛打足了气的皮囊随时可能崩破似的让人不敢近前，一堆堆的小鲫鱼围着尸体吮食，你甚至都能听到它们的唼喋声；有的死尸半个身子被拖上岸，身上盖张破席片，两只发胀的大脚泡在河水里，一堆一拃长的老鼠旁若无人的啃食，几只乌鸦在岸边觊觎地踱着步。河水一如往常幽深而舒缓地流淌，载着河里的冤魂，还有天上默默拜祭的白云。一九六七年初夏我在海河边见到这一幕梦魇似地缠着我。阅历越深越觉推他们跳河的巨手时时罩在活着人的背后，或许我也在那巨手的暗影里。最近看《茶馆》，自然想到跳大明湖的老舍，先生的《茶馆》与其说是为旧社会送葬的活剧，不如说是留给自己的一部寓言。有关"文革"的一些事情和感受我在《留得老歌听心声》等文章中都有记述。

十八

郝五大爷是我心中永远的神灵。

家被抄之后亲戚们都断绝了往来，挺好的邻居见面也变得薄汤寡水的，更有些穿开裆裤的孩子们追在我们背后起哄谩骂，我们怕给父母惹祸个个成了软包。我懂得了人情冷暖，人也像遭了霜打的柿子变得成熟了许多。郝五大爷和我们住对门，人精瘦，两只微抠的眼睛特有神，乍看像个精细的南方人，其实人颇粗豪。他儿子跟我是最要好的发小，我多了层顾忌便不去找他玩了。一天郝五大爷见我坐在自家的门墩前发呆，走过来对我说："怕嘛，有嘛了不起的，来我家玩。"说着回头喊他儿子。仿佛孤独行走在黑黢黢荒原中突然见到了人群和温暖的篝火，更似被埋土中憋闷窒息时透进的一股清风，我喉头一股股的热浪冲来，忍不住咧开大嘴嗷嗷地哭起来。如今我已年近花甲，当我经历的劫难越多、听过见过肥肉添膘的勾当以及令人恶心的作秀越多时，郝五大爷的形象便越觉伟岸起来。

十九

"文革"大大激活并滋生着人性深处的恶瘤，也发酵疯长了深寂多年的痞子们。两派文攻武卫上演的闹剧自不必说了，大街小巷常见携刀持棍对垒的两伙，有时战云密布酝酿大半天也没个动静，远远看热闹的人群中便有人丢下"没劲"的叹息走了；有时两伙人眼见的手无寸铁清风朗月的，但两句话卯榫不合便各自从背后抄出家伙互砍，瞬间有人挂彩，死人是常有的事。我亲见有几十号骑自行车的大军手持刀棒顺海河向北急行，后证实是去北京打架的。流氓滋事更是多有闻见，路人遇此多绕行，谁愿揽祸上身呢？

话说海河边有三个小流氓正猥亵一姑娘，人们远远地围观无人敢近前，姑娘哭告无助时，一年轻人路经此地上来排解。此人身高猛人一头，毛两米的个子，但白净秀气的脸十足像个书生。其一流氓上前推搡道：不想挨揍就滚一边去。那小伙便指着自己的左脸说，往这打。

小流氓一拳捣来，只见高大的身躯轻灵一闪，一个右摆拳击出，小流氓瘫倒在地，门牙掉了几颗，血污前襟，另两个见状丢下同伙跑了。

无人喝彩。

救人的就是住九道弯中段的孙家大哥。孙大哥为人谦和，遇熟人总是先打招呼问候，见不到一点的霸气，谁能想到他曾是华北局业余重量级拳击冠军。二哥跟他学拳知道一些故事，有机会我当拜访的。我在想，无论是乱世还是较平和的岁月，社会都在呼唤这样的侠士，有他们在人们的觉便睡得安稳些，尽管这种呼唤不无怯懦的低鸣和自私的渴求。

二十

一水穿城而过，湿漫万家灯火，也显影出城市喧嚣而疲惫的灵魂。几盏霓虹灯浮华了满河的星星，沿岸的路灯柔和着晚风，更给铁黑的河水挂一串温暖燎天的篝火。浮躁的车流风钻样搅动河水的忧郁，偶尔一声夜游鸟的嘶哑挤出，调料般浓了蟋蟀们伤感的悲鸣。有不归的夜钓者，安闲地放几朵幽蓝幽蓝的光休憩在鱼漂的头顶，静静地等待那份咬钩的心情。

二十一

家抄得烦了，人死得麻木了，批斗也在走过场，"文革"最具杀伤力的浪峰过去了，社会有如泄欲后的倦乏，课没的上，工也不好好做，但慢慢积蓄起来的精力总要找个出口，于是流行风顿起。多年后想，也许对美好生活的追求进而艺术化是人类社会前进的恒常动力吧。

养热带鱼一如鱼儿排卵一夜之间就几十倍几百倍地风行起来，几乎家家都有，玩得大的整间屋子像个水族馆，最次的人家也找个小瓶子养两条孔雀游。于是也起码派生了三个行当：打热带鱼缸，卖热带鱼，卖鱼虫。养热带鱼对水质水温、光线氧气、设备投饵、疾病处置等都很讲究，因此养得活且养得好的并不多见，好在热带鱼繁殖力极强，体小活泼色泽鲜艳的鱼们前赴后继，为那个窒息的年代留下一角温暖的静谧，平添几许轻盈。有段时间，我好想变成一只哪怕是最普通最低贱的孔雀鱼呢。

有多少个弯曲的胡同，胡同有多少个昏暗的路灯，路灯下便有一伙或几伙人在打一种叫"争上游"的扑克游戏，那场面仿佛深阔的夜幕下到处盛开着莲花，围观者是花瓣。这在当时的天津也许不无夸张，但在我家左近的胡同里却是怒放了一些时日的。沿海河的公路上，夜幕降临时并不多见行人，但在间隔有序的路灯下仍可见有人扎堆在激烈地拍拼劲地甩扑克。争上游六人一组三人一拨，经典的理论为"上顶下削砸对门"。打争上游讲究的是气氛，有条件的摆一方桌，铺一块皮子，也有不铺的，重要的是出牌时要狠狠地拍上去，啪啪的声响震耳，这牌就打得有了气势，要的就是把小桌拍裂拍散了架。时隔多年，我在拍裂的小桌上读到分裂的人格，在散了架的小桌旁看到人性深处的霉菌。

疯狂的年代诸事都沾点疯，似乎又是一夜之间，许多人都成了木匠，扒掉土炕做木床，拆了八仙桌条凳打酒柜沙发，那是一个刨花丰产的年月。锯掉穷气丑陋的日子，刨出飞卷平滑的生活，人们于无聊的争斗间隙勾勒描绘着实实在在的明天。读临汾师大时寻思，公输般做梦也想不到在他身后的某个时段里，门徒多的足可组织一支强大的军队，攻打宋国何劳费神发明什么攻城器械，墨子的后人为此也当慎于奔走了。明熹宗朱由校也是行家里手就高低想不通，他们锦衣玉食的何苦受这份累呢？

二十二

去山西插队我在班里是第一个销了户口的，没有政府号召我也是要走的。这一走就是三十多载，劫难是把磨刀石，生存的刀将越磨越锋利因而刀体也越磨越短了。

二十三

思索了一冬的河面萝卜似的糠了。古老的河床蜷曲着懒腰，把镂空而坚硬的理想铺向远方。冷峭的风有些塌嗓，仿佛改了行的黑头有架无腔。孕育百年的童话开始温暖地诉说，我听到消融痛苦而欢乐的歌。冰面仍可渡人，但河心多处汪了绿水，正圆睁了洞穿的媚眼。我知道，她张望的不仅仅是绚丽的春色。

1999 年 3 月～4 月

童蒙赌趣

不知别人怎么着，我从懂事起就开始赌博了，当然是小儿科的那种。九道弯是个赌气熏天的地方，我未开蒙就知道一百零八张麻将牌应着梁山一百零八条好汉的名头，九纹龙史进是九条，二条是双鞭呼延灼，黑旋风李逵是五万，要么为嘛单吊五万叫捉五逵呢。就学着赌，穿开裆裤时赌纸元宝，放了学常是一边做功课一边赌玻璃球，即便在课间也抓空儿赌几张毛片（一种印着飞机、大炮、航空母舰的火柴盒大小的纸画），尿急时也在厕所赌，两不耽误，常忘了在撒尿，脸对脸地翻毛片就互尿了一身，倒也两不相欠。

长大了对赌却没了兴趣，兴许儿时赌过了头。每年回天津也玩麻将，那不过是为了陪陪年迈的父母逗乐。要说没了赌性那也扯淡，世人谁不在赌呢？和尚尼姑也不过在赌来世罢了。性灵的、自然的、继而是环境的、文化的那部分特质，在人的童年是那么的光彩，它越来越炫耀了我的视野。

捣 柴

捣（音 dei）柴就是赌劈柴。捣柴词典是没有的，相信这词汇在现在的天津孩子中当是绝迹的，因为这实在是个落后的如裹脚布般的儿童赌博。那时天津家家都用煤球炉烧水做饭，生煤球炉就要用劈柴，而劈柴是政府按月供应的，于是赌劈柴就有了生活的理由。而现在大块的木料扔在垃圾堆都没人要，这在我们小时候那是能人脑子抢成狗脑子的事。捣柴这词想来是乡人的土造，但绝非乡人舌头大咬不准音，细揣摩颇有些市井味。捣蒜的捣可作砸，我说的捣字却换不得更合适的字眼，它有瞄准儿、撞击、狠劲咂的意味。

捣柴是俩人玩的赌博，每人各拿一块或几块劈柴，多块的则必须是本木柴上的，被验证能合得上缝隙的才可上场。柴越重则越好，松木屁轻不经打自然是下品货色了，除非输得没辙了才用它。中品是硬杂木，黄檀或紫檀木则为上品了，我只见过水铺对过的毛小九用过，输了柴抹了半天鼻涕。

捣柴前先划一条横线，再猜拳决出先后。柴丢在地上，每人轮流捣一回，谁把对方的柴击过横线为赢，那柴就归谁了。有几块柴就可打几下，算是一回权利，所以捣柴拿多块的占便宜。小块的管拨正方向，大块的才是决定胜负的那一击，也算是各有所长分工明确吧。如果被捣的柴刚好压在横线上，捣柴的人得两腿交叉在线上，既要把对方的柴捣过线去，又要让自己的柴不跟过线才算赢，这就增加了难度，规则和现在的体育比赛本质上是相通的。

捣柴的技巧不多，倒是挺见人的德行。小九胆就壮，用得柴常是一尺多长胳膊根子粗细的，他是大输大赢家，不过输得次数多，一次输急了，就把家里的八仙桌腿卸下来赌。我准头不行，柴也次，就光输。数前院的二宝敢冒险了，常把柴丢在横线上，这好比让对方把刀子对准自己腰眼上，短兵相接看的就是心态。对方交叉着腿使不上劲，心里难免发毛，这十有八九是要输的。二宝的战术就是让你慌神，他的技巧好，腰腿也软，又准又狠把对方的柴捣过线去，而自己的柴能原地不动，甚至还会往后弹，这很像现在打台球的定杆和缩杆。二宝也不是一律如此，遇上厉害的就把柴扔得稍远些，但不像对门的大来子常把柴丢得远远的，于是便也常常遭骂：你妈的怎么不把柴丢台湾去？大来子就回应：你大爷才美蒋特务呢。

大来子能吹也真格会算计，眼睫毛都能当哨吹。他跟我们牛皮说：班里到农村劳动，逢吃面条我先抢小半碗，唏哩呼噜站着吃，眼睛扫着桶里面，那帮傻帽端碗面钻出人堆时，我二次冲锋，这才满满地捞上它一碗，齐活啦，咱找没人的地方慢慢品。谁一碗也不够吃的，等下锅吧您了，卤子和菜码也没啦，瞎嘟囔顶嘛。咱草堆上一躺，二郎腿翘着哼"提起了宋老三哪，两口子卖大烟"，给他们气得螃蟹冒泡。大来子嘴角挤出唾沫花，头一梗一梗的，我们给他起个外号叫"能耐梗"。

大来子搞柴用的都是一拃长的小料，柴也丢得远，就是让你连着搞三次也过不了线，有时他竟把柴扔到胡同拐弯处，能把你气死。大来子的战术就是耗，耗得你冒烟。轮他打时轻轻一蹭，跟你磨等着你失误，你一个不小心，柴搞空了飞到离横线不远时他就仔细搞了。没有把握时他就背过身去，轻轻一碰你的柴，自己的柴又飞回去了。大来子就常是赢家，每每抱一堆柴回去边走边吹：行喽，这礼拜的煤球炉子有交代了。

生炉子用的劈柴国家每月只供二十斤，紧紧巴巴也不够用的。家大人知道我们搞柴就虎严了脸骂：你小搞霉蛋再拿劈柴搞柴，输了甭吃饭呀！像大来子这样的常胜将军，他爸是不管的。我在搞柴时也确实有过给家里赢些柴的豪想，赢了心里满热乎的，觉得为累一天的爸妈做了件大事，我也为处处艰难的家挣了些东西，男子汉养家糊口的劲气就滋蔓开来，抱柴进门就喊："妈，这劈柴往哪搁？"其实是知道放哪儿的。

补 锅

童年的赌事真是无所不包的，只要在视野之内的都可作为赌资，连泥巴也在赌之列，这种赌法叫补锅，也叫摔锅锅。

天津的土质大约属黄胶泥，土性极粘，泥和熟乎了，捏嘛有嘛，天津的泥人张是不可能出在沙土地的，沙土地的泥就摔不成锅锅，可见赌事也是因地而宜的，像不缺柴烧的地方自然不金贵劈柴了。

和泥是摔锅锅的关键，道理跟和面差不多，揉搓的时间越长越好，泥揉熟乎了，才可将锅底抹得极薄而不漏气。锅的大小没有一定规矩，全依个人性情而定。一般拳头大小的泥巴做成时下烟缸模样，掌心托了锅底，抡起胳膊使劲往石面上摔去，"叭"的一声响，锅底就崩出个窟窿，窟窿有多大，对方就得补上多少泥巴，故叫补锅。

二宝做的锅锅大小适中，摔得窟窿数他的大，叭叭雷响，光赢。大来子的泥锅锅总是跟小月饼似的，小胳膊麻秆似的抡圆了劲，"吱"的一声摔出针眼大的缝隙，我们就哈哈地乐，叫了他一阵子"屁眼"的外号，但那也得补上，就补了块耗子屎大小的泥巴。我们都不乐意跟小九玩，那家伙经常用尿和泥，小九倒是也有绝的，做个海碗大的锅锅，一手托不起，两手托起又没法摔，双手腕若朝里，那是往自己脸上扣。小九就蹲在地上，双手掌朝上，掌背贴着头顶，我们帮他把锅锅放上去，小九站起来咬牙瞪眼使劲向石面摔去，没想却扔到墙上去了，我们乐成了蛤蟆滩。正赶上他爸下班看见了，就骂道：你这倒霉孩子，真你妈的笨蛋。小九吓得往后退着说：我这就回家还不行吗，再说作业早做完了。小九他爸说：你们这也叫摔锅锅，看我的。他拿过小九的泥说这根本不行，要了二宝的泥巴也做了个海碗大的锅锅，我见他锅底抹成后用小指甲盖沿锅底边划了一圈，抡起胳膊也不见怎么使劲，"砰"的一声闷响，锅底的泥巴齐齐地崩开。小九爸一脸的得意，我们都看傻了，没见过这么大窟窿的锅锅。后院的八奶奶见了，点着小九他爸的脑门笑骂道：毛三呀毛三，你他娘的当真是越活越回去了。八奶奶那没牙的嘴大张着比我摔的锅锅窟窿还大。

和

和是一种用扑克牌赌的游戏，《红楼梦》提到的赌和，想来跟我们玩得差不多。赌和可算是我们诸多玩法中最豪华最奢侈的一种了。

一把一分钱。

和牌时要七张，七以上的牌都不要，尖和大小王当根，其它六张牌必须是二、三、四、五、六、七顺起来才行。一般是四个人玩，难倒也不难，但牌少人多顺起来也不易。赌和是二表哥教我们的。我们的赌友只限于同院的小三、小四、小六，前院的二宝和对门的大来子。

赌和只能是过年的事，因为有了几毛的压岁钱，都觉得财主似的，赌。输毛八七的那算嘛，有个一两分钱那是做不成大丈夫的，买一分钱的毛片好几十张，输也输一阵子，赌和与之相比那才叫惊心动魄。赌前都认真洗手，在心里给财神爷许个愿，而后几个人指天发毒誓：

"咱规规矩矩，要么，玩去！"

"谁赖皮谁是王八蛋！"

"谁偷牌走人！"

"对，不带玩！"

先是规规矩矩的有输有赢，慢慢地大来子就找到了巧儿。大来子别人都嫌他，爱吹又太精，但跟我最哥们，他跟我合计：咱们约几个暗号，一准儿赢，赢了半劈。我也有此意，说要在牌上做记号，大来子说那不行，保不齐需要的牌到不了手那不干着急。我们合计的法子是中间开花，先上后下，从左到右。怎么说呢，捏鼻子是缺根，揉左眼缺二，揉右眼缺三，哼歌缺四，捋下巴缺五，掏左耳缺六，掏右耳缺七。为了看着方便，也为了避嫌，我俩总是坐对门，而且必是先输后赢。好，那一年，我俩可发了大财，把几个赌徒都卷了锅底，加起来不下五块钱哪。

二宝输红了眼，非找我借钱接着赌。"不借，拿你的斑点抵押。"二宝养鸽子，我特馋他的那只斑点雌鸽，从劝业场都能飞回来。二宝舍不得，大来子不喜欢鸽子，主张都分了，我豪气顿生：去他妈的吧，钱是王八蛋，花了再赚，花。大来子也说不花白不花反正是赚的。于是那年过年我们把下瓦房、大光明、莫斯科等离家不太远的几个电影院都泡了。那时电影五分钱一场，看电影吃瓜子，上小学四年级的我们就这么奢侈了一把。

大来子一向爱吹牛，屁大的一点事能吹出花来，唯独赌和的事守口如瓶。我当然不会说，我还盼着过年故伎重演呢。粉碎"四人帮"后听刘兰芳说岳飞传，一讲到牛皋那招"掏耳朵"时，我就暖暖地笑，敢情牛二爷早会掏耳朵了。

儿时的赌事是繁忙的，放下赌算盘珠就是弹球，扔了毛片赌砸杏仁，赌累了该回窝了吧，不成，都别走，赌谁尿滋得远，一个玻璃球的。那尿还真方便，随要随有，源远流长。

目下太原的大街上流行套圈和转盘，晚上最兴隆。我留心过，十来岁的孩子围观的不少，上场的没见过。也许他们缺乏赌的勇气，也许幸运的财主似的不屑下场，更多想到的是老师家长的管束。

　　赌是人的天性，是生命张力的一种外泄。留心人世诸种风景，到处可见性和赌的上演。我无意鼓动孩子们去赌，但那实在是人生必不可少的基本训练，由此你懂得了游戏规则，学会了信义、智慧、忍耐、狡诈等等生存的手段。都说现在的孩子生活能力低，我常以为是家长们把大人的赌性过早地嫁接给了孩子。孩子考不好功课竟能自杀的事，我们那时胀破头也是想不到的，多美的赌事在等着呢。

　　然而还是能看到了孩子们赌性的狂舞，我常常冷眼旁观在电子游戏厅里，找寻着儿时的伙伴。哈哈，这个是二宝，那个是大来子，只是找不到小九了。

1995 年 2 月

——载《三晋文明》1996 年第 10 期

仰望虚荣

初夏的阳光母亲般抚摸着南墙，暖融便润遍了依墙根圪蹴的男孩，锅盖头，清鼻涕，红领巾歪向一边，膝头展一本缺头少尾的古版《三国演义》，他不时支棱起耳朵，听到脚步声眼睛便立即凑向书面，仅隔寸许，他知道有学问的人都是这么看书的，老师就是如此，全班同学才都怕他。书是太过艰深了，有太多不认识的字，他不断迈过去，忽而他笑了，想起上体育课时的跳远。眼睛离书过近，摇头晃脑看几行便头昏欲呕，他想，有学问便难免要头昏的。他终是晕得闭上了眼睛，但与书的距离仍顽强地保持着，他盼妈妈快来，最好是王老师也能来："喔，瞧这孩子多用功，将来能上高中。"他红红着脸笑了，心像裹了枚糖球。

猛地，锅盖头重重地挨了一巴掌，激灵地一缩脖，听妈训道："这倒霉孩子，刚洗的衣服就往墙上蹭，我容易吗。去，到郝老六的铺子买二分钱的甜面酱去。"他端碗捂头走了，但他想总有一天老师会表扬的，气死同桌的美华。

那渴望得到表扬有着大抱负的男孩就是上二年级的我了，后来我知道，那渴望的便叫虚荣，后来更知道大人物和名家们是不齿于此的，但它于我始终如儿时放飞的风筝，足使我贪婪地仰视，更像荒原上的篝火，虽不至在黑夜指示方向，却大可鼓起我奔向温暖的心气。儿不嫌母丑，虚荣是我为文的丑陋的母亲。

我刚当连队文书那会儿，正赶上写年终总结，我哪里会呀，但怕丢人，拼命地凑，满桌满床都是报刊，折腾得五迷三道的，终是不敢偷懒。窗外放一盆水冻着腊月，不时往冰水里扎猛子，让昏蒙蒙的头清灵些。下雪了，多希望思绪能像绵绵不断的雪花铺就一份洁净的总结材料，就穿着单衣单裤跑向操场，听到站夜岗的新兵说："文书嘴头子笔头子都来的。"我就堆起高大，说："夜里站岗多穿点，来回走动些，别冻坏了。"那年的冬季我学会了写总结。现在是差不多的文体都敢划拉，好坏则另说了。

虚荣却也限制了我的吸收，一次，我的一篇习作让朋友指点，她说："呀，一身牛仔装，一条清朝的大辫子。"我成了蛤蟆，心里鼓胀道：你的玩艺儿一如裹脚布，从上缠到下只露俩粽子似的小脚。

我的写作终是悟不得道。

但我无悔，既然是来自生命深处的冲动，它便自然，便平凡，便可能分娩博大与深刻，境界不到强为扭去，倒失了纯真，一如黑妹脸上涂了层厚厚的白粉，让人揪心或泪水或汗水地冲了粉底演了花脸。

我仍向往那种低俗的情绪，于是便不时地仰望那为人不屑的虚荣。

1986 年 2 月 6 日

——载《山西人大工作》1993 年 7 期

碎 痕

被我撕碎又粘合起来的这张照片，又顽皮地站在相册里，照片中的我们稚笑可掬烂漫流溢，只是相片已经发黄老态龙钟了一段岁月，有时我又觉得它像辆牛车载了千百年的爱心滚动在人类情感的驿道里，我分明能听到它无可奈何却又铿锵有力的碾压声，每次翻看它都让我于暖融中渗出些许的不安抑或沉重。

左起第一位是我，笑得大发了，五官挤在一堆儿，傻里傻气的。紧挨我的是关平，四方四棱的脑袋盖着寸头，大家都叫他"棺材头"。关平磕巴，但肚里有不少古，因为姓关，又跟关羽的义子同名，对关公就特别崇敬：

貂、貂婵对关老爷那么一乐，想套近乎，咱关爷是嘛、嘛人，曹营十二年，敬、敬嫂如母，通宵达旦读啊读《春秋》。你猜怎么着，咱关爷把、把眼一闭，抡、抡啊抡圆了青龙偃月刀，只听咔的一声……

小伙伴们都瞪圆了眼睛听下文，关平手一摊："先来、来把老虎豆尝尝。"

我较真儿，也是有意逗他更结巴："瞎掰，貂婵一乐，关公也浑身发软儿，要么为嘛闭眼呢？"

胡、胡、胡、胡啊胡说八道，咱、咱、咱关爷的刀法格色就、就、就在这儿。

关平脸红脖子粗，嘴巴张着好一会儿才合上，眼睛也像安了电门，随着嘴巴一关一开的。看他急巴巴的样子，大伙儿前仰后合地喊：棺材头，嘴巴张，唾沫星子赛长江……

左手搭在关平肩上，小鼻子小眼的是于得水，小名叫蛤蟆，蛤蟆沾水不灵，下象棋可算是神童了，十岁时在河西少年赛中拿过第三，他爸的象棋在天津职工赛中也夺过名次，这爷俩下棋最招人乐儿的是没大没小地斗嘴：

"我说小蛤蟆，死性，这单车炮有嘛下头，跳井吧。"

"急嘛，车九平五，将，王八头先给我缩回去。"

"哟嗬，还想蹦跶，马盘槽，将，杀象，卸你癞蛤蟆一条腿。"

棋迷们一片哄笑，离家二十多年，每每想到乡人逗乐儿的活幕，就仿佛憋了多年的酒鬼喝了两盅直沽高粱，浑身每根神经都麻酥酥地畅快。

蜿蜒流淌在我们脚下的就是家乡最具诱惑力的小河了。初夏之交是小河最妩媚惹人的季节，两岸糊满了青草，五颜六色的野花玻璃球似的镶在碧绿中，疏密有致的垂柳弓在岸边或弯向水里，河床涨满了绿水，最宽不过十米，在只有四、五米的窄处，两岸的柳树竟秦晋联手成一段绿色的拱桥，南风像个调皮的孩子，在桥上一滚一滚的，直滚到水面上，荡开的涟漪惊跑了水中鱼水上虫。有弦月的夜晚，我常常觉得棵棵垂柳都成了胡同的小媳妇们，正拿着弯弯的月梳，对着小河精心地梳理发辫。我们就是在这里挖蚯蚓、放风筝、游泳、逮蜻蜓……小河是我们天然的游乐场。

数滑冰是最快心的事了，一尺来宽两尺来长的木板底下，钉两根粗铁丝或角铁就是冰拍了。人站在上面，撑杆从裤裆下穿过，磨得尖尖的固定在杆头的钢棍直抵冰面，两腿前弓，屁股后坐，上身前倾，像起跳时的大袋鼠，双手向后有节奏地用力，冰拍嗖嗖地向前飞去，冰面上炸开点点冰花，冰拍子往返穿梭织就季节深处的那幅律动，哪年冬天不因滑冰磨破裤裆而挨家大人的骂和拧。

一次，关平把家里的白门帘披在肩上，腰里系着武装带，带上悬一把自制的青龙偃月刀，头顶他爸的瓜皮毡帽，在冰上狂飞，出尽了风头。街坊十几个孩子如法炮制，把家里的白包袱皮、被里什么的披了出来，自制王八盒子、冲锋枪也装备上了，十几个人排成一溜长队，在冰面上咬着飞滑。

"嘿，林海雪原，冰上小分队，够意思。"岸上围观的大人们赞道。我们更来劲了，接着便争谁是203，谁是杨子荣、孙达德。关平不在乎好人坏蛋，有关就行："我、我、我就是郑三炮，你们追、追啊追吧。"那次，我把白褥里弄破了，妈倒是没打我，饿了一天不给饭吃。

我们不光野，也有文明的时候，六四年仍饿肚子，但人们学雷锋心诚，我和关平、蛤蟆约好，只要下雨都拿雨伞到河边接送人。那年的秋雨还真不少，可是我们上学天下雨，我们没事天放晴，赶不到一块儿这好事就难做成。一天下午两宗都碰齐了，我们打着带补丁的油布雨伞，红的、黄的、紫的、野蘑菇似的立在河边。我们商量最好碰上个老太太，最好是小脚的，雷锋也有那么一回事。等了半天也遇不到一个没带雨具的，大概地方选得不对，大雨天谁敢走河边，好么，脚一滑出溜到河里找谁去。正嘀咕，顺河岸急急走来一人，浑身尽湿，怀里捂着包东西。我们等得不耐烦了，那心情就跟林冲入伙拿投名状差不多，忽地拥上去，我给那人打伞，关平和蛤蟆抢着提包。来人不知就里，大叫："干嘛！干嘛！大白天犯抢！"说着使劲往回夺包，小包叭地甩在地上，冒着热气的馒头都滚在泥水里。

我、我、我……关平越结巴了。

你嘛，你给我赔，这年头易吗？那人抓住关平的前襟。

蛤蟆解释：伯伯，我们是学雷锋办好事，没想褶子啦。

我想一跑了之，见那人抓住关平不撒手，忽想到桃园三结义，再加上雷锋，便觉胆壮气硬了。话一谈开，那人跟蛤蟆的爸爸是棋友，看在他老爹的面上放了我们，事后还告诉了老师，为此，我们很光彩了一段时间。这张照片就是那以后不久王老师给我们照的，说好要上学校光荣榜的。我得了一张，又狠狠心花两毛钱给照片上了彩。两毛钱，积攒了小半年，少看几场战斗故事片呢。

后来我插队、当兵、蹲机关这张照片一直带在身边，离家乡愈久便觉珍贵了。当忙完刻板的工作，当孤寂袭上心头，特别是当坎坷难挨时，便翻出它，久久盯视着，心板渐渐显影出家乡明丽的图画，缕缕情丝飘散开来织就眷顾的情网，撒入家乡的小河，捞出一个个鲜活的梦来，那梦便化作枚枚爽涩的青果，一只只烫平思想褶皱的熨斗，哦，这绵绵无绝的乡情，我定要拥抱你了。

我插队后，家从河西区东楼迁到河东区万新村。二十多年来，每次探家都是来去匆匆，几欲去故里均未成行。去年回家过年，初四中午我要去东楼，妈说："熟人没几个了，去嘛。"乡情牵着我，执意去了，没忘了带上那张照片。

故乡已是沧海桑田了，小河面目全非，河床填了垃圾，沟底洼着黑水，更不要说垂柳了。几经周折才找到关平的新家，开门的是关平的弟弟，我离天津时他才三、四岁，没一点印象了，他告我关平一家子都去娘家了，我有些遗憾。关三娘盘腿坐在里屋床上，她害了青光眼，弄明白我来看她，惊诧地一连串十几个"呦呦"，之后是十几个"谢谢"，又一个劲儿给我作揖，说：行，好小子，还知来看我，行，够仁义，比关平出息。嘛孝子，胡臭一个，有好吃的尽跟我藏着掖着，打我不知道，明戏着呢。硬棒嘛，有一天没一天了。你说的也是，可谁给我治眼病，花钱就像摘他们的腰子，还是你小子知道疼人。我这辈子易吗？我怨得慌？电视机是嘛玩艺儿我愣不知道。见天六楼这么一糗，跟蹲大狱没二，你是不知道呦，连个说话的都没有。养猫？他们可得让啊，这个，这个……关三娘右手藏在腰侧，快速地变换着手指，猜拳似地比画说：这个盼我死，我偏活给他们看看！我这辈子才叫怨呐……

三娘的话匣子打开没完没了，渐渐觉得乏味起来。这时外屋有人问："里边那位是谁？"

"山西土老帽。"

分明是关平的弟弟，我心一紧，血忽地涌上来，逃也似的出了门，身后传来关三娘的挽留声。

天完全黑下来，我在故土久久徘徊，心冷冷的。

"要车吗您啦？"

一小个子中年人骑在三轮车上问我，我一眼就认出是蛤蟆，心头不禁一热。二十多年未见面，这家伙瓜子脸见方，胡子拉碴一副老态，但小鼻子小眼尚留旧容。他外裹着一件黄色棉袄，扎条宽皮带，像穿了件褡裢，下绑皮护腿，头顶桔色的毛线帽，带俩毛乎乎的白耳套，挺滑稽的样子。

他没认出我，也难怪，我带了近视镜。我真的坐上了车，说："拉万新村吧，蛤蟆。"

蛤蟆蹁腿儿下车，回头细瞅："你谁——呦，呦呦！你小子打哪钻出来的，来干嘛？"

我暖暖地看着他，没絮叨几句话就从怀里掏出照片捧过去。

蛤蟆在昏黄的路灯下眯了半天，说：红脸蛋，红领巾，有点印象，好像八辈子前的事了，这是干嘛？混得怎么样？我现在光想赚俩钱，然后开个买卖，弄几十万再出国，之后转回来咱就是华侨，人吗，总得朝上奔，对吧。

蛤蟆侃大山的性情没改，只是越发玄乎了。一个中年妇女抱孩子找上门来：儿童医院多钱？

“您了给十块吧。”蛤蟆一指我，“看见没有，这位大哥去万新村，出三十我没答应，远。要不您了别处看看，收车喽。”蛤蟆向我挤挤眼，我知道这是让我做戏，可我实在是弄不来了。

“就十块吧，那老头儿要二十。”

“要么说为人要厚道呢，您赚俩钱易吗。坐稳啦，把孩子裹紧。”蛤蟆向我一招手：“兄弟，有空儿再聊。”说着蹁腿上车，眨眼不见了。

沮丧透了，像吃了个带虫的青果子，昏黄的路灯瞅着我，似打量一个出土文物，家乡近了，乡情远了，回吧。

爸他们在玩牌，没心思，和衣上床，又续纺着一路的惆怅。我想，乡情该是位锲而不舍的画师吧，面对历史的宣纸，构思，剪裁，润色，几十遍地推翻重来，时空拉得越开，就越能画出空灵神韵的妙品，但走近它便觉一览无余了，而记忆和情绪又如流淌的溪水，连贯而下竟使人忘了它的脆弱和可怜。也许历史本来就是由一群可怜虫延续的吧？滚开，这恼人的乡情连同我的自作多情，我翻出那张照片，撕碎扔于地上，忽又想到，当时扔在故里最妙，先烧后埋更悲壮，只是现在的小河不配葬它了……

窗外夜色正浓，寒星在夜的心头亮起暖融的旗帜。我不由得想到关三娘的青光眼，想到她的牢骚、抱怨，更想到她赌气地活着；我想到蛤蟆的奸猾，出人头地野心，更想到他一脚一脚蹬出的生活。岁月使我们彼此陌生而隔膜了，但人们的岁月却又顽强地包裹和锻造着人们对生活最本质意义的执着，并且艰难地蜕变、更生、向前了，从而使我们能窥到那真诚的一怒一笑，尽管是一闪的火花，却只有它才能点燃全部生命的柴薪，幼稚、脆弱、奸猾、野心、牢骚乃至保守，在它面前不都是赤子赤心吗？我不由拾起那些碎片，小心粘合起来，我要让这撕碎的痕迹时时提醒我，心脉是不应也不能割裂的。

1990 年 3 月

——载《黄河》1992 年第 6 期

两个太阳

　　每当望着鬼头鬼脑的朝阳和醉翁似的夕照，我便常常想到爸和儿子，心头涌过轻灵欲飞的盼念，整个人也仿佛浸在清溪里，铅色翻成绯红，淡漠消融了诱惑。我细细琢磨，是浓浓的亲情在发酵，也有庭院深许难得碧草的感伤。

　　似乎又不尽然。

　　爸好喝两口，妈为此几乎与爸吵了一辈子，到老了却超然了，政策放得满宽，还撺掇爸："喝，尽好的喝，留嘛！"爸就爱听这话。

　　爸的下酒菜极简单，两毛钱一包的花生米就算齐活。爸喝酒前总是一五一十地数过，多了便高兴，哼着京戏，酒也喝得有韵味。少了就摇头啧叹："嘛玩艺儿，才五十一个，比昨儿少了八九个，明儿换地方，换，趁早儿。"

　　逢爸喝酒儿子就起腻，小巴掌伸到爸的嘴巴下："尝尝。"爸极不情愿地捏给几粒，儿子一仰脖儿都进去了，小手又伸过来。爸两只大手赶紧捂住花生米，嚷："有完没完，有完没完。"儿子就揭短："您还偷吃我的花生粘呢，财迷！"爸脸红气短，绝非酒气上头，理亏地一摆手："得得得，就这五个啦，滚蛋。"儿子不缺嘴，偏爱吃抢食。

　　妈满嘴牙都没了，医生说得牙床长好才能安假牙。妈也馋，瞅冷子抄一把，含一颗在嘴里一瘪一瘪的砸么滋味，说："不吃白不吃。"爸就心疼地直嚷嚷："好么，好么，十几个，太狠啦。"看着他们烂漫地较真儿，磨牙，我便陶然欲醉了，飘飘忽忽似在梦中，久结的郁闷豁然塌了，通体舒泰，灵台明净，似悟得了什么。

爸最喜过年了，全家二十几口，群星散落五湖四海，难得过年聚齐一次，这时爸兴奋得像个孩子，里外屋来回转腰地忙，安排着在他看来十分重大的事情，领袖似的。天未放亮，爸就到阳台上倒腾年货，弄得盆碗叮当，还大声咳嗽，隔窗喊："我说，这对虾怎么吃得赶紧拿主意呀，赶紧！"全家人都给吵醒了，妈气得小声斥责："臭显摆嘛，河东都听见了！"爸就嗨嗨地笑。

老兄弟搞了个对象，姓王，大年初三领回家来。小王人水灵，全家都喜欢，唯独儿子眼尖，大声指出："她脑门有个黑点。"爸一拨捋儿子的脑袋："爷们儿，这你就不懂了，那叫眉间痣，福相，主贵。"儿子忽发奇想："那得让我亲亲。"小王脸像红布帘，老兄弟拧儿子屁股，儿子哭叫："又不让你亲。"在全家人在哄笑中，小王端起酒杯唱春词："祝二老春节愉快，身体健康。""永远健康，永远健康……"全家人连同爸妈也起哄似地高喊，继而鸡鸣蛙唱地笑作一团，我也感到少有的快意。

年过了，兄嫂弟妹各奔东西，我假期未满仍待在家里。初四傍晚，忽见爸躺在床上泪流满面，妈慌慌地问："好好的，这是为嘛？"爸哞哞作声："都走了！都走了！"妈也禁不住抽泣起来。我酸酸地想，爸妈是真的老了。

儿子懵懂地加入哭阵："爷爷，我再也不抢花生米了；奶奶，我再也不掐花了，我改。"家中哭声大作，满室悲气。过了一会儿，妈先收了泪，说："哭两声也好，甭憋出病来。"爸也止悲应道："还真是的，心口痛快多了，明儿一犯堵就来一抱儿。"妈破涕为笑："那不成了神经病了。"儿子蹦高喊："又哭又乐，瓜子好嗑……"爸咧嘴乐，眼红红的。哎！我这里愁云正浓，他们已是雨过天晴艳阳高照了。

西边又是一片火烧云，像流淌的红葡萄酒，把一个黄昏都醉倒了，可以想见，明天必是个峥嵘的黎明。我忽然感到，老人和孩子这人生绚丽的两极，恰如两枚彤红的太阳，共处人性勃兴与回归的地平线上，赤身裸体鲜活灵动，没有顾忌没有矫饰，以极自然极富有的情绪点抹泼洒着万物，草木虫鱼山川溪流即便残桥败舍，在他们纯净而蛮野的抚摸下，都各俱了灵性，遍披霞光，滴着清远。相比之下，那自负地踱步中天的日头，竟显得故作深沉高远因而便也单调苍白了。眺望天边的云霞，我默默地想，我们千百代祈求的和我们这一代所奋斗的最深刻意义是什么？

1989 年 5 月 10 日

——载《三晋文明》1994 年第 4 期

奶奶伴着我

奶奶伴着我，伴着我在星的夜晚，一直到今天。

东升的月弯在窗棂上，像幅恬静的剪纸。一朵光又一朵光，跳跃着注满奶奶略显凹陷的眼。六天了，奶奶躺在土炕的一角，静静的，不吃也不喝，也不能说话，像那盆依在墙角的菊花，叶倦倦的，瓣懒懒的，眼看着跑了水气，消了肌容。

"喵——"

"就你能，我还不知道么？"但终瞪不过黑猫那双藏着积怨的眼，瓷勺慢慢润过奶奶干裂的嘴唇，糖水照旧顺奶奶的嘴角流下来。

滴答，滴答……座钟的喘息附在奶奶的喉上，像个年迈的老人爬着漫长的坡道。圆圆的钟摆眼似的一闪一闪，悠着黑猫深裹绿焰的眼，还有奶奶熔化一切的眼神吗？

惊恐的眼亮在下水道里，我掐住黑猫的脖子和尾巴，使劲扔向门前的小河，颤抖的嘶鸣划着弧线掉进河里，溅出我开心的大笑。那猫的头迅即浮出水面，球似地滚过来，水面划出一道沟，折扇般快速打开，猫竟像个威武的将军披件绿色的大氅。让你威。我抓起刚上岸的黑猫又扔进河里。真是怪事，你无论怎样把它抛进河里，猫总是游向被你扔下水的岸边，哪怕几乎把它快扔到对岸，它只要游两下就上去了，可它不。

头皮就一阵阵发紧，心咚咚地擂鼓，后背像附着了什么。"屈死的灵魂无家可归，总要附在屈它的人身上的。"奶奶这样对我说过。我吓得抖动着双手："不要，不要，死猫死狗不要跟我走……"

"胡噜胡噜毛，吓不着……人，都是魔头，只要他能够……"奶奶抚着我的头，弯腰朝地上反复抓着什么，嘴里不停地念念叨叨。

惊悸缠着我。那用开水烫死的蚂蚁，那开膛的青蛙，那掐去尾巴插根草叶再放飞的蜻蜓……哇，那数不清的小生灵就这样随意地被我玩死了，玩死了……起风了，黑黑紫紫的风，风里团着红的绿的眼，哀怨的眼挤满天空，眼中伸出八叉的手，大地像吸铁石般粘住了我的双脚，附上了，附上了，奶奶——

"胡噜胡噜毛，吓不着……"

那猫从此就瓜分了奶奶的爱。

奶奶伴着我，伴着我在犀的夜晚，一直到今天。

月行中天，满室辉光。奶奶的颧骨挂一层红晕，是羞愧的红晕吗？

那天奶奶撩开衣襟从贴身的衣兜里摸出个纸包包，里一层外一层地打开，是个有海菜的棒子面饼子。

"大娘，行行好吧，给一口吃的，可怜可怜这孩子。"和妈妈年龄相仿的大婶，身后藏着跟我一般大小的女孩，黄黄的头发，一双大而无神的眼睛贪贪盯着我手中的饼子。

"小五是个好孩子，给妹妹一半。"奶奶向我点点头。

我撅着嘴，不情愿地掂掂掰开的饼子，把认为小的那一半捅过去，突然又抽回手，在饼子上咬了一口，这才扔给那女孩。

"呸！"女孩朝我唾口水。"啪"地一声，女孩随即挨了那妇人一巴掌。

"这倒霉孩子，真让我没脸呀。那他婶，你等会儿。"奶奶扭着棕子似的小脚急急进屋了。

我不情愿地换过那半个饼子。

"好个有家教的哥。"

"嘛家教，羞死人喽。"奶奶端出两碗白菜汤，"喝，趁热喝。哎，在早先，这算嘛，羞死人了……"那时奶奶脸上落满好看的红晕。

奶奶伴着我，伴着我在星的夜晚，一直到今天。

月照东墙，照着奶奶精心看护的菊花，那菊花是奶奶在戏院门口买的。奶奶爱看戏，苦戏，《秦香莲》、《窦娥冤》、《三娘教子》、《卷席筒》等都看过多遍了，奶奶嘴笨笨的却爱说戏文，但故事情节往往张冠李戴纠缠不清，妈在旁边听着憋不住就纠正两句，奶奶就不高兴，找个事由把妈指使出去接着给我们这些孩子说戏文。我是最忠实的听众了，因为那时奶奶总有好吃的悄悄地给我。奶奶讲过一段我们听不大懂的戏文后总是嘱咐到："人是不可亏心的，那是要遭报应的。人呀，就要像那花，受看，嘛时也别给人添堵。记住喽。"那时，奶奶盘腿坐在土炕上，眯着眼，上身晃着，挺惬意的样子。

奶奶，每年您都戴一朵菊花的，那金黄的好么？奶奶突然大睁了眼，啊，好亮好亮的眼，布满了深灰的天幕。

"喵，喵喵。"

亮亮的星落进东墙下的金鱼缸里，鱼在天上游。奶奶伴着我，伴着我在星的夜晚，一直到今天……

1986 年 10 月 2 日

母亲趣事

一

我们哥六个就有三个不在天津，每年春节全家才能聚一次。母亲求父兄给我写信，爸说累哥说忙，母亲就从自己的姓名认起，不出一年竟给我来了封足足四页的长信。见满纸的错别字，我浑身发热，酥酥地哭了。信的末尾还附了王维《九月九日忆山东兄弟》的诗，我又暖暖地笑了。一次在天津家时，母亲捧着《红楼梦》问我：这云雨情是嘛意思？我拣合适的词语说了，母亲哦哦连声道："就是要孩子的事吧，瞧人家这词儿，面样的细乎，绣花似的美气。"我就羞红了脸，从此不敢自诩文学青年了。

二

母亲竟然是个"超级"球迷。那年的大年初一，正赶上中韩对垒，开场不出三分钟，中国队就让人踢进两个球。母亲气得抱怨三孙女小蕾蕾："都是你闹得，嚷嚷嚷。这大年下的，多添堵呀。今年的压岁钱免啦，免！"其实母亲是看不懂足球的，但出奇地喜欢马拉多纳。在津的老兄弟就利用母亲的喜欢过球瘾："有马拉多纳的球。"母亲便说快换台。看了半天也不见马拉多纳，母亲就明戏了："敢情是拿我开涮呀，对吧。"老兄弟目不斜视，伸长了脖子继续蒙事："报上说的，大概一会儿就出场了。"逢马拉多纳出场母亲是必看必评说的："哎呀，那个缺德哟，那么多的人踢马拉多纳，受得了吗？马拉多纳输球哭得跟个泪人似的，我这眼泪就没断线。"说着说着母亲就又落泪了。马拉多纳服兴奋剂停赛，母亲高低不信，捍卫道："没影儿的事，横竖是不让马拉多纳出场呗。哎呀，那么多人踢马拉多纳……"说着母亲就又流泪了。

三

母亲有一肚子故事，三国，水浒，杨家将，岳飞，大八义，小八义，俞伯牙摔琴谢知音……我古典文学的底子真可说是母亲帮我打下的。记忆最深的要数薛仁贵的故事了：唐王李世民梦得一诗："家住太行一点红，飘飘摇摇影无踪。三岁孩儿千两价，保主跨海去征东。"徐茂公给唐王圆这个梦，就说啦，"家住太行一点红"，一点红是太阳落山吗，这个人在山西。二句当是说下雪吗，暗表此人可能姓薛。"三岁孩儿千两价"，小孩子哪有那么值钱的，说明这个人很贵。四句是说唐王您呀，要在山西得一帅才，此人名字叫薛人贵，可带兵征东。果不其然，就找着了山西人薛仁贵。早些时候那薛仁贵正走背字呢，在汾河湾枪扎鱼箭射雁，那叫苦呀。这故事我在上小学时就听母亲说过多遍了，来山西插队时母亲特意嘱咐我，到柳迎春的寒窑去看看，回家时嘛也甭带，捎两条汾河湾的鱼就行。寒窑哪里找得到，汾河的水枯瘦如柴，人都能淌过去，哪里还有鱼呀，岸边尚有几只风裂的木船半埋在土里。母亲就说我糊弄她不孝顺："逮不着大的，网个小的也算吗，瞧人家薛刚。"

四

孩时的记忆被一个饿字占据了许多，天未大亮哥几个就饿醒了。母亲上班前总是把当天的早点给我们几个分好，而她从来是饿早饭的。她前脚出门，我们较大的哥几个就蹿出被窝，各自掂出以为大些的窝头或馒头，团在被窝里香甜地品着。母亲一刀切的技术算得上绝了，有时我在六块早点前反复掂量也拿不准哪一块更大一些。母亲的爱永远像太阳一样平均布施给儿女们，哪怕大哥当时都十五岁了，而老兄弟才四岁。事隔多年，全家人笑谈此事时，母亲说："哦，都是一根肠子爬出来的，你薄他厚，天下就没这号当娘的。""不患寡而患不均"，我在读孟子书时便想，圣人的治国方略，多是天下母爱的大而化之吧。母亲听我念叨就啧啧称道："你看是不是，要么说外放个官都叫父母官呢，当父母的嘛事都得一碗水端平。"妻那时正当县委书记，赶上那次笑谈便颇有感悟似的。

五

母亲要强便也爱面子，很多事是我们那个年纪难以理解的，稍长便多了些解读。节粮度荒时，邻里大都也是吃糠咽菜的，我家能吃的孩子多就更惨些。麸子面团，炒豆腐渣，棒子面掺海草，这算是很不错的吃食了，因为我们多少能填半饱，而母亲早饿得四肢浮肿了。但赶上饭口有邻居或亲戚串门来，母亲便立即盖住粗糙的食物，脸便也窘得红了，母亲觉得这是很丢人的事情，尽管她也知道那年月他人也不比自己强多少。

母亲退休后老兄弟也结婚了，天津房子紧张的每人不足五六平米，父母就在廊坊的小妹处盖了间小平房。费了牛大的劲把房子盖好，母亲却高低不住了："女婿也是好的，就是邻居见了我总说，又住闺女家啦。我听了堵得慌，我那么多的儿子，却住女婿家，外人不定说嘛了。不住啦，说出大天也不住啦。"

楼下垃圾堆里有些刨花和碎木头，母亲想捡回来以备冬天生土暖气用，就悄悄打发孙女小蕾蕾去捡。蕾蕾人小忘性大，到了楼下大声问："奶奶，刨花在哪儿啦？"母亲便羞红了脸，在二楼阳台上咬牙跺脚指戳着蕾蕾小声道："这倒霉丫头，嚷嚷嚷，多丢人哪。"

母亲七十岁上做了右肺切除手术，医生鼓励母亲要顶住要加油。手术后一个礼拜母亲就下地活动了，天津胸科医院的病友甚至连医生都引为奇迹。碰上溜达的母亲，病友就伸出大拇指赞道："好个老太太，楷模呀。"母亲微笑着涨红了脸。同室一位五十多岁的大爷（病号太多，男女杂处是经常的事）术后哼哼唧唧的，医生就举例说明："您了哼唧嘛，瞧人家刘奶奶，跟你同病同时上手术台，人家都要出院了，您了起来活动活动。"母亲就越发地精神抖擞，刀口果然愈合得快而好。

六

母亲是家里的总理，内政外交当仁不让。四婶儿子结婚，父亲说每家凑份子差不多都是四五十的，咱也随大流吧。母亲驳回："嘛随大流，这不肥肉添膘吗。咱家老大结婚时她出十块，咱原数奉还。"表弟结婚，有的说给十块吧。母亲就气呼呼："他表弟养老带小的易吗，十块钱不寒碜死人了，出一百。"

我家原住天津河西区东楼九道弯平房区，街道在我家院前要盖四层楼。母亲找到房管站，负责人说：按规定平房区内是不得盖楼房的，还鼓励母亲说："大娘，他们盖你们就拆，我们给你们戳着。"母亲是拆不动的，就找街道评理，周围受影响的平房户也跟着闹，那楼盖到二层就起不来了。那些日子家人都不敢出头，虽说文革到了后期肃杀的动静不大了，但父亲还是怕得要命，说："我一进胡同口，心就打鼓。"母亲说："人善有人欺，马善有人骑，古今一理。你甭管，有我呢。"

东楼平房区就要拆了，回迁要等几年，周转房在河东万新村，也可定居在那里，住房宽绰多了。但万新村原就是郊区，生活设施差多了，家人都舍不得离开繁华的东楼。母亲拍板道："搬。三辈人挤两间房，连转个身都碰脸，还嫌糗得不够怎么着，立马走人。"当天拿到新居钥匙，当天就搬家了，当天夜里，万新村十九号楼只亮着我们一家的灯光，现在已是热闹得难见麻雀的繁华区了，家人就盛赞母亲的英明决策。

七

街道主任挨家挨户推销一元一张亚运会奖券，母亲见其辛苦便买了一张，竟碰上了十元的奖。街道主任就夸母亲心眼好就手气好就为国争光就是不走。母亲又买了四张啥也没中，街道主任临走时还夸母亲是好市民。母亲跟我学说后一撇嘴："跟我玩小九九。"

母亲是老派妇女，说话慢条斯理的，出门必修饰整齐利落，即便是盛夏在家也衣着严谨，见了长辈必恭敬地鞠躬问安。九三年春节，母亲让全家人都到大港大弟家去过，我去的最晚，年三十才赶到。母亲拉着我的手欢喜地摇着，末了说咱也来个新派的，就拥抱着我，还轻轻拍着我的后背，我又暖暖地哭了。

八

母亲一生信佛，侍奉笃敬，即便"文革"家被抄那阵子，母亲仍常在夜深人静时对天磕头，不同的是四方都拜到。母亲颇有悔意地说："家里遭难，一准儿是得罪了菩萨，往后东南西北的佛爷都得拜到才好。"宗教信仰自由了，母亲就让儿媳从浙江的普陀山请了尊观音菩萨，一日三香，每香必是三跪九叩的。我们哥几个大都不信，便有不敬之语，母亲就虎严了脸："不敢瞎说的，菩萨灵验着呢。你们想呀，文化大革命有多难，家门口就有好几个自杀的，咱家为嘛人口安然？我这五房儿媳一门女婿个个好，为嘛？菩萨保佑呗。"老兄弟工伤小腿骨折断了，母亲分析道："昨儿你把青青的柿子供在佛像前，佛爷能不涩牙吗？我说不行，你偏不听，怎么着，报应了吧。"一日客来，家里没什么好招待的，母亲就把才供上的香蕉拿来待客，老兄弟就打哈哈："您了这供品摆了还没十分钟就撤，佛爷嘴头子慢点，味也尝不到呀。"母亲就来了个挺滑稽的笑眼，说："心到佛知，上供人吃，没事的，吃。"

九

母亲晚年也许是家境安逸因而爱哼哼歌了，其音质细润爽亮如她栽的万年青，就是不讲节拍，时间拖得好长，非得尽兴后方转下一句。我曾纠正过，母亲说："我七十了，快得了吗？赶火车呀。"母亲的听力还是蛮不错的，常笑小孙女忧忧唱歌："拐她姥姥家去了，这儿低了一脚后跟，那儿高了一脑袋。"电视里放《四世同堂》，都赶在做午饭的时间，母亲为学小彩舞那段"重整河山待后生"，常是攥着两手面，歪头细细把片头主题曲听完才去忙她的。赶上我在家，就让我把歌词写下来，压在枕头底下，有空儿就学唱。

母亲肺癌手术后仍是扩散了，大家在绝望中想到气功，中功有五行五音歌带，肺属金，土生金，我们就放商调和宫调的气功磁带。母亲让我把歌词教给她，一遍一遍地跟着哼哼，直到没了气力仍在听。母亲说："这歌敞敞的绵绵的，听了让人心里静静的少了些牵挂呢。"

十

母亲爱花，先是把本家四爷请来学栽了万年青，几年后，万年青就繁衍了满屋子。母亲说，分家单过吧，就送出去不少，在廊坊的小妹也得了两盆，一个冬天没照护，万年青都冻渴而死，母亲为此事跟小妹闹了好几通，连妹夫也捎带上了。母亲总是把最美的花放在临街的窗台上，窗外是自由市场，人群熙攘。母亲说："我瞄着呢，好多人都抬头看我的花哩。"母亲二次住院时叮嘱我们，别忘了给花浇水晒太阳。母亲去世那天，窗外的牡丹花开了，绛紫色的花朵大如拳头。

母亲刘惠文，天津武清王庆坨人。

1995 年 8 月 22 日

——载《人民代表报》1996 年 9 月 28 日

迟来的祭文

父亲是在他六十八岁那年的五月初去世的，出殡的那天下着小雨，道路两边各色的月季花和红色的石榴花挂着水珠，也像是在给父亲送行。二十多年间总想给他写点什么，但一下笔便感滞重隐痛而终未成文。今年我都六十四岁了，心脏才放了两个支架，身心总觉倦倦的，又是五月，小区的月季花和石榴花开得正盛，便不觉又想到了父亲。

父亲靳毓福。

父亲少言寡语一辈子与我说的话装不满一箩筐，那是他性情使然，更有那个年代的逼迫。文化大革命初家被查抄了，祖父常被街道提溜去批斗，父亲被逼吓得险些寻了短见，每日常听到他长长的叹息，话更稀少了。巨大的压抑笼罩着我不得喘息，1968 年底我在班里第一个报名到山西插队。走的那天是父亲送我去火车站的，他一路无话只是争着提那最重的行李。站内人流拥挤，父亲举着我的行李挤上车帮我安顿好又钻下来，站在紧靠我的车窗前直勾勾地盯着我不说话，车开动了，我听见父亲在人声鼎沸中锐叫着我的小名，而后蹲蹴在站内的水泥柱旁抹眼泪。那情形如一座雕塑永远刻在脑海里了，待阅历丰富些，每每想及心便淌出血来，那血迅速泛滥溢满了池塘，池塘里养着盆大的太阳，那意象竟是挥之不去的。

1971 年我由农村当兵了。那时军人在民众心目中地位是蛮高的，年轻人会为有一身绿军装而四处炫耀，父母常引我为骄傲的不仅仅是做梦也没想到成了"光荣军属"，实在是我这身军装帮家里躲过了一劫。第一次抄我家的杂碎们在"文革"后期又准备给我家贴大字报，恰在这时我回家探亲，他们见了便不敢贴了。这是母亲后来告我的，而母亲是听街道办事处一个相处较好的人说的。稍长我更明了，在中国任何一次运动哪怕是单位的小小整风，也会给挟嫌报复者提供久待的时机，动静越大仇恨会十倍百倍地膨胀起来，那是非置对方于死地而后快的。不久我与一位战友到卢龙县外调顺路又回了一趟家，父亲亲自动手为我们做了十来个小菜，我让父亲一起吃，他摆着大手说："你们吃，你们吃"，父亲像跑堂似的侍候着我们。事后战友赞叹："你爸比我爸好得没边了。"其实他怎能知道我当时的难过，父亲是在以一种他能做到的方式宠爱着让他多少能伸伸腰的儿子。

插队后我一直工作生活在山西，每年差不多都要回津探亲的。每次回去父亲是从不问我在山西的情况，我也极少谈及，不顺心的事多没得让二老担心。母亲总是不停地问这儿问那儿，我就拣好的说，那时父亲总是支棱着耳朵在听。我要回山西了，父亲上班走时轻轻摇醒我，叫着我的小名说："我上班去了，不送你了，注意安全，来信，啊。"我迷怔怔地答应着。父亲在世时我回天津少说也有十几次，每次回山西时父亲几乎都是以同样的方式同样的几句话与我告别。1990年大年初一中午我才赶到家，全家人正在吃年饭，父亲听见我回来了，快步从里屋走出，抓住我的双手上下抖动着哭道："才回来，才回来。"我哽咽地说不出话，母亲在一旁抹眼泪。有一次母亲指着我说："你爸说没疼够。"我们哥几个只有我离家远些，与父母厮守的时间最短，插队前在天津生活的十七年中，贫穷饥饿更有"文革"中的恐惧与侮辱占了记忆的大半，想来父亲是觉得照护我不够，特别是因"文革"影响了我的前途而愧对儿子才有此话的。在长期漂泊中，在充满冷漠、压抑甚至倾轧的机关生活中，一句"没疼够"让我浑身暖融且有些颤栗，仿佛瞬间的大地裂隙中让我看到人世间的真相一样，也只有在那时我才能真切地感知到，即便到了世界末日，绝无仅有的厚重的父爱和绵密的母爱也将伴着你。能被人疼那是怎样的一种福分！

记忆中的父亲是温顺勤快却又急火火的，屁股后面像安了个没噪音的马达。父亲每逢星期天休息有两件事是必做的，一是把家里三块一尺多宽二尺来长的玻璃擦得锃亮锃亮的，连边边角角也少沾尘痕，望着明亮的玻璃窗，我总有一种要过年的感觉。紧接着是帮母亲洗衣裳。我们兄妹六个，四个半大的小子正是会吃不会干的时候，小妹和老兄弟尚幼，母亲也上班，还要操持一家人的衣食，母亲常说她休息一天比上班还累。父亲洗衣服也像他做人一样实在，每一揉每一搓都是吭哧吭哧使狠劲，一次竟把个搓板压断了，也可能是那搓板年头太久的过吧。母亲就笑着说："好么，您了这儿那是洗衣服，赶上打夯了。"

父亲偶尔出趟公差那会一宿睡不踏实，总怕误了点，他会早两三个小时就赶到火车站。一次父亲喝棒子面粥，突地站起身转着圈喔喔喔痛苦地哼着，直到把那口粥咽下去，我慌慌地问为嘛？父亲说烫着了。"您吐了不就结了"，我不解地说。父亲摸着头不解地咧嘴看着我。母亲更心痛："您了都多大了，急嘛？要饭都等不到天亮。"父亲就嘿嘿地傻笑。

我们那时的孩子们都懂得全家每月和年节供应的白面稻米等细粮尽着一家之主吃是理所当然的。我家的生活来源主要靠父亲每月的七十多元工资，但父亲在吃喝上跟我们一样是从不另起炉灶的，偶尔母亲单给父亲炒个好点的菜，父亲也会分给我们。父亲也有特殊的时候，那就是每周日的中午喝二两，其它时间是不喝酒的。

记忆中父亲对我们哥六个从未骂过一句，更不要说动过我们一手指了。父亲温顺的性情在家族内外就难免吃亏受气了。听母亲说，解放前家里有个铺子是祖父与三伯经营的，父亲因为老实不善言谈而不为祖父所待见，早早地离家学徒去了，稍长便去南京上了会计学校。临解放前铺子倒闭欠了一屁股债，债主们堵着家门讨要，那爷俩躲在外边不敢回家。债主们见了我父亲倒是放一马地说："找他没用的，他不主事。"亲戚中都管父亲叫傻二哥，我想肯定是有些由头的，可惜我没有收集这方面的故事，听母亲说过，父亲好说话便常有人找他借钱，遇着装傻充愣不还的，父亲也不好意思要，却说"谁都有手头紧的时候"。大床板借出去多年也不见还，母亲就催父亲去要，父亲说"要来门板让他睡哪儿?"

父亲的厂子充其量是个科级单位吧，老实巴交干了一辈子会计的父亲退休前走了官运，厂里提拔他当了生产科副科长分工调度。没干调度前，父亲脑袋沾枕头就打呼噜，干了调度后他一宿一宿的睡不好，半夜起来往小本本上记些什么，血压也上来了，父亲觉着一厂的调度跟不上那可要窝工耽搁大事的。母亲担心父亲的身体，说："真是皇上不急太监急，有你的嘛呀，那上面不是还有科长和厂长吗。行啦，您了快给我扔了那破副科长吧。"不久父亲退休了，血压便也正常了。

父亲手术后我在医院侍候，一次给他倒尿后随便把尿壶放在床底下，父亲让我把它放在靠里边一点。下次倒完尿我又随便地那么一放，父亲好像不高兴，用手指着、鼻子哼哼着让我把它放回那个固定的地方。我吃惊地瞅着父亲一如瞅着一台刻板的机器。有一年春节，父亲买了几十丈的青灰色的咔叽布，分给我们六个已成家的儿女。有的兄弟在兴奋地丈量着布匹，我看到父亲站在一旁欣慰地笑了。而那时我的心痛痛的，仿佛看到夕阳下一座弯弯的小桥，桥下流水匆匆，桥上人流不断，站在其上的人们只嫌它太逼仄太老旧了。我知道，为儿女耗竭心血的父亲即便晚年的欣慰中也浸着无尽的愧疚。

如此纪念父亲是大不敬，这也是我屡次下笔不能成文的原因，但不写下这些不光鲜不伟岸的事也就构不成我对父亲的真正念想。我看过不少的人物传记包括时下的电视剧，有些人物超迈的纯净的好像不吃五谷杂粮，都非人间了，那还叫为尊者讳吗？

父亲厚道平实的好似过于呆滞，其实他脑子是极清亮的，只不过不是小市民常有的那种卑琐的狡诈罢了。父亲是会计出身，解放前曾在南京会计学校以第一名成绩毕业，解放后一直在一家橡胶厂当会计。有一年街道发布票，正赶上我也在天津，见父亲手指悬空一五一十地拨动了一会儿，对尚未走的工作人员说布票少给了，发布票的人不屑地问："少多少？"父亲说了个准确的数字，我记不清了。那人就又仔细地算了一遍不好意思笑着说："你是嘛脑子，比我的算盘还准。"

父亲退休后更喜热闹了，赶上年节大家凑在一起时就说，"还等嘛呀，摆上吧。"父亲打麻将的胜率是蛮高的，他从未扔过混也未诈过和。在和牌上父亲显得最稳健，遇到下手或对门扔牌他和了，但他会不着急推牌，他要等到上家摸牌时才推牌，因为上家此时也可能和牌了，但如赶上手里的牌太大太好而开牌时间尚浅时就不会轻易地吃和，他一定要自摸试试手气了，如果你着急和牌，那上家自然要先和牌了，等上家摸牌时你再推牌，则想懒也懒不成了。现在大家都学会了这一招，不如说学到了父亲思维的缜密。父亲在牌桌上赢得钱都会补还给输家的，父亲图得一个乐，由此我也想到父亲的一些事情在人品上的合理解释了。

父亲打牌打到高兴时会流露出我很难看到的一面，和牌了自然会高兴的，如果手顺得要什么来什么的时候，父亲会忘形地吻一下牌，那种烂漫和得意是孩子式的。现在想来，父母如果每天都能如此高兴不正是儿女们所祈求的吗？但那时我们却都没有这么想，我们想的是赢，常截父母的和，有时弄得父母很沮丧。为什么不让父母多多地赢牌多多忘形地吻牌多多得意的欢笑啊！而那时我已是快四十的人了，想来便想掴自己几个耳光。

父亲退休后身子发懒，头一沾沙发便鼾声大作，母亲说要让他多喝水的。赶上我在家时，我会给父亲斟好茶水，等水可口时叫醒他，他喔喔地应着在沙发上侧身把水喝了，之后又倒头睡去，过一阵儿我会再重复做一次，直到他说不喝了为止。这是我为父亲做的屈指可数的孝敬事了，做那事时便觉一股股轻盈的温暖在流淌，仿佛一片荒漠中立马便滋漫出温情的葱绿来，那葱绿便久久地跟随着你生动着你在夜阑人静时与你悄悄地话语。那时我静静地看着日显消瘦的父亲，像感悟到些什么。

父母一生情感甚笃，穷且益坚。父亲病危时精神恍惚已说不出话了。母亲双手握紧父亲的右手凄凄道："我跟了你去吧。"父亲忽睁了眼，眉头皱巴着拼力发出"啊啊"声，头微微摇动着。我们哭泣一片。

天下父母的情怀从来是要靠儿女去解读的，一如这五月的鲜花纤弱地开着，以它的缄默等待前来欣赏的人；又如这五月的小雨漫无边际地下着，以它的绵密和谦和抚摸着世界。

2015 年 5 月 14 日

取印记

　　孙女知叶百日时，小恒买来别致的纪念册——可放孩子胎发与手脚印迹的镜框样的物件。商家产品颇有创意，我之叶形印泥也多灵光，我找来杨树叶子放大刻于塑料泡沫上，潮湿的印泥置于模型内，只待小叶子手掌脚掌印其上便可大功告成。谁知取印颇费周章，小叶子手舞足蹈如随风之柳难以制服，时值小叶子大姨来家里，仨大人对付一婴儿，小梅抱着佐以喂奶诱之，瞅准时机四只大手突施按招，如捉蟋蟀，怕其跑了又怕其伤了，一番肉搏后终是取成。初看尚可，细察甚觉做工粗糙，犹豫再三终是趁印泥未干重新来过。又是一场战斗，几经反复取好印迹，如获传国之玉玺。兴致未尽，代小知叶作诗三首，寄望孙女葱翠灵动之意。

　　是为记。

手　纹

爷爷说，沿着纹路走就可找回生命的老家了
奶奶说，江河湖海的源头尽在掌握之中呢
爸爸说，手中的六弦琴要靠爱心弹拨哩
妈妈说，五线谱的每次律动都伴着月亮的心跳啊
我说呀，咱小般若掌一出

叶脉舒展了
　绿色绵密了
　　世界祥和了
　　　大人们就都含笑不语啦

足　迹

在大海中，常听到那个瓮声瓮气的告诫：
　　　　千里之行始于足下
爬上岸来，我就用脚丈量山河吧
高兴时留下枚印章
喏，眼前的如何

胎　发

因为蒙恬的青睐
稚嫩诠释了苍老
至柔雕刻着至刚
斑斓的大美一泄三千年
而我
就是那个大美的精灵哟

2007 年 12 月 27 日

岳 爷

岳爷原是住独门独院的，我家搬来那年我六岁。

"叫岳爷爷呀，这孩子。"爸就按着我的头给岳爷鞠躬，我怯生生地叫了。

"爷，爷爷爷，"岳爷点头弓腰回了我一串爷，我正觉好笑呢，岳爷一塌身伸手就往我裤裆摸去。我吓得一激灵，见爸却嘀嘀乐着，就胆壮起来，握拳，挺胸，瞪眼。岳爷就哈哈大笑说：行啊，爷们儿，将来一准儿比你老子强。等着啊，岳爷回他的东屋，拎出支糖葫芦给我，指着南墙说：看我这爬山虎了吗，光有蜻蜓、知了飞来，你小子逮可以，弄折了枝子，我把你的把把儿揪下来，哈哈哈……

我就觉得岳爷满亲的。岳爷长方脸，细眉细眼，上唇留了短胡须，寸头。后来看到鲁迅的肖像我就乐，岳爷长得跟鲁迅哥俩似的，长大了就倍喜欢鲁迅的书，不仅仅因为他是旗手是文豪，还因了他太像岳爷有了天然的亲近感。这是后话。那时岳爷四季中总是戴个瓜皮小帽的，蓝色的一顶，黑色的一顶。

听说岳爷先前是阔过的。老太爷在张家口干过电话局局长，每年过大年时才回天津一趟，坐自家的小轿车，那可是20世纪二三十年代的事。老太爷哥五个，都娶妻生子了，但里里外外三十多口子人都靠老太爷帮衬。冷不丁的老太爷得了神经病，一会儿清楚一会儿糊涂的，治遍了天津卫也不见起色。老二就对岳爷说：古人有割肉疗亲的典，不妨试试，兴许能激灵过来。岳爷就伸出胳膊说：这有嘛不敢的，割！二伯您了割。果真就从岳爷左小臂上割块皮肉下来熬了一碗汤。那天，北屋里黑压压站了一地人，四个兄弟围着老大，老二说：大哥，您了尝这肉汤的味怎么样？

——好喝，好。

——是嘛肉的？您了尝出来了吗？老二就借坡问道。

——天鹅肉。老太爷就答。

——不对，您了再猜？有的接着问。

——耗子肉。老太爷又有点不着调了。

——大哥，您俩儿子最疼谁？

——老大。

——大哥呀，您了醒醒吧，您了喝的就是大儿子身上肉啊！

老二说完把碗高高举起摔了，众人推出血渍呼啦的岳爷让老太爷看，满屋子号啕顿起。老太爷真的就给激醒了，抱着岳爷大哭说：行，好，我给孩子们挣钱去。老太爷只好了一阵了，不久还是死在了任上，家也很快败落了。

岳爷在新鱼市口有个布铺，不会经营买卖萧条。好在有些家底，今儿典串珠子，明儿卖个佛像的对付日子，不久天津就解放了。我小时还见过岳爷家有个极精致的鼻烟壶的柜子，一米见方，一拃来厚，里边是七、八层的玻璃架子。妈就悄悄地说：真是败家子呀，你岳爷甭说保住着一柜子的鼻烟壶，只要留下几个就够他后辈子花用了。可惜他不懂呀，真真的败家子。

且说老太爷死后，张家口电话局来了封电报，让他去领老太爷的遗物。岳爷懒得跑，打发他兄弟去了，并对他兄弟说：归你，东西都归你，我烦着呢，现欠着人家几十匹布没着落哪。他兄弟拿回来的遗物中有一箱子字画，也没当回事，挂几幅热闹屋子，没想到竟招来了几个记者，又照相又采访的，他兄弟家吓得又把画收起来了。"文革"中岳爷家被查抄，他兄弟因早搬出了这个院子而躲过一劫，但愿那批字画当是完好的。这段故事是岳爷的二儿子跟爸闲聊时说的，也属后话了。但在我心里，岳爷是孝子英雄，我特别留心他的左臂，他是从不穿短袖衣服的，即便蒸笼天也是长袖衫。有次洗澡时让我看到那疤痕，足有大人鞋底子大小。

岳爷有棵多年的爬山虎，密密实实爬满了南墙，春秋间绿了整个院落，也热闹了整个九道弯。爬山虎一入夏就生出许多豆绿色的虫子，肉嘟嘟的有一指头的粗细，常悬丝吊在空中悠晃。九道弯的人多养鸟，绿虫是喂鸟的好食物，就常有人拿了网来捉。

——岳爷，又麻烦您啦，逮两虫子喂鸟。

——爷，爷爷爷。逮，逮吧，这有嘛。

——我那鸟格色，不吃您这爬山虎上的虫子，它就不好好哨儿。

——敢情，我这爬山虎上的虫子没化肥味，去年秋天我特特埋了只死猫哪。急嘛，进屋喝杯茶，才泡的龙井。

爬山虎上常落有蜻蜓、知了，这更招惹了孩子们。

——岳爷，爬山虎上的知了吵了您的晌午觉，我逮了，您赏点嘛？对门的大来子心眼特别多。

——赏你个大嘴巴子。跟我来九道弯，玩去。

——您真不嫌吵得慌？

——我当听马三立的段子、小彩舞的京韵大鼓，没它我还睡不踏实呢。

大来子就立即变招儿：听说胡同口吴三家的早先特趁，是吗？

——嗷。你懂嘛叫趁。几间瓦房几头牲口那也叫趁？他有嘛，不过是个种园子的。

岳爷就被套进去了，满脸的春意，掏出五毛钱扔给大来子说：去，买包恒大烟，剩下的归你小子啦，买糖葫芦。

大来子朝我一挤眼麻利地跑了。这小子常是骗吃骗喝的。

岳爷搭功夫摆弄爬山虎，好像就是为了图个热闹痛快，这可乱了院子，每每弄得满院的落叶，一墙根的虫屎，还有不少踩烂的虫尸让人见了怪恶心的。岳爷是从不扫院子的，妈爱干净，就让我去扫，先是不情愿，慢慢竟是抢着干了，为的是岳爷或五分或一毛钱的奖赏。

"文革"初造反派抄了岳爷家，岳爷还有心整治他的爬山虎，爬山虎越发地繁茂了，只是院落冷清岳爷像丢了魂，常见他坐在门口，见了养鸟的就说：今年的虫子肥实，来逮吧。没人理他，也没人敢来，再者胡同也不见有养鸟的了。岳爷见了孩子们更为殷勤：有俩知了，我知藏哪了，快拿黏杆去。孩子们却起哄地喊："资本家，伪保长，撅着屁股朝天放。"岳爷就寡寡地回屋了。那时岳爷常被街道揪去批斗的。

岳爷家的被查抄，多少也有他自己作的。

国民党在天津的统治快完蛋时，更加强了地方保甲管控，有点头脑的人都躲着保长的头衔。有人知道岳爷爱凑热闹就推举他当保长，岳爷就当仁不让。岳爷不懂政治，也不晓借此机会捞一把，很是尽心尽力地为街坊办事，还搭钱搭物的。岳爷愿意这么着，他觉得自己是个人物了，别人见他面总是先来一通"爷，爷爷爷。"就忙得美滋滋的。赶上天津发大水，自己铺子和家扔下不管，弄条船穿街过巷地救济灾民，乡人倒也念他的好。岳爷常说：咱，好歹是一方父母，有嘛事，老少爷们尽管言语。岳爷风光了几个月的保长天津就解放了，因为没有血债，定了个历史反革命，按人民内部矛盾处理。

　　岳爷要是从此夹起尾巴过日子或许能躲过文革那一劫，偏他爱摆谱年年要过大寿的，二十几个叔伯兄弟那是必须到场的，加上子侄辈的每次也小四五十号子人，几十辆自行车那么一放，胡同立马就肠梗阻了，张扬的满九道弯都知晓。别人就认为岳爷家是有老底子的。岳爷的二儿子跟爸念叨过：那阵子家里还有个屁呀，每次都是借钱过生日，饥荒总得三四个月地填补，外人不知就里，还以为家有多趁呢。这更让几个老债主气不顺，到底在"文革"时联合造反派把岳家抄了个底掉。

　　解放前岳爷在老鱼市场口有个布铺，字号叫德隆，铺面不大约有个四五十平米。资本当中相当部分是街坊存的布匹，存布匹的人每年吃些红利。岳爷不善经营，临解放时铺子已亏空殆尽，存布匹的人就抢了铺子，岳爷父子躲债不敢回家，那情形跟茅盾描写的《林家铺子》差不多。解放后法院裁决：岳家已破产，双方都有剥削行为，两不相欠。这场官司就这么了了。债主们能不憋气吗？但没有机会便也一直报复不了，直到文化大革命时，他们联合岳家父子单位一起查抄了岳家。整个场景我是目睹的，造反派挖地刨墙，掏了好多个窟窿也没弄出一丁点儿玩艺儿。

　　"本来就是空壳壳，徒有其表！"岳爷的儿子悻悻地说。那神情像是对父亲的抱怨，也许还有对工人阶级造反派无奈的幽愤。他们夫妻省吃俭用攒钱才买的手表和话匣子也被当作四旧都抄走了，事后得知这些工人阶级造反派几块钱一件把查抄的东西都分了，那是因为内部分配不公传出的。

　　岳爷最终还是倒霉在他那张嘴上。

　　岳爷好逗哏，逗起来没大没小的。他五十多岁上死了老伴，有个堂弟给说合个媳妇：大哥，有个主儿挺乐意的，就是满脸的麻子，这行吗？岳爷说：是蹲着撒尿的吧，这不结了，好坏都是骑呗。新岳奶奶过门没几天岳爷就开涮：我半夜解手，拉灯一瞧，心里纳闷，你大奶奶脸上爬了几个臭虫，心想捏死了再说吧。脸上好几个臭虫，捏了这个又怕跑了那个，我两手按了你大奶奶的脸，这么一揉一搓。你大奶奶就给弄醒了，我说你别嚷嚷，我给你捏臭虫呢。张手一看，怎么没有血呢？再往你大奶奶脸上仔细瞅，好么，敢情是几个红麻子，这话是怎么说的。门口的老老少少就笑得散了身架。

岳爷逗哏不分场合，也不掂量个轻重，就闹出不少的麻烦来。门口的关伯伯和岳爷的二儿子是打小的把兄弟，两家一直走动。那年大年初一，关伯伯给岳爷拜年，岳爷虽说抄家了但没心没肺的还是爱贫嘴，那天又在兴头上，就跟关伯伯逗：

"你娘好。"

"挺好的，让您惦记着。"关伯伯满脸的恭敬。

"孩子们都好？"

"还行，过得去您了。"

"全家都好。"

"好好，托您了福。"

"都还活着？"

这玩笑就开大发了，大过年的谁不图个吉利。关伯伯气得脸煞白，碍着把兄的面子没发作。关婶知道后，气呼呼地上门问罪，不找岳爷出气，却把他把兄嫂子折腾了好半天，兄嫂赔了一火车的好话才算完事，事后两家也不走动了。

祸事终于来了。岳爷有个孙女上小学三年级，因为他家宽敞些，老师就把学习小组安排在岳家。那时孩子们学习前是要搞请示汇报唱语录歌的，当孩子们说："祝林副主席身体健康，永远健康，永远健康"时，岳爷觉得见天都是这一套怪可乐的，就脱口蹦出个"祝林副主席立马发烧"。孩子们不懂政治，当时还咯咯地乐，事后当笑话传开，事情就闹大了。岳爷是资本家兼着伪保长，又有仇家，几码事凑到一起，全家人惊吓得惶惶不可终日，而岳爷为此没少挨打挨批。但岳爷仍是没事人似的，遇着可乐的地方还免不了逗一下，不是他能掐会算副统帅会叛逃摔死外蒙，贫嘴油舌实在是他天性。

岳爷死于是 1970 年秋季，那时我正在山西农村插队，是爸去信告我的。当时我哭了，想到岳爷对我的好处。岳爷的后人倍受他的影响，遭人歧视，吃尽苦头。改革开放后，情势好转，有的出国，有的发财，有的做官，混得倒是比九道弯的邻居都强些。岳爷的一个孙子叫晓伍的说：谁能躲得了报应呢？都悠着点吧。

1994 年 3 月

——载《三晋文明》1996 第 10 期

雪人儿

"'像糖它不甜,像盐它不咸,冬天有时满天飞,夏天谁也看不见。'爸,你猜这是个嘛?"五岁的儿子猴在我肩上,稚声嫩气地问我他刚学会不久的谜语。屋外,大雪漫天,浑濛一片。

我佯装思索而不解,眼神鬼祟地溜向窗口。儿子猫似地蹿到我身前,踮脚挡住我的视线,两只小手打旗样地忽扇:"不许狡赖,笨呀笨!这是一个雪。"

儿子火急火燎地说出谜底,在我鼻子上狠拧一把,挺起小肚子不住地扭,得胜将军似的。心头涌上一股甜暖,眼睛竟潮湿了,我冲动地捞过儿子,用力抛起,嘎嘎地笑声在空中炸开,又落入我怀里。窗外,落雪无声,沙沙地铺撒鲜活而纯净的诗情。

"爸,在屋里堆雪人儿就淋不着了。"

我笑了,笑得有些沉重。

"让雪人儿住在屋里,我住在它肚里,你说哏不哏。"

嫩生生的小脸,一块浑朴的玉石,黑亮黑亮的眸子盯着我的脸。我轻轻抚摸着他的头,好久好久,像抚着一部沉重而难解的史书。孩子会有属于他们的生活、他们的路,然而,我总是莫名的惊悸,我希望儿子强悍,甚至粗野地把他推进游泳池,发抖也不行,我也训练他的忍让和屈曲;但更多的是,面对一页生动的白纸,颤抖的手竟不知该涂上哪种底色……

那年的头场大雪给嘈杂的家门前带来片刻的安宁，偏西的太阳挣扎着露出久病初愈的白脸来，小风刺痛刺痛的，刮得我家土墙上粘贴不严实的大字报啪啪作响，像是在打人的耳光，我希望风大些再大些，最好加场大雨，吹了恐怖冲了侮辱。

"哥，给我堆雪人儿。"

八岁的弟弟仰起红扑扑的脸，黑亮的眼眸透着急切。工人阶级赤卫队来抄家那天，弟弟吓得嗷嗷地哭叫，惹得戴袖章的一个汉子骂骂咧咧。妈捂住弟弟的嘴巴，直憋得弟弟脸红脖子粗，是我把弟弟抱开的。此刻，我怜惜地看了一眼弟弟，迅即拍垒了一个雪人儿，并让雪人儿的右臂平伸。弟弟说不好玩，让它拿枪站岗。我解释说：雪人儿的手臂是告诉人们，请走这边，这边的路干净。弟弟高兴地围着雪人儿跑，淡弱的阳光趴在雪人儿上，折起粼粼青辉，映着弟弟冻红的脸。

"嗖——"一块砖头飞来，削去雪人儿的手臂，砸在弟弟身上，弟弟倒地大哭。我扭头看见挑衅的大宝，血忽地往上涌，我忘了一切，号叫着扑过去，双方鼻青脸肿，我不知疼，却是少有的畅快。

"这还了得，要造反！"

"对！阶级报复！"

"小孩子打架，没那么严重吧？"

"说不好，少管闲事。"

围观的人越来越多，石壁似地从四面向我压来，还要挤向父母么？眼前又映出父母那惶遽的眼神。我害怕了，钻出人群一溜烟跑了。

雪又下起来，我瑟缩在菜摊底下，旁边是家乡的小河，河面已经冰封了，仍可听到冰下咕咕的流水声，这声音是温馨的，让我忘了饥寒，我久久地谛听，温习着过往的暖情，感受着像母亲一样的爱抚。

可为什么眼下一切都不识得了……

"天亮——快回家呀——"

尖利的风送来母亲撕心裂肺的呼号，我从菜摊下探出头来，母亲慌慌向我这边走来，忽地滑倒在雪地上，昏暗的灯光照见母亲头上脸上粘挂着雪。我再也藏不住了，飞跑过去，扑跪在母亲身前，哽咽着说不成话。

母亲爬起身抓住我说："回去，给人家赔不是。"我犯犟，却挣不脱母亲死死抓住的手。"妈求你了。"说着，妈又号啕起来……

我终向大宝服了软，后来居然也到落难人家门前看热闹，那曾经抄人的如今也被查抄了，心情是恍惚而惬意的，甚而慢慢滋生出幸灾乐祸的蔓草，那时家境渐渐平稳了，只是遗恨没能当上红卫兵，少了一次长征当红军的机会。再后来我插队、蹲机关，娶妻生子，我堂皇地做起了父亲，有一个时期，我颇为自己在那个年代受难而自鸣得意了。

但我终没忘了堆雪人儿那码事，我右手背上还有那次打架留下的伤痕，它提醒我些什么。我探家时曾向父母提及此事，他们恍如隔世：嘛陈年谷糠啦，记不得了。眼神是安详而诧异的。

"爸，快堆雪人儿呀"

儿子明亮的眼照着我，被拉回的思绪罩着儿子那纯真的眼。儿子是浸着童话长大的，也将伴着童话步入社会吗？我忘不了当年四面石壁向我压来的感觉，即使那以后我也时时感到它嗅到它令人颤抖的冷漠和残忍，只是没有当年来得那么强烈罢了，正因为如此，我每每感到莫名的惊悸。儿子会受制于那石壁抑或成为石壁坚实的一分子吗？雪终是要消融的，并滋润地上善良的绿荫连同污秽。那童话呢？那千百代先人圣哲用他们深刻博大的生命谱写的鲜亮童话呢？我不能不凝重地面对着儿子，面对着人类历史长河的这一弯，这一波。

"爸，堆不堆雪人儿呀？"

"堆吗？"

"堆！"儿子黑亮黑亮的眸子让我心惊肉跳。

1988 年 5 月

——载《语文报》1992 年 1 月 20 日

永远的欢笑

很久以后，当我的孩子蹦蹦跳跳上幼儿园时，我想到爸的一段往事。那年过年，爸从酒柜里摸索出一瓶汾酒，在灯光下远远近近地端详，又拧眉掐指算着，自语道：十五年了，最陈的一瓶，喝吧，喝！过年。

酒柜里有几瓶汾酒，那都是我在山西插队、当兵、蹲机关以来每年探家时捎给爸的，爸不舍得动照常喝他一块九一瓶的天津‘佳酿’。逢我在家时我便强行打开汾酒，爸倒也不拦阻，只是不准动其中的一瓶，想来就是这瓶已保存了十五年的汾酒了。爸倒出一杯酒走到屋外，郑重地洒在地上，浓烈的酒香漫开，那阵势令人麻酥酥的。爸在院中伫立有时，仰头望着满天星斗做一长叹。“这是祭奠谁呀?”我问。爸说是个孩子。“不在了?”我疑惑地问。爸却摇头不语回屋了。

爸温顺寡言，喝酒却是急碴的，三两口够量便停杯从不拖泥带水。那天却像个品酒员似的，慢慢地咂么着，不时点头赞着酒好。我知爸要说些什么，就耐心地等他启齿。

“好酒，好孩子。”爸看着我，眼红红的，含着泪水。

“还记得那年吗?”我不知爸说的是哪年，只是茫然地点点头。

“那年，我没寻短见，不单单有你们六个没成人的孩子，是我遇见了一个小女孩。那一刻，唉，也就是一眨眼的工夫，真可说是她救了我呀。”爸抿了口酒，大手抹着厚实的嘴唇，讲了当时的情形。

　　海河已冰封的可以走人了，解放桥下几个年轻人在滑冰，一群孩子在自制的冰拍子上狂飞。风大，围观的人不多。河心处已凿出几个油桶般大小的冰窟窿，一老者正静坐垂钓。爸向那窟窿走去，心里设计着死法：海河水长年不断地流向渤海，人跳进冰窟窿会即刻顺流冲走，整个河面冰冻，那是任谁也救不得的。"文革"中这么死法的人也是有的。爸想着，这样死法最好，谁也不麻烦。风把爸的棉帽吹落了，爸无心去捡起，只盼着天快黑，人都散去。

　　"爸爸。"

　　一个女孩的锐叫让爸心头一颤，不由得扭头望去。

　　"哥哥的帽帽跑了，爸爸。"一幼女团在其父的怀里，桃红的斗篷映着她急急的眼神，小手不停地拍打大人的肩头。女孩的父亲看了爸一眼，纠正道："这是个大爷，满嘴地混叫。"说着赶过去捡起帽子还给爸时还歉意地一笑。

　　"嘻嘻，是个大爷，我还当是个哥哥，咯咯咯……"那孩子朝爸无邪地笑着，爸心头突地一暖，泛出活气来，爸说那天他是没打算回家的。

　　事隔多年又一次听爸说到寻短见的事，心沉沉地搅起痛楚，我就阻止道，大过年的您尽提糟心事做啥哩。爸就执拗地说："你们都不知这码事，你妈也不太清楚。说了就痛快了，往后再也不说了，不说了。现在多好哇，儿孙满堂，我有嘛不知足的。那孩子今年当有二十大几了，我老是想着那孩子的笑脸，就跟昨个似的。"爸哽咽着，我劝说着爸，心思却回到那年的春节。

　　家被工人阶级"赤卫队"查抄了，连最值钱的手表、缝纫机、话匣子也算"四旧"给抄了，那是全家人从几年自制的咸菜缸里捞出来省出来的呀。妈心痛地哭肿了眼，爸吓得神经兮兮的，兄弟们则都呆傻傻的。而我老想着《沙家浜》里刁小三的台词："老子抗战八年，抢包袱，我还抢人呢。"恐怖便缠着我们。但侥幸也伴着我们，爸安在，妈安在，更况又过年了。

上天照旧将大把的欢笑洒向人间，也顺我家糊满大字报的土墙溜进门缝洇成片片光明。其实，孩子心中的长明灯永远亮着，从年根一直耀到年根，年年复年年，那灯油是跳动的心磨出的，心不死，油能断吗？

用不着妈妈吩咐，我们兄弟已把屋子打扫了，还糊了顶棚，蒸了几锅碱有些大的微黄的馒头，还有一个约莫多半斤重的包了豆馅的大刺猬。蒸刺猬是小妹提出的：对门的四丫头还拿刺猬气我呢。小妹撅着嘴说。我说那有嘛，咱蒸个大的整个九道弯都没有的，小妹就拍着巴掌在土炕上欢跳。此刻小妹正把红头绳饰在刺猬身上，不小心把绿豆安就的刺猬眼碰掉了，小妹哇地哭了。我说绿豆眼太小不跟劲，哥给它安俩大眼珠子。我翻出俩小一号的红瓣玻璃球安好，刺猬果就精神而虎气，小妹噙着泪花笑了。

天贼冷，玻璃窗糊满了冰凌，在那盏25瓦灯泡的辉光下，越发显得像块有着奇异纹理的灰黄色大理石。小妹趴在窗口不尽地玩弄着刺猬，忘了刚才嚷嚷饿了。年饭早已做好，全家人都在等着爸。妈又一次示意我到胡同口去迎一下爸，我明白妈的焦心，快跑着出门去了。

有一天深夜，我被"啪啪"的声响惊醒，黑暗中模糊见妈打着爸，又打着自己的脸。妈低声哭泣道：这一堆孩子你让我怎么办？索性咱一家都死！你个窝囊废。有嘛了不得的，咱不反党，凭干活儿吃饭不偷不抢，这是为嘛呀？我求你了，妈说着跪下在炕头儿"咚咚"地磕起头来。我惶恐地浑身哆嗦，那些日子死人见得太多了，尤其是在海河岸边，常见浮在水边上的死尸，一堆堆二指长的小鱼围着泡胀的尸体啃咬着，让人作呕。有的则被人拖上岸边，上面盖了破席，而肿胀发黑的腿露在外边更让人恐怖。这辈子不会忘掉的是那对共死在天津尖山公园四方坑内的中年男女，一条白色的手绢绑了男的左手和女的右手，那大概是一对夫妇吧。那些日子各样死法的事在人们中间瘆人而麻木地传播着，但那毕竟是两姓旁人，惊悸一阵子便过去了，没想到灾难就要降临我家了，我想到的是，一根麻绳绑了全家人的手跳进海河。我惊诧地喊叫起来："我捅死那帮王八蛋再死！"曾是一动不动的爸，突地蹿到我跟前，使劲按住我的嘴以至令我不得喘息。"你是我祖宗，你是我爸。"过了好一会儿爸对我软声道：你甭闯祸，爸不寻短见，爸想开了。我说行行，嘛都行。那以后连门口穿开裆裤的孩子再骂我"狗崽子，资本家"时，我也不会像先前那样追着打了，我懂得了忍。妈对我就格外地看重，有事就破天荒地找我商量，尽管那年我十五岁。对此我曾想，那大概是我少年意气帮妈逼住了爸的寻短见。

炮仗不时稀落地炸响，我缩在胡同口等爸，直到鞭炮声渐密起来爸才推着他那辆破自行车出现在胡同口。见我迎上去爸整了整上衣，我见爸的上衣少了扣子，脸色疲惫。爸气恼地说：不是说不让你们接吗，没事没事，回，回回。

爸是与先前不大同了，进门就张罗给我们每人两毛压岁钱，票子是新的发着脆音。妈见爸安全地回来悬着的心也落下来，凑趣道：你也真是的，三十还没过，哪有给压岁钱的。爸恍然道：还真是的，给也给了，早晚的事。小妹抱着她的大刺猬，张开小手向爸要双份的压岁钱，说刺猬也长了一岁。爸说今年的年夜饭先吃刺猬吧，小妹锐叫了一声躲进炕角的被阁中不出来，全家人少有地笑了。爸从布包里掏出500响的鞭炮拍在炕边上说：你们哥几个分了吧。我性急，抓起来100响的鞭炮蹿到屋外，噼噼啪啪地放起鞭来。妈就追出来骂道：你这么张狂不是给我惹祸吗！我突然也意识到放鞭可能带来的恶果，赶紧踩，但留有的已是不多了。直到年夜的鞭炮声浓密时，我才把那剩余的丢进炉子里，有些发闷的噗噗声在炉膛炸开，我觉得也挺快意的。爸说：你小子，将来准是个惹祸头。妈说我往后不会过日子。

小妹在铺满冰花的玻璃上抠出"心年好"嚷着让爸妈看。这是我嘱咐她做的，为的是让爸妈高兴。识字不多的小妹竟创造了这一佳作，惹得全家人轰然大笑了，那笑声盖过了屋外的鞭炮声。小妹信誓旦旦要和我们一起守夜的，终是熬不住，搂着她的刺猬睡了，小嘴不时地动动，在梦里笑呢。我看见爸直直地瞅着梦中的小妹，咧开大嘴乐了，眼泪却也掉下来。

这就是爸提到的那个糟心而又欢乐的年夜，我曾不忍记下它。我问过爸：为啥不早提那女孩子的事呢？爸说不为嘛。为啥那瓶汾酒要保存十五年后才准喝呢？爸也说不为嘛。

很久以后，当我的儿子上唇长出毛茸茸的髭须时，我又一次读到冰心的美文《笑》，又一次舒心而敞亮地哭了。一个家庭，一个社会，或沉沦或昌明或宁静或骚乱，于此任何伟人及其高明的理论在孩子们自然的欢笑中，都显得那么的做作和苍白。

噢，那永远的欢笑。

1984 年 3 月 5 日

——载《人民代表报》1996 年 7 月 6 日

辑三 03

| 倾听季节 |

禅 意

月儿趔趄了一下便弹出东山顶，如水的月光哗地弥漫了四野，远山近舍恬静成一幅厚重而清新的剪影。虫鸣陡歇，蛙鼓暂住，连邻里的狗也停了议论。鸦鹊耐不住这巨大的静谧，扑棱棱从巢中惊起，惶恐的聒噪一时又引领指挥了尘世的喧嚣。

而圆圆的沉默正清凉着蔚蓝的深广。

月儿独耀，暖在夜的心头。万物婴儿般躺在你博大的清辉里，草叶上的露珠收藏了对你亿万年的虔敬。溪水清浅，挽了你的脚步，秋风微扶，一个皎洁的思绪触手可及。多想掬一捧清凉，又恐惊扰眼前湿漉漉的灵光，任溪水把晶莹的嘱托捎给远方的绿岸吧。此刻心中流淌着光明，无限的暖融正漫溢整个天宇。

柔滑的无言凄美了我的诗意。

一方心印烙在历史天空深邃的通关文书上，于是我得以叩问：

范蠡的小舟可曾靠拢你的船身联袂遨游？寂寞的嫦娥可曾抛了嫉妒邀西施长袖舒舞？秦时的明月还如金盾一样强悍地照护汉朝的边城吗？斟一杯唐时的月光，可照见长安怨妇凄凉的哀叹了？岁月蹉跎，李后主怕已消释了春花秋月的遗恨吧？苏轼营造的宋时明月可曾浪漫地抚摸土尔扈特人的东归……明月啊，你的边岸在哪里？是谁至今还在导演着没有胜负的恩怨情仇？

清寂的辉光下我寻觅精神的碎片，而你总是报以禅意的微笑。

我知道，鼓噪的群蛙读不懂你澄明的空旷；我知道，邻里的狗陷不进你凄清的沉默；我相信，红狐理解了你无言的冷艳，至今溢美着拜月的传奇；我相信，你身姿幻变但巨大悲悯中的清凉不变，你昭示群芳，磨难的风霜雨雪中要坚守自己的清远。而我鄙俗的心灵一直匍匐在坑坑洼洼的大地上，你在疏影中无声地指认我与生俱来的肤浅。是距离太近，永远逃不出你冷寂的拷问？还是距离太远，留一个长长的鞭影让我时刻警惕？于是，我得以不再惊骇地奋起，身心沉浸在浩瀚的虚无中。

哦，这清凉清凉的禅意哟。

2000 年 5 月 10 日

回 眸

洪峰第几百次浩荡了印染了正义的传檄？

血色的轰鸣远了淡了，摄魄的湿气正矫情着斑斓的蝴蝶飞。

惟有河床水线的档案层层可查，每晚都有挤压的哀鸣深一脚浅一脚地寻找自己的墓坑，没有了出卖没有了冷漠只想找到不再心悸的归属，他们手牵着手牵着冰冷的跳动。无意间会踢醒高迈的星月，或惊讶或迷蒙的眼神眨着万年白色的不解，月儿也许是近邻有所闻见，也只是在下弦的时候发出无声的悲悯，不时有彗星划过天际暖了夜色，也亮了夜游鸟嘶哑的寻踪。

《赵氏孤儿》稚嫩了芳草，《阿房宫赋》也该倒进磨眼重新碾压筛选更为精细的咏叹调，青山白铁之间的下跪连西湖也觉无聊懒了波涌，总有路过的云和雁阵不厌其烦地抒写另一种动漫，而芜杂的新音响早已缝合了痛楚正忙着催生鸡蛋的璐璐远听。有迹可考的是铺展于干枯河床上生殖器的鹅卵石，一颗颗圆润着历史，一代代美丽了珍藏。

在河床的拐弯处，我看见一株倒挂的叫不上名的古树托了时钟般的鸟巢，几声绿鸣谢了日幕，两朵白花举了细微的一点酡红。

杨花绿意的嘟囔无意间出卖了季节，萍踪懦弱的指认相互贩卖着良知路径，出卖灵魂的岂止是千夫所指的几个夏蝉？亿万轻信的眼神怎能安置历史的天空？在十年甬道中上演的唱念做打张扬着各自的脸谱。

仅仅是为了归属狼群我们虔诚地袒露柔弱的腹部，仅仅是为了一块活命的骨头人群匍匐而行，仅仅是为了获得分配于人的一口汤有人出卖父母双亲……

植被仁爱花草遍种梅兰竹菊的田园何以日益沙化着我们的某些器官？

于是思辨的星空镶嵌忏悔能力的亮度决定了一个民族站立的姿态。

绝少袒露心灵枝叶羞愧的枯黄，大都在怒放凄美的传说；随处可见恓恓惶惶受难的基督身形，只是歪斜了十字架的内容；每每听到被强奸痛苦的呻吟，却也难掩享受的腥味；写满忠诚的眼神打捞一桶桶的委屈，此刻只凭嗅觉便可寻找浇灌的新品种。

阿猫阿狗的闹剧批量生产着鄙俗甚或无耻，而那场悲剧的真英雄迟迟不能登场。

于是生长的羞涩能力更决定一个民族步履的色调。

灾难的洪峰还会恣意地炫耀权柄上的那颗钻石吗？

新贵们搅起的涛声何以不再任性地轰鸣？

也许人民碧波的虔诚不再刻意寄情某个人的胸臆，也许人民森林般臂膀不再拱手泄洪闸门的凝重，也许人民廓清的蔚蓝已走出永远的摇篮曲。有一点不必也许，飞翔的鸽群正把一个现代稳定家园的梦和五千年先贤博爱的情丝写上中国的天空。

2000 年 7 月 2 日

空 灵

禅师说"放下"，连"放下"也放下时……我感到了"咯噔"死去的真实，但我从未有过的飞翔了，我的下面是连绵的雪山还有太湖里两臂长拥挤的鱼群，当我做蛙泳划飞时我的上边何时网罩了无轨电车的电缆和闪动的火花，我吃力地划飞演变成匍匐在狗窝里抢食着不多的骨头，我快意地杀人时做着隐身的舔血，当我与认识或不认识的女人做爱时，我又爽快地活过来。那时我看着床头的佛陀，疲倦了捕捉灵动的细雨，我无端地轻笑后把那禅师的真言丢进了垃圾，我听见上弦月浪笑着我曾经星星样深浅不一的脚印，我不再渴求时我感到了少有的轻盈。

　　文明还在热烘烘地交尾中上演着新的造山运动，嘲讽蹲在洞若观火的边缘保持一米的主动，数不清的溪流吵吵嚷嚷兴奋地汇集，当丰盈而充沛的现代迷信汪洋了大海，在所有的感觉窒息了我的毛孔时，我看到生命的清泉干枯了曾经的灵动。

　　是谁绑架了生命的葱翠？是谁束缚了自由的飞翔？

　　天地接吻处空旷了无垠的无声，几棵矮小的树筷子般夹住太阳，溢彩的蛋黄翻作咣咣作响的橘红，一群鸟悠悠飞过仿佛母亲细密的针脚，长河从天际亮闪地流出是天宇的衣襟在斑斓的原野飘动，那时天地有支响箭就要引爆一串密码。

　　我是谁？四顾茫然间，有生以来第一次惶恐不安地哭喊了，我的嘶哑加入飞翔的鸟鸣，我的茫然在长河的闪亮中翻腾，当我不见了我时，我感到了我真实的存在，是暖融融的见了谁都觉得充满着柔情，什么脏兮兮的乞丐什么凶巴巴的强盗在相拥中消融。

　　在者的绿水总在无所期待间亲融了万物。

　　走出迷信走出山洞，空山无人闭目倾听，万物时时在在有情地述说：静静的山涵养青青的灵，幽幽的草放牧微微的风，荷花隐在薄薄的雾中，淡淡的红晕牵出寺院悠闲的晨钟，鸟语种一片的绿树，芳香指引一路的蜂鸣，水流轻轻还是云儿淙淙，落花无意还是流水有情……我在倾诉中倾听这生命的圆融。

　　在者的青山总在一无依傍中丰润着生命。

哦,野渡无人舟自横。

2009 年 7 月 7 日

距 离

你总是在小院的栅栏边种满带刺的月季花丛,但甜腻而变幻的媚眼几乎月月抛给走近的人们。

我依然醉心编织宽容的五彩花篮,而里面装填的不过是无可奈何的忍痛。那时一只刺猬正驮着偷来的苹果游荡在精心搭建的花园里。

距离产生美。

你说那不过是历史沙漏情人般掩埋了强悍的尸骨而培植的柔美的花草,那也是挂在人性沙漠里胡杨枯枝上一个用过的皮水囊。那时你的眼神装满太多的无奈和凄楚。

我知道是岁月打磨且浇灌了发现的眼,我更清楚敦厚的你不会把一丝的噪音泼给邻居,你钟坠般的摆动诠释着良知的尺度。我只是感到,一个巨大无形的力令我在既定的渠道里忽左忽右忽上忽下游魂般漂移不能自已。是的,我游在母亲河,我望见过世多年的母亲正在河边薄薄的土地上种着萝卜和白菜。

我们都无意在沟壑间建树所谓善的桥,我只想在招手的地方放一朵采摘你小院中白色的月季花。

你微笑地摇摇头，而后得意地走进人群中，你孤独的背影融进夕阳的辉光里。

2005 年 4 月 15 日

寻 找

脚步的指认总是压抑不住初见山脉的绵绵激情，我来了，铁青色的奇峰请稍等。

没有现成的路可走，但有花的绽放恋人般早早前来赴约；没有现成的树藤可供攀爬，包孕太阳的露珠指示着亿万年的方向。常有陷阱困了远望的眼，时有野猪拱了到手的浆果，更有萤火虫照亮伤口，更有一堆堆篝火孵化无语的高耸。站上一座山峰时，总会接到另一座峰峦派来云的邀请。

山那边有殷殷甜美的歌声。

溪流胖了，过滤几粒幽静的鸟鸣，也过滤了遍野喧闹的紫白金青，一只永远拖着快乐大尾巴的小松鼠正亲吻一朵火红。油绿油绿的活泼覆盖了山野，覆盖不住活泼的星辰和各种动物仰望的嘶吼。山脉沉静似佛正把云的哈达转给万物，一场慈雨漫无边际了抚摸。谁的鹅黄绣在崖壁一如晒着唐卡的虔敬？泉眼润亮的祈祷歌正在远游，雁阵把万年的嘱托写上蔚蓝，红叶满山心事无人可托。纯洁的童话从天而落腊梅踏雪无痕地走来。

而我的脚印何时却盛满前所未有的怅惘？

为什么目的地总是插上毫无色彩的旗帜，连签名也褴褛了飘扬？为什么所有高潮过后的懊悔总要渗透每个毛孔，让谢幕时上升的孤独风干了唱念做打的血泪史？为什么寻觅的眼光总是呆滞了飘渺的远方，为颠沛的身形披上自作多情而鄙俗的霞光？

谁的鞭子在无情敲打观者的荒盲？
谁的竹杖在无意点播在者花圃的紫黄？

一群孩子嬉戏在沙滩城堡的构筑中，引来护城河的海水晶莹了一段彩虹，弯曲的告诫正藏向城堡的深处，回旋的浪花哼鸣给每一缕老去的海风。

我终是亲近了大海，尽管已是一个踽踽独行的老者，那时有股咸涩从皱纹间欢快地流出，汇入孩子们浑然的建构中。

怎么有股尿臊味？哈哈，那个屁孩正把自己的畅想注入海水的流放。

2014 年 7 月 17 日

友 谊

驼铃播撒千年寻觅的歌谣总是涩涩地摇落又摇起那枚血红，寂寞与饥渴难耐也不曾使储满高耸的驼峰塌了脆弱的嘱托，盛满不尽执着的驼印依沙脊蜿蜒起伏盖向天际，沙漠平静地张扬吞噬一切的能力叫浩瀚，一只匍匐的小蛇记者般抒写骆驼一路苍凉的哀歌，那时有片呻吟黑灰的云路过，也只是矫情的路过连一滴滋润的话都不曾抛下。

邱吉尔吐出的烟雾袅袅续写了千年的五线残谱，从硝烟中走出的泪眼瞬间溢满了揶揄的偷笑，那个锣声震天的早上，我看见白白的太阳和淡淡的月痕调皮的哐哐哐地对敲，暧昧的风徐徐行进在或黄或绿的荫蔽中，寺院的钟又在开始校对历史的文稿。

桃树的根茂密了杏树的地盘，红杏出墙揣了梨花的媚眼，小草就打圆场地说大家不过为了一米的阳光，世代出卖季节的柳絮蹲在石头的一角嘟囔道：朋友不过是用来出卖的一幅发霉的山水画，邱吉尔算个啥子吗。

友谊地久天长有多久长？

我白色的叹息迈出不到半步，孙女伸出白嫩的小拳头纯真而执拗道：就办生日"趴体"！

2015 年 6 月 9 日

羞涩的能力

四野洪荒，雾锁山峦，萤火虫儿书写黑夜的历史，一种空翠的嫩绿从蒙昧的森林流出，唱给世界的每个角落，涂抹每个躁动的黎明，于是我们得以站立。

是啥造就无耻造就废墟也造就并提升一个民族羞涩的能力？梅兰竹菊的风骨支撑我们走出崎岖走向春的枝头，而在梦最浓稠的地方，我们愈见未断于幽暗的脐带。

我们刚刚从地狱里羞涩地爬起，很快又跌落在不知羞耻的泥淖中，在冠以良心的后花园我们都见惯了羞愧的枯黄。走进内心的庭院，我们曾说给率性的美和孤独，然而我们感觉不到自由和安详。

一个没有羞涩能力的民族是走不远的。匍匐于地的灵魂渴望着一次深埋，在潮起潮落的边缘以另一种姿态羞涩地站立吧。

然而，历史深处的那眼灵泉还能滋润日见沙化的人心吗？

2010 年 5 月 5 日

青　涩

锐风拦不住成长的尊严雕琢无孔不入，拽不住的潮汐铺展情怀生命汹涌激越。阳光的翅膀轻抚鸽群张望自由的目光，青涩的浆液从季节的枝桠间懵懂而恓惶地溢出，滋润每个晨曦的羞红或苍白。

历史总是坚忍地播种人性生生不息的绿荫。

其实，青涩未必都与青春有关。

成熟的浆果总是承载腐败沉积板结的土壤。

传统的地库总是走向幽闭收藏僵死的鹿砦。

曾经的青涩啊，总是茂盛吞噬、绞杀的黄藤。

还好，不做泥鳅状的灵魂活着，青涩的痛楚便可时时勾兑明天的酡红。

2011 年 2 月 15 日

亏心事

种在盛夏的亏心事刻在枯萎的叶脉里，一如太极的阴阳眼日夜游在针包裹的心海，堤坝决溃，悔恨漫过头顶——

阿弥陀佛。

那首心曲无数遍弹奏在黄昏的冬日里，只有站在秃桠上的一枚叶片听懂你瑟瑟的哀伤。是最后一丝良善的潮湿把自己紧紧绑上光明的枝头，不时有麻雀飞来将你叽喳成一只枯叶蝶。

在野兽出没的林间迂阔地作茧，伤口淌着血在述说。因为心中的草原还可见日出的地平线，因为草原心口那股热泉日夜涌着永远稚嫩的歌，因为草原上空一群书写碧蓝的大雁，更因为地心深处那个活泼的故事。

辉煌的浆果早已腐烂，你瑟缩的身影仍在冬日的黄昏里守望，直到新绿解冻了凝重如蝉蜕。

阿弥陀佛啊。

2007 年 1 月 22 日

阳光下

　　你几乎天天透过树荫筛下斑斑点点的故事，为什么只有今天我才读出你的斑斓。当我在绿茵中与一只蝴蝶话语时，他告诉我你在黄帝时代噼啪作响的燃烧。

　　早晨你将我的身影拉长，让那个懒腰舒展了半个地球。中午你把我的身心揉搓成泥团，我感到锁在罐头里的憋闷。而傍晚时分你铺我于悠远的秀色里，诱我涨满潮汐不断冲刷留在沙滩上卑琐的足印。那时我已酒醒，当我朝你暧昧时，你把鞭影摆在身后不停地抽打我匍匐的灵魂，忏悔的陀螺旋转提升至蓝天，让我得以清点云彩的慈柔。而当我背向你的时候，影的利剑不由自主地任意劈砍，挑剔的深刻常醉我于舒心的泥淖中。

　　也许，活在你的羽翼下只能蠕动在阴魔中。也许，只有蹲在别人的阴影里，我才能感到沁人心脾地凉爽。也许，只有当日蚀的瞬间我才能透析到慈溪的暖流。也许，当阳光再次耀眼时，我不妨闭目享受一时思索片刻，然后，像孩童一样率真地活在你的抚摸里。

2008 年 1 月 20 日

隔　膜

　　欲望的钢筋水泥日益膨胀着冷漠，惶惑的面孔浮满流动的街道，太多狩猎的眼神飘来飘去锐利了妩媚而到处侵略的广告。林立的高楼漏一坨阳光供人们分享，也明丽夸张了广场上的舞姿。绿色是城市的奢侈品，热词站在树梢如泼来泼去的麻雀。

　　我的脚步也拥挤了这个城市的噪声，嘴角挂着不可自已的盛宴残渣。

　　香饵太阳般无孔不入微笑漂移这个城市，即便我用大半生厚朴之血喂养的诚之花也没放过对我娼妓般的刺讽。无端热情令我保有十米的警惕，让世上最好的跳远者也无力染指我衣角的善良。

　　我陌生着我自己啊。

　　一弯下弦卡在群楼的缝隙间挤疼月下的这片山水。情绪的喘息蹲上井盖仰望愈发狭窄而朦胧的天。摇曳在分类垃圾桶前的大红灯笼总是保持一腔的羞愤。时尚的风不着痕迹地雕琢已退化的器官。短视的文化注满如水的月色，喧嚣了弥漫的烧烤烟雾和华丽的霓虹灯。

　　稀有的鹊巢项链般挂在城市文明的眺望中，那时好想演算泥泞的记忆里鸽哨带给我抑扬顿挫的判断题。

2011 年 2 月 26 日

梅与小草

灵魂的神交总是模糊了季节，握手在衷情的时空里，那时漫天的飞雪瞬间化作成熟的绿意，我于光秃的枝头抚摸小鸟跳出的翠音。

断桥边的那株腊梅还将寂寞地绽放留香万载吗？放翁的愁怨染黄了孤芳自赏的心事，至今一枚千年的情结还贴在驿站的窗棂上。

在无云的夜晚我听那梅对小草说：

春天有牵牛扛犁的农夫依我而憩絮叨家事，秋天有荷柴的樵夫与我诌山里的云长溪落，我不知寂寞为何物。我更见惯了辞官归故里的人们惶然喟叹之余对我的欣羡。

小草也点头说：是的是的，用毕生精力攀爬的人，无论到达山顶与否，都会不时地回眸，把眷恋的目光投给那片寻常的绿色，那是对我们这些草芥的缠绵啊。嘻嘻。

寂寞是浓后而淡的落日，在那片火烧云中悠然自得地吸吮自酿的醇醪，寂寞是与飞鸟相还的圆融无碍，是与敬亭山忘机相坐的陶然，更是独钓寒江的孤傲。还是东篱下的陶菊懂得品格，世代淡雅着绵长的绽放。那梅在一旁默默地想。

不过是一簇低矮的牧草，独守荒原，在风雨中品尝自己卑微的生命，不经意间可能惊醒了他人，寂寞是我皈依的宗教。草叶变得更加坦然而虔诚。

而我想说，有谁又甘于寂寞呢？鞋子总会殉情于路的，一如犁铧殉情于土地，我们只要跋涉过耕耘过就足够了。那时，我捡起一枚乌衣巷中的燕羽小心种在人性的大书里，明年会有呢喃的燕语绕梁吧。

2002 年 1 月 1 日

不想走失

春潮急雨中无人光顾的渡船闲散了黄昏，归巢鸦雀的一串啼鸣温暖着孔老夫子古稀之年逍遥的咏叹，那时让我想到儿时把玩的各色杂拌儿玻璃球。一座寻常而玄远的桥梁，一处平实而脱俗的家园。

分别知见的上升，阶梯般让我远离了蒙昧，却也无声地混沌着真理。那个炎热的午后，我认真地涂抹单调的色块，我坚信能绘出最新最壮丽的图画。蹲伏在霉味的季节留下几多愚昧的伤感。

也许痛苦的告别就是一种幸福的拥有，当一只只蝴蝶噗噗飞进花丛，我得以对着太阳大声喊：用我生命的本色斑斓所有秋天的歌谣吧！

我知道，别人是我情调各异的丝竹，苍穹下彼此弹拨各自灵魂的幽怨和欢乐。我明白，坚守自己无异于流浪的开始，但我更清楚，流浪何尝不是通达心灵的必然。噢，走进驳杂，我就是林中一只鸟，我就是山间一缕风，我就是水里一条鱼。在这无际的驳杂里我才不会走失。

2003 年 10 月 4 日

行走人间的宗教

公园的座椅掩藏在四季的幽静处，暗香浮动。

南来北往的，穿红戴绿的，朴厚的，奸损的，连流氓政客杀人犯也不无偏私地揽在怀里。都是一样的儿女，你说。

倾听布满天宇，有人来访你月光般流溢无声的爱抚，无人光顾你静静蓄满慈悲。一只夜游的鸟飞过你的头顶远去了，但你的听仍在。

你累吧？胳膊腿儿都有些残缺了，脊背上沾有鸟粪，怀里一丛狗毛几枚落叶。你说，自己是散落密林深处的一幅酒幌，不过招揽疲惫的行人醉卧一场罢了。

不，不不，你是行走人间的宗教，苍松翠柏是你的庙宇，鸟雀啁啾是你的晨钟暮鼓。

那经文呢？

来你怀里休憩的人都读过。

2010 年 9 月 14 日

品朋友字

包孕五千年太阳的露珠总在季节深处闪动着虔诚，稳重而张扬的脚丫踢醒湛蓝，留在沙滩的脚印盛满一群姑娘调皮的笑声。美岂止装点历史的梦境，那是怎样一朵咬住黑夜的灯火啊。

连绵的墨绿踏香而来，袅娜的身段惊艳蔚蓝下的那片山水。飘渺的韵缠绵了远方，远方正怀抱一捆灵动的红晕。幽静的神盈手可掬，不增不减的自然一时氤氲了我的书屋和不生不灭的自在之身。

疏篱挂一串幽香牵几粒苍老的嘱托，为何总能过滤几声娇嫩的执着？南瓜把心事藏在肚里，吊几藤金黄的故事供游人演义猜度。此时的锄头正把一个大美的冥想种下，谁才是哼唱生命的歌手？

2000 年 7 月 20 日

抓不住的红狐

柔软而坚硬的时光在我手中欢快地流淌，我越是握紧拳头便越是挤出妩媚的浪笑，这浪笑让我惶惶。我曾尝试小心地捧她在手，而妩媚死了，沉闷而忧郁地走了，把一个巨大的阴霾网给我，我的影随即去了。

抓不住的红狐，美丽的外衣诱我献出百年的童贞，当我轻轻走进拜膜的圣地，香馨欲醉中剑似的臊气刺中我。用最细软的毛发制成最锋利的刀笔，善恶一泻五千年，酸甜了雷鸣，铿锵了文明。

小小的一盆水装下整个历史天空。在那个完全属于我的下午，静静地翻阅飘过的春夏秋冬、阴晴雨雪，我突然丧失了太多的感觉，在更深邃更蔚蓝的天宇下，连浮云也褪了淡淡的香甜。

只需一秒钟一件漂染的文化衫已浸透骨髓，仿佛食品检验局发给猪的印章。为了靠近那个虚无的光焰，为了抚摸那个温暖的谎言，我几乎用尽青丝里的每滴墨汁，蘸着阳光的流水，我把最后的抒发藏在深深的褶皱里。麦粒的温暖，阳光的馥郁，茶水的清雅，肌肤的腻滑，还有浮云的飘逸，一时都在我细细咀嚼里。那是从未有过的时光盛宴啊。

2001 年 2 月 27 日

倾听季节（组章）

春意（六章）

花旦

北方的四月被一声鸟鸣点燃。

无须过渡，春幕一经拉开便香溢高潮，河岸、路边、墙角、残园到处是绚烂的锣鼓，甚或石缝及马路牙间也上演着各自的折子戏。

不想珍藏轮回在画家摄影家的缠绵里，转眼落红无数，让泥土收取遍野的叹息吧，只要痛快地火一把，任红黄紫白的羞涩打包丢给暧昧的风。

瞧呀，老奶奶的鬓边、小孙女的胸前都有我们的唱腔在奔涌。我们是季节的花旦，清纯的念白已被远秋捕捉，于是，四月的舞姿沉淀在季节的心头。

1998 年 4 月 17 日

寄语桃花

走近了你，怎经得这蓬勃这自在的燃烧。远离了你，更见我的枯萎枝头高挑。今天，你再度红晕了世纪的码头，我不想飘零不藏羞怯，就做一万次尴尬的直视吧，拾一瓣馨香祭我的厚土和根和梢。

1999 年 3 月

思念

登高回眸那片跳动的绿荫，身旁的宝塔仿佛镇纸，再次抚平焦渴的思念，鸽群绕塔盘旋似泼墨，一时疏密了山水，阳光印章般刻在湿润的土地上。

馥郁的浆果只可供奉，含苞的玫瑰无人采摘，脱去的冬装不舍丢弃，在那个温暖丁香般的季节里，我用你的絮语编织四月的北方。

雨敲残荷，蛙闹池塘，潮湿的风浓密且恬静着雾霭，有栗色的琴声网来，厚重了晨光。你说淡薄的绿意最美。

1999 年 4 月 8 日

柳絮

喘息的精子们游向天地的子宫，狭窄的风染绿了精液的涛声，哪里是我们的家园？一团又一团白色的哀叹滚在坚硬的角落出卖着阳光和季节。到处是绝育时代，毛茸茸的思绪无处着床。

在花期的枯萎中，在僵死的潮湿处，在不远的远方会有绿色的音符孕育，拥着泥土续谱新的柳笛曲。

谁的叨念敲击我的耳鼓，痒痒的。

2000 年 4 月 16 日

槐树下

鉴定了几个世纪风雨的那棵老槐树依旧懒散地依在村头的崖壁下，繁华散尽，凋零的身段站成一方巨大的笔筒，洞空的体心有新枝伸出，仿佛复活的八大山人，伴着暖风的轻吟把淡淡的绿意涂抹给蓝天。那个傍晚，依树而坐的老兵又一次吹响了用子弹壳做的竖笛，单调而平和的牧歌款款流出，刹那间浓了满村的炊烟。牧羊人赶着云彩从暮色的山垭中走来，摊开一个圆圆的黄昏在身后，有泼洒的橘红漫涣了西方的天宇。

这时一股又一股可以掐出水的歌声正高雅地敲击人们的耳鼓，仿佛顶花带刺的大棚黄瓜廉价地批发在这个标榜盛意的时代中。

2011 年 4 月 14 日

蜜蜂与城市

花的春秋战国铿锵了北方的四月。桃红杏白喧对峙，苹果淑媛梨冷面，属丁香心机绵远，一时瑜亮。连砖缝间指甲大的黄紫们也满世界暴传着造反的檄文。

蜜蜂是连横合纵的主谋，但张仪苏秦的时代蜜蜂是没有户籍的。

正如花逞千姿一样，更遑论花期的一刀切了。雄冠群芳的武皇后一时空见不明，于是霸道的流传得以寓言，至今洛阳纸贵。

蜜蜂早知晓怜香惜玉尊重个性之三昧，只是城市少见了蜂群。

成全别人就是成全自己，蜜蜂把谦逊带给了世界。蜜蜂激愤定位于勤劳，于是蜂鸣于野：我们和谐群芳，我们复活甜蜜生活，我们是生产甜蜜思想的思想家，我们终是嫖客。

蜂王，哲学家的母亲。

遭遇城市与其说是蜜蜂的不幸，不如说是城市的宿命。

水泥堡垒坚固着文化，蜂巢失落于城市。群芳慵懒慢争艳，空闺独守怨当年。散兵游勇的蜜蜂委顿无言。于是权谋智慧的蜜源得以大力开发，争鸣百家的酿蜜工厂接有大批定单。

没有蜜蜂的四月终是寂静而伤感的，没有致力于酿造新鲜蜂蜜的城市是枯燥而僵死的。

2012 年 4 月 22 日

夏语（五章）

倾诉

远山藏几处寥落的村庄，脚步情怯在回家的岔口，那时寺院的暮鼓绵密了西天的云霞，溪水明澈，滤几声归巢鸦雀的安逸，心倏然间静寂成了山峦。

如水的月光倾诉在夜的心头，我听到麦子拔节的欢愉声，豆苗的吵闹声，还有风儿嗤嗤的偷笑声——青春的猫们正释放着盈天的热情。

于是我会心，倾诉的竖笛总是吹奏在倾听的幸福中。

孤独还有很长的山路要走，身后是鄙俗而廉价的闹市，走进季节深处，一个静默而自由的倾诉等着我去拥抱。

2011 年 5 月 9 日

麦秸垛

六月收割一垛又一垛寓言，垛顶上还涂了新泥巴，仿佛开给蓝天的朵朵蘑菇。拔节的音符、镰刀的歌谣被压扁，娓娓说唱给生长赧颜的姑娘小伙，还有将幸福灌浆的杂交谷物，连骡马也细细咀嚼出青春的麦香来。

碌碡与麦场有着千年的默契。

麦秸连着心草，一年一年枯荣着。麦秸垛，这乡间传说风情的戏台，在月光的导演下，总是把缠绵揽在它温暖的怀里。当我准备沐浴时，那些夜晚没了月光的心跳。

如今，麦秸垛越发地少了小了，丢在麦秸垛的羞涩远了淡了。但金黄的寓言仍悄悄等待一瓶陈酿的开启。

2012 年 6 月 21 日

雨后

蠕动在雨后小路上的蚯蚓老态龙钟了一截距离，洗过的或浅或深的绿美女般养眼更养心。是保洁员的扫地声操纵了潮汐的节律？还是蝉的鸣叫把每个肢节都挂着铃铛的蜈蚣风筝送上湛蓝？几声犬吠钉子般楔进空中拔不出来，一只麻雀啾啾着飞过我的头顶，而听还在。

地沟壁的水泥缝隙鲜绿着顽强的生命，蓬勃的头钻出沟面上的铁篦子陌生着惊喜，沟底有几朵指甲盖大的黄花在悄悄密语着潜逃。

龙爪槐硕大的绿伞罩了一身红装的女孩，女孩手里的红雨伞刚刚收藏起只有她自己知道的小秘密。

是谁在窥探且修改着夏天的折子戏？

黑猫慵懒地钻进栅栏，深井样的眼斜望了灰蓝的天，盘旋的鸽群温暖着哨音，几朵挂着雨珠的丝瓜花吊在栅栏外炫耀着金黄。

我背了孙女的书包，不觉牵紧了她的小手。

2014 年 8 月 6 日

等待

雀儿归巢，蛙声渐软，故事越演越多，台词换了又换，最是那莫测一笑，震落满天星斗，羞怯朝晖无限。

1988 年 5 月 15 日

树与蝉

默默地吐绿默默地飘落默默地轮回。

默默地接纳一切。

风来了，你血脉的雕琢益发清亮因而掌声也浓绿飘逸了。雨来了，你把净化的灵魂摇给蓝天白云还有路过的雁阵，你总是用感恩的新翠拥抱恋人细碎的呢喃，当然也有小把戏们的阴谋。因了你从大地汲取的包容而静默地倾听，麻雀们便常来絮叨烦恼。还因了你高挑的雅量，鸦鹊们把一个个温馨的巢穴安上你舒展的手臂仿佛新娘的指环。

你见惯了霜雪烟云因而淡泊的无从看重自己，你还不时把飘落的舞蝶送给总是忧郁的来客。你在走遍蓝天的脚步声中感受着万物自尊的乐章，于是你有时也会以喧哗的音符加入生命的激荡，偶尔也会在雷电中为捍卫生的尊严而自折。

你总是默默地吐绿默默地飘落默默地轮回，特别是默默接纳一个自鸣盈野的蝉。

一旦爬上树梢便认定自己是盛夏的王。

哪来浓荫庇护下的嘶鸣，分明是燥热中传递阵阵清凉的音频。这翠绿广袤的思想，这承载幸福的浆果，这华丽黎明和晚霞的酿造，都是因了它辛勤发聩的教化。是它改变了这个世界，也只有它才配收割日月的辉光。

它长城一样长的高歌引来楚国驼背后人粘了去也是历史常有的一指长的黑色幽默。

它或许真的是盛夏的王者？当万物悸动在即将来临的霜天时，它噤声为一律千古的蝉蜕。

你仍是摇头不语，不知是叹息不可语冰的夏蝉才有这高论的空壳子，还是因了你千万年的沉默才容忍了这一代代自诩天才的聒噪。

但，因了你的默默你流淌着长寿的绿河，因了它的短命它难免泛起浮躁的泡沫。

2009 年 8 月 2 日

秋思（五章）

望远

一棵树拖举一片辽阔的蓝天，一根稻草压死一群壮汉；一条长河围巾般缠绵了一脉青山，一口唾沫似洪涛淹死无数愚女蠢男。望远的情绪过滤着山水，透明是个顽皮的孩子。

云雾总是遮蔽谁的望眼？

当鸦雀的聒噪涨满湿滑的台阶而游移了目光，当鄙俗的细节如纺车般抽尽所剩无多的承载，在凝眸望远的喘息中，于无意的惊喜里，葱郁的傲岸和甜腻的细碎都点染成轻快的风景了，连颤栗的深刻也如滴滴墨迹化入长河为曾经的肤浅书写羞涩的泡沫。

生命总是翔舞在远方？

望远，一缕心灵的放风，一垄智慧的收割。
远方，只有远方才能冲洗出最清晰的灵魂底片。
而剪裁呢？就留给随黄河一同来的秋风吧。
为什么人们总是迟迟睁不开远望的眼眸？

2000 年 9 月 9 日

秋意如丝

是蟋蟀的多情描绘了秋天的心事，还是秋天的喧闹斑斓了蟋蟀的唱词?

母亲坐在残疾车上享受着暖融融的秋阳，儿媳挺着八个多月的肚子缓缓地推行，树叶哗哗的掌声仿佛急切地牵出爱的晨光，夕阳拓下这幅金黄的剪影供我临帖。

老汉开着电动三轮车缓缓而行，坐在后座上的老伴催促说：晚了晚了。老汉满是白发的大脑袋点向路边的果树说：还早着呢。阳光打在初秋的枝头，柿子还是那么青涩，而大枣和石榴已泛上了羞红。
谁说感伤的方式总是蹒跚在老人的眼神里。

五只小狗绕着穿红衫的中年妇人撒欢，忘了意识深处的流浪。一残肢的棕色小狗被妇人抱出水果篮的家，草地上的蹒跚令人揪心。那时阳光盛满了竹篮，一只绿色大蚂蚱正梳理着长须般的理想。
谁的眼神慈悲了广宇?

太阳涂抹了胭脂难得扮回女儿，尽管罩上一层薄纱也掩饰不住浑圆的娇柔，此时她又羞涩地半遮了面容。一方雁阵悠悠飞过，而囤积墙角的风正上演着狂舞。
刺青在胳膊的拐弯处怯懦地窥探。
没有猎物，只想逃离枪膛的张望，使命早已锈蚀在琐碎的日子里。

2007 年 9 月 4 日

心事

　　茂密的啁啾在秋日的竹丛涨满巴掌大绿色的倚望，小院翻晒着一年的心事。蹲在一角的花盆种上孩子的气球正泛滥着五彩，童趣幽香了月季。花猫躺在一辆破自行车旁陷入深深的冥想，栅栏外的针叶松仍在缝补着残梦，柿子已把羞涩的初吻染上枝头。

　　多年听不到的磨剪子戗菜刀的唱腔温馨已发黄的童心，树叶颤栗着密语，我听到秋天的告密者正在编织一个不寒而栗的故事。

2007 年 10 月 15 日

运命

　　丝瓜秧爬满了尤爪槐的树冠，拳头大的黄花四处炫耀占领的宣言，几根尺把长的丝瓜吊着锈黄剑似的在风中晃荡，于月光如水时捞起一串串的叹息。

　　略显秃顶的龙爪槐抓紧了大地韧忍无声，他在等待冬天的第一场雪。

2008 年 10 月 22 日

老人与狗

　　落日有些惨白，凄清的暮色苍凉着岁月。寒意浅封了绿色的遥远，把悲怆的思绪挂在深秋泛僵的枝头。小巷寥落，枯叶放逐，风儿漫舞，胡琴声忧郁了整个下午。

那只弃狗又一次来到老人身旁，忘形地磨蹭他的双腿，且哼鸣着忘情，仿佛归家的浪子低诉灰蒙蒙的哀怨，更像是轻吟般批发久违而甜腻的恋情。老人枯瘦的双手长久地箍在弃狗的腰腹间，下颌微扬，双目轻阖，一动不动，悠远地温暖着淡黄的往事。有浊泪轻快地溢出，碎一串瘦弱的黄昏。

2011 年 10 月 24 日

冬韵（五章）

冬泳

于坚硬的屋顶开凿绿色的窗户，只想还阳光一个媚眼，还想轻抚那张蔚蓝的俏脸。几十米的路程一如边关，刀光刺骨剑影摄魄，而后方是满眼难收的渴求。阳光下水中的一点闪耀，星星般载了百年的火种在畅游，坚硬的暖意坚厚着柔软的身体，料峭的水面之下一个深沉的思想激淌了。

2011 年 1 月 2 日

冰钓

太阳有些苍白，依旧把柳宗元的孤独写上高远。冰窟却越发的密了恰如学孙膑而增灶，冰面热闹似集市。花尾巴喜鹊诗人般踱着步子，一个打滑浪漫了整个下午。

2011 年 1 月 19 日

冰雕

似花开有时，你短暂的一生塑在冬季。你说死是生的另一种花开，美丽而坚挺，会留下风鸟的亲吻，会有蝴蝶布满斑斓。

像兵无常势，你永远保持灵活的转身。柔软与坚硬、生与死的互相指认生发，在我的心里筑成上升的阶梯。

你将化为云，还是麦粒、花朵，抑或肥料？一如你前生的无限。你说你最想化为一滴可以包孕太阳的露珠。

是历史的情丝葳蕤了你的造型。

2011 年 1 月 21 日

焐雪天里

大地，莫羞答答地展开你的怀抱。河流，莫娇滴滴浪施你的温柔。就是粉身碎骨，就是化为乌有，我也不会奴隶地死去，我舞翩跹一如飞天降临，白茫茫的坠落是我的绝命诗，嘎吱嘎吱的被踩踏声是我的就义歌。

不企望天现彩虹，只想印证没有死那有生的故事。

2011 年 2 月 21 日

残雪

残雪鱼鳞般覆盖着淡黄的茅草，把一生的凝重塑给路过的白云。阴坡坡仿佛长大的孩童，倏忽间挣脱了雪被的束缚任小脚顽皮地蹬踹刚露头的早春，我听到它蹒跚而快乐的歌。

而此时的阳坡坡一扫冷静，正敞开泛酥的胸膛任太阳抚摸，去秋
燎荒的笔记清晰可读，只有大桥下尚存的一片残雪像锦帕，留待诗人
传情。

星样的残雪托在针叶松的掌心，如残谱写给太阳，那最后的清冷
跳动着轻柔。刺冷的风有话捎来：远山的弟兄们正渴望着燃烧。

我久久徘徊其间，一时博大似孵卵的母鸡。

2011 年 2 月 22 日

感知股市

来这里的人们都敬畏自由率性；
抱住美女搂着炸弹大家都在栽培阳光；
雨敲残荷无人理睬一任心灵悄悄覆盖；
都是本真英雄且大都眼泪汪汪不承认脆弱；
炒股其实就是炒自己。

——题记

1 欲望雕塑海浪般群山的放逐，撩拨着高原的嘹亮和巍峨怀抱下温
暖的篝火，大海淘洗每寸蔚蓝血浆喂养的礁岩，是海鸥的细语绵密了
引航灯盏的坚守，季风得以引青萍之末于九天的狂飙；草原深处的那
条长河从未断流忧郁而奔放的牧歌，在那个还飘散些雾霭的早晨，与

无数小溪潺潺细腻的轻唱挽手，一时喧嚣且馥郁了东方的森林。

好多残月的夜晚我都听到灵魂自由而滴血的歌。

2 一枚凹凸古镜丢弃在弯曲的海滩，无意拾起的瞬间放大了啪啪作响的人性自我也萎缩着苦涩的幸福，神奇重叠的爱恨情仇传檄草原的狼嗥，苍凉的唢呐不仅仅在高原沟沟坎坎的梯田上游走，南方的敢死队与北方的义勇军潜行在土梁的蒿草里，青年才俊日夜急行军追撵古稀白头，只待那颗启明星闪烁或红或绿的旗语，飘扬的冲锋还是衔枚的退守一任感性的猎鹰和理性的脱兔。

3 最公开的竞技场最公正的生物链最坦荡的诡谲道。流溢臊气的遮羞布写满情诗但没有刊物可以邮寄。爱抚总是居高临下扶正道义的大纛。怎奈各路诸侯手握重兵另有图谋，嗜血成性的大鳄挤出的眼泪铺就西天谦恭的彩虹，桥上悠闲走过翩翩阔佬正播放几家欢乐万家愁的畅销曲目，声情并茂大吹法螺的金嘴因为把老子娘送进妓院而有了感悟正谱写新的词赋，变幻时尚的倩名连城市夜晚的霓虹灯都为之羞怯，"明明白白我的心"词不涩曲不腻大家都能懂。一时欢天喜地拥抱太阳明天更绚烂羽化而登仙，一时抢天呼地似置冰窖末日最悲催卧倒加僵挺，尸横遍野土豪遍地都是饮血自由之花张扬的绽放。

都是本真英雄且大都眼泪汪汪不承认脆弱。

4 来这里谋生的都敬畏可贵的率性自由。乌篷船不嫌小航母不为大只挂一面湛蓝的旗帜便可通行，无须签证无须等待几秒钟便可游历各大洲漂移的板块，无须考试无须辞职港湾全天候通航来去尽可匆匆。抱住美女搂着炸弹大家都在栽培阳光，挥霍青春寻找残梦你我都把生命托付给这片没有硝烟的战场。四季耕耘收获无多但沸腾的梦呓嗲嗲多情,雨敲残荷无人理睬一任心灵悄悄覆盖全凭屋檐下静静舔合伤口。没有雷锋没有解放军没有暧昧的变脸,人们把真实的贪婪写上天穹。

5 狼还站在清溪的上游跟羊续纺着磨叽吗?雨后各色的蘑菇好鲜好美,寥廓而拥挤的草原正涨满新的寓言。浑厚的马头琴为黄昏的草原展一抹温暖的情怀,旱獭在金色冥想的深处一个巨大的陷阱正缓缓张开。苍鹰盘旋在侧总是驮着阳光,堂皇的翠绿与迷醉的花香掩盖了潜伏的心径,套马杆剪影般抒写着惊骇的故事,牧马人惶惑地看到草原的述说在越走越远如大山嘴里的落日。

狼皮可以为鼓吗?

嫩草的美味驱策羊群一路盛开着蹄香,狼迹于不断开垦的荒野里越发稀少地盛满惊噪。在皓皓的圆月下,人群膨胀的狼性有了向上的呻吟。

滴血草原的深处结满厚厚的鼓声,而草原镀金的边岸在哪里?

6 虎背熊腰力能扛鼎的你按下鼠标器的瞬间手颤抖什么?心思缜密考虑再三的我为何一秒钟的工夫便释然了久有的决定?柳迎春苦守寒窑十八载毕竟薛仁贵衣锦还乡,杜十娘怒沉百宝箱善变的李甲终是两手空空。没有方向没有感觉需要怎样的一盏灯光?于是胡同透来的一截风修改了已有的航标,窗口飘进的一滴雨灿烂了梦中的那朵花红。永远犹豫永远逃遁永远后悔永远坚守因为后面永远跳动一个等待拥有的憧憬……历史的镜子闪现各自鄙俗的身影,而那个最真实最明快的知性其实一直在你身边但你未必识得。

炒股其实就是炒自己。

7 那个雨过天晴的下午有人把一枚红色的慨叹抛给世界：曾经的文化大革命培养的 N 多运动家能量之大足可改写一些小国的政治阴晴。而今让世界震惊的淘金大军胜过海啸热过厄尔尼诺：国际国内宏观微观朝日夕阳上游下游尽在总览之中，大方之家如春之柳絮碰头打脸，足可让诺贝尔经济学奖得主为之动容为之再次抒写黄色的叹息，生活总是锻造加盖着没有文凭的文凭。一阳指洪七公小李飞刀蛤蟆功，秘笈载着梦想在红海洋中穿行，朝霞是羞涩红，晚霞是醉酡红，山巅之梦任性自为酣畅生命的自然，也许还有一点点超越一点点自醒，最喜白头翁于红叶中的跃动。

谁的梦想都有煮沸的情形。

8 忽而雷霆乍惊，现代雄阔海力挺千斤闸门上演阿Q悲情，一日之内而气候不齐树倒猢狲散去，于盈天血腥的哀号中《游击队之歌》有几条漏网之鱼在轻轻哼鸣，绿色绵绵不绝'饿殍'遍野'革命'陷入低潮，几多飘飘白发散乱在呻吟的荆棘丛中。心不死梦还在有潮湿的云霓之望存星星之火可呈燎原之红。啊，那几度飘渺的红晕哟，或可熨平刻在残秋皱纹里的惨痛，那曾经可人的火红啊，或可在梦的轻波里依洄不断染向不远处的秋水一泓。

9 时间长满耳朵滴滴答答捕捉信息无奈噪音太重，南云北雨织就巫山的险峻过了三峡也未便得见阳光。一地鸡毛乌云盛，霎时间雨过天晴消了热，见一副滑竿下了山坡。半夜鸡叫总有时，难得是周末润物细无声。君不见磨刀霍霍向猪羊，风烟滚滚战旗红，敢向潮头生。君可闻八风吹不动，一屁过江来，苏轼的明月入怀也难抑杂沓的心情。

三大战役四渡赤水国嘴启封金圣叹其名悠远，屁股喷屎也吐金蛋，茅店晓月全凭板桥霜迹书写自己的真经。

10 佛陀的光辉总是在门可罗雀时煌煌网来，我不入地狱谁入地狱木鱼声声张显本色大雄，袈裟殷红和尚普法指引慈航，且问家在何方太子惶恐回头张望，一个禅意的传奇正茂盛丰腴了众生的后花园。

11 我有一颗黑珍珠。加勒比海盗船只是披了你的光彩才得以快速地描画欲望的素写，你超迈的情怀铺展大海深处无人解读幽蓝，比巫师还多的海鸥衔着令人颤栗的咒语，因了你的滋润而拨正迷航的船帆，你漂泊很久才把自然求缺的嘱托告给季风，多年以后我在海滩礁石边捞起你搁浅的寓言。

每晚我都有一杯珍珠奶茶陪伴，为的是在梦里寻找只有自己味道的港湾。我在心造的平原上放牧着我自己，我在自挖的池塘里涵养自己的星星，我显影着我自己，于是我便在认识了人群之后体味到深深的孤独。

这是我收获的第一桶真金。

2015 年 6 月 17 日

黄昏独语

东边日出西边雨，道是无晴却有晴。

刘禹锡得意的长吟在此刻又一次湿润了岁月的凹凸。古韵的唐雨也当如是滴滴答答细密叩问惶惑人的窗前吗？抑或恋人般清点有些发霉的思绪？西天那片犁铧过的火烧云正翻晒着过往的精力。在这有情有意的傍晚，在这清新铺满山川、河流、田野的黄昏，我默默收割着无奈和否定的真感情。

一杯新茶泡出清秋凉意连同姑娘纤手摘取的那片翠鸣。

那坡梯田的背阴处种着我俩馥郁的阳光，你问：是达摩的身影破壁而入还是鄙俗浮雕的滥觞？我至今不解你的谶语，于是你至今还在用泪水和汗水浇灌着我们的太阳。

那个下台阶的瞬间于坚硬的心路铺一方娇嗔的绿坪，你吟诵道：行到水穷处，坐看云起时。我至今想见你青丝摆渡忧郁时达观的波浪，而我还是听不大懂你船橹摆出绿绿的歌谣。

那个只有我俩知道的池塘蓄养了矫情的月亮，你说千江有水千江月，我仿佛嗅到以血涵养的馨香，至今我尚可抚摸你仰望的忧伤。

泥泞中我被挑衅的蛇咬了，他吸出毒血的纯情风发了我的豪气。在潮湿的窑洞中我们以纯净的血浆喂养了成堆的跳蚤。在尿尿成冰的看秋场上，我们抵足而眠抗拒着绞车般的饥寒，那时麦秸缭绕的烟雾也弥漫着古香古色的传奇。他出国多年后的拥抱苍凉着陌生的敷衍，在频频炫耀着某大帝国的红晕时，直让我想见火烧圆明园时那个打旗引路的国人。

手挽手抗争强权最终都在演义伟哥的疲沓，诠释最新注册的腐乳源于心贴心的拓片梁山。借口总是出卖后获得心灵平衡的摇头丸，盛开一路美丽的罂粟花诉说着出卖的新伎俩，曾经的出卖和被出卖稀奇了煽情，也许朋友不过是用来出卖的通关文凭。

但出卖不了的是记忆，夜阑人静的续纺不仅仅织就肥大的怨恨，明月入怀时也会编织忏悔的花篮，然而只是打捞覆水的花篮，在无根的漂流中这已是难得浮上的绿意。

那是怎样一个冻掉良知的岁月啊，兄弟们抱团取暖在吱吱呀呀的牛车上，难耐的漫长正点点滴滴滋润着盈天的大树。天热了，强为欢聚围着柱子坐，汗臭扭捏地抒写着隔膜。九九艳阳天只有在各自的小九九中才高悬了甜甜的媚眼。穷在闹市无人问，富在深山有远亲。在这紫色大旗的呼啦中，一切肥腻歌声的缝补都在茂密渊源的蒿草，修编家谱的闹剧又在上演疏阔的盛世矫情，但避讳的眼神难掩罹祸时的鬼祟。天地间充沛大爱的只有父母双亲，读懂这无言大美总是刺痛在无可赡养的湿漉漉的傍晚。

我辑刊着时代的脚步和心灵的絮语，我也辑录自己灵魂的返青。我虔诚地擦亮每个时代的标点，热情地放大每句语法的音频。突然有一天，我感到从未有过的厌烦，我修改了太多的矫情，编辑了太多真实的废话甚至谎言，在这充满浮躁的季节，我无意间又一次走进了谄媚。那天早上我淡然辞职了，我无力改变丑陋，我更疏懒他人的雅颂，我只想编辑自己的国风。

我收获了迟暮的自由，我也抛光了带血的事功。

我多次问自己为啥而生？

青翠的刘禹锡你能告我生的竹枝词吗？

雨还在叩问还在冲刷这个城市的喧嚣，西天还在酿造自然的醇香。

在这有情有意的傍晚，在这清新铺满山川、河流、田野的黄昏，我默默独语，在默默收割无奈和否定的情绪时，我也于迷茫中收割着淡然。

"兄弟跟我回家吧。"

我又一次听见那个声音在很近的地方呼唤我，轻轻柔柔的。

2012 年 7 月 4 日

省　略

发傻的月搁浅在楼顶，万家灯火如铺开的稿纸书写各自庸常的故事。河水微澜把秋虫的寄望捎给远方的绿岸。夜游鸟凄厉的叫声再一次韧劲地擦亮回家的灯盏。那时，我久久地凝视沉默的路灯，它是燃烧给喘息河水的堆堆篝火？还是哲人写给冷寂夜晚的省略号？

我还能省略些什么呢？

假如可能，我要省略青春的湍急和激越，把这股溪流引入儿子掏挖城堡中的护城河，与他一起抗击孤单和侮辱。

假如可能，我要省略所有时钟般刻板的蹄痕和伪装的迎奉，陪千里之外而来的母亲多打几圈麻将，让她回回都能赢取一列车的笑声。

假如可能，我要省略所有乏味的事功和无聊的掌声，用来种植和蓄满洁白的棉絮，续纺父亲一生也没说过几丈的话语，然后织裁成插队时穿过的蓝白相间的土布背心，父亲披上或将不再揪心的冷。

……

失落的秋风收走枯叶，但收不走飘落的姿态，收不走潮湿的痛。

月光如水漂浮往事，风儿还在诉说，燃烧篝火的河水温暖我的思绪，徐缓地带我向远方。

远方我能省略些什么？

手机响了，孙女稚嫩的歌谣茂盛着童年。

2012 年 10 月 9 日

胡同的风景

胡同的那段风景茂盛了一生的后花园，让缠斗的心情一扫疲倦，羞怯的花得以润润的开放。

是谁铲除了园中的杂草？

那时总是前院的鸽群最早驮来晨曦最先传来晚霞爽约的秘密，盘旋的鸽哨不断擦拭人们一天的忧烦，仰望成为心灵的驿站。

煤球炉的烟雾抒写一天火热的寄托。叫卖的小贩斑斓了一截短促，喧闹的小巷益发细瘦了。卖钢针的缝补四季的冷暖，锯锅锯碗的铆钉几多家庭的裂隙，最是那剃头音叉的嗡鸣把一个长长的约请抛出，日子变得脆生生有心劲了。

只是下雨的时候，泥泞的道路种下太多的忧伤。

是谁滤去了市井小民的叽喳声？

童趣浇灌梦呓如小河捞不尽的鱼虾。

滚动圆月的铁环嫦娥还能起舞翩翩？玻璃球聚攒的七彩梦胜过多少宝藏因此有几多失窃五十大盗的痛哭于枕边？东郊的还是西郊的蝈蝈就是不吃大葱也可掀翻半个天？蛐蛐儿一定是有团伙的，要么为嘛有的地方是轻吟浅唱而有的地方如雷霆乍惊？谁教的连环巧绊让你峥嵘了一个季节？陀螺飞旋哪比得上冰河之上的二零三……

是谁放飞多彩的风筝，让人于垂暮之年仍拽紧自由冥想的紫线线？

长不大的乡愁嫩绿在审美的眼神里，于是这个世界才有了四季的葳蕤。

2011 年 5 月 4 日

收　藏

谁没有几部相册湖泊般鼓荡多味的情感？谁不在划着寻梦的双桨捞取瞬间的永远？那时景深香溢着五彩，那时层次的光和谐了柔软的快门，那时我们急火火地冲洗剪裁放大，那时我们宽容地收藏如大地收藏湖泊如湖泊收藏小船。

多情的寻觅啊。

但有谁不是船到岸了才看清底板？

又有谁能把哪怕薄薄几页的相册情愿填满？

尖削的肩膀怎能承受豪迈欺骗的负荷？荡漾纯情痴笑的涟漪又如何能冲刷被伤害负疚的褶皱？荣耀了几条街市的贵人为什么劈头覆盖了恐怖的墨迹？不屑的癫子何时伟岸的让人疯长了嫉恨的蔓草或可月夜蹑足叩门？

……

生命中不能承受之轻啊。

收藏，一条自审的心路，一坛摄取生命精血酿造的还魂酒。

会有不死的芳草植被人间，让踏青的脚步声扣紧寻觅的心澜。会有清亮甜润的感念，供爱的溪水在狭小的地方多做几次回旋。

谁没有一捧可掬的笑脸飘荡在善的青山与绿水之间。

2014 年 3 月 27 日

守 望

青松凝集高迈，森林繁荣远山，于是峥嵘走进了蓝天。而山脚下的那株小草只想默默守望自己的灵魂，在柔和的月光下孕育露珠，在露珠中编织艳情的早霞。风儿知道，是谁把这绿色的平庸撒满世界；溪水知道，没有琴声伴奏，小草翠嫩的歌也将飘飞天下。

仲春的田畴上，嵌一对做爱的青蛙于马车轮下，扁平的皮肉似风琴，柔软的情歌从守望的眼洞和唇边流出，那时春雨涨了池塘，盈天的鼓噪从雾霭中漫涣开来，敲打着整个季节。深秋时，那对风干的青蛙皮骨仍镶在憨憨的土地上，高爽的蓝天下，有群蚂蚁在聚集在守望。

相信灌溉后的油菜将怒放黄灿灿的谣曲，相信缭绕的炊烟会指引游子回家的路径，相信牧童的竹笛能牵来平和的暮色，相信故乡的明月终究会放牧浮云。母亲啊，有了您的依门守望，这个世界才不至远离善良。

窗前，房东奶奶的纺车摇着岁月，种在窑壁上孤独而脆弱的一豆灯火，把那幅剪影送给娇洁的月光。干旱无损草原满眼的绿色，不得果腹的羊群逐草天边。掉队的海螺凝成雕塑，面对大海日夜唱着永不枯竭的歌。古老的水线层层可读，干枯的河床常有潮汐入梦惊涛拍岸。在守望的日子里，你们是幸福而奢华的。

跋涉在茫茫的沙漠中，我们开挖生命的清泉，磨短的血手指为烛，守望着那股跳动的潮湿，一任过路的云和雨的轻佻。

人一生可做的其实不过是守望自己。

2000 年 3 月 2 日

引 渡

　　我弄不清是又一次套住了太阳的纤绳还是紧紧拽住救命的光缆，我只感到逃逸的轻快和前方的眩目，那时正有黑色的牧羊犬放牧着一群白云，河水有些浑浊的哼唱忧郁了岸边的荆棘丛，还有丛中布满蛇迹和兽踪的小径。我知道所有的伤痛只有一种呻吟让我想到死去的幸福，我知道只有一种幸福我从未触摸到它的花香。风把世代的雕琢给了诅咒它的雨，雨深深寄情着花心的云，而抚摸蓝天和太阳的只有流浪的风吗？我搞不懂盛衰的音节，凭感觉我不会再松了套绳，带上那条属于我的小径，我对太阳说，咱们开船吧。

　　梯田总是标榜着上升的厚重，蔚蓝下挂一坡细碎的梦幻展几页季节的风情，巴掌大的黄土地年年上演重复的沉寂，老掉牙的信天游在沟坎和坡头间悠远传承。分割的文明成熟过馥郁也成捆收割过霉味的贫瘠。小路的喘息闪在弯曲的痛处，父亲粗糙的大手啊不时地托起喂养村干部的胃口。坡头那棵刻着刀疤又结有树瘤的老柳荫蔽了爹娘，脊梁已弯的他们桥样的送我们一个个走过村头沟壑，还凄凄地大声喊，远远地走哩，别回头，坡地太小了挂不住犁头。

　　人说善良滋养邪恶懦弱润滑强权，长河的橹声不绝絮叨的不过是过往的所谓英雄。岸总是越走越远，而涛声的叮咛在侧路过的青山留情。几株枯树远望东方的辉煌指认黑黑的泥土，几凹新翠披肩光环诉说默默的爱恋，几只叫不上名字的水禽游在金色的孤寂里，而披红袈裟的喇嘛背对着我，寺院的钟声敲响布满黑灰的天宇，那时有一支驼队正穿行在沙脊的阳光湖中。

船已靠岸且风裂了传承的橹，我肩挑了箩筐朝前走，一头是取自家乡灶间的火种，一头是从我心性的小径上挖取的脚纹。

2005 年 7 月 11 日

山村月夜

几声犬吠，月亮惊恐地蹿上山梁的肩头，分明被狗叼了一口，白色的血汩汩流泻，山峦、河床、梯田、窑洞都停泊在无边的肃杀里。那时有批斗的声讨弯弯传来，伴着秋虫凄切的哀鸣。有吱吱呀呀的呻吟不断被辘轳捞起，月华何时又被幽禁在深深的井里？

星光明灭步履蹒跚，一如队里那条瘸腿老牛始终拓着深浅不一的脚印。疏落的窑洞灯光比天空的心情还阑珊。谁家的婆姨还在嗡嗡续纺着日子，月光缠绵地裁剪着窗前的憧憬，明天要把它贴在哪个农家的早晨？几点灯火由对岸的坡头沉到谷底又急急游上坡来，那是送产妇去公社医院的壮汉们。

只要有一桶宁静月光的滋养，山村的窑洞前或麦场上就长满厚朴和谷香。山民们知道，曾玷污过月光的我也知道。

2005 年 9 月 18 日

走进沉默

磨眼般的日头缓缓吞下最后一口白昼，泼洒的金色玉浆，让远山、近舍、梯田、麦垛再次壮阔在祖先的朴拙里，更让溪水活泛的眼神重新润亮过往的宁静。

农人采摘黎明，老牛驮回暮色。梦蹒跚在山坳的褶皱里，有风它长，无雨也壮，帝力于我何有哉。

最庄严的轮回被一种虔诚的汗水显影。

那一天，又圆又大的沉默携我走进湛蓝深处，一颗敬畏朝拜的星升起。

2005 年 9 月 21 日

石 磨

你的牙齿终于掉光了，面对日月星辰你半张了嘴巴絮叨着那些发霉的情感，有时我也觉得你像停摆的挂钟悬在蓝天下似指示着一个方向。磨眼安家的那根草都儿孙一大堆了，或嫩绿或苍黄地轻抚你坚硬的历史。柳枝唱针般搭在磨道上，一首无法排遣的乡愁鸣和着磨盘下蟋蟀的轻唱。那个有月光的秋夜，我再次靠坐在你的身旁，悠远的洞箫伴一股淡淡的愧疚湿染了月色。

你是地上的太阳，你是人间的月亮。你的磨眼吞噬幸福碾碎苦难饱尝风霜。你圆融这个民族的转速，坚厚着人群的脊梁。于是春夏秋冬有了你坚硬的纹理，尧舜禹汤得以穿越混沌大漠飞扬，你用厚实的心印镌刻凝固的名片流动在南方北方。你坚忍的眼神始终盯着脚下清瘦闭合的小路，千年不语，万年延伸，仿佛蓄养幽眇的禅机抑或过滤生命的苍凉。

圆圆的磨道，一捆永无尽头的思绪，续纺着陈胜吴广们铿锵的足音。圆啊，曾一圈圈地缩小，螺丝般拧在黄土地上的人们日益壮硕而委顿；圆啊，也有一圈圈放大的时候，但终走不出宿命的边缘。

磨盘独生，磨道缠绵，我的箫声在这夜晚低吟，绊倒了月儿在柳枝稀疏的怀里。

2006 年 9 月 28 日

日 子

深秋的阳光泼洒在东边的窑洞，窗花与辣椒便红暖了半个小院。窑内嗡嗡的纺线声缭绕了娃的哭闹声。

老汉把一筐新打的猪草扔进圈内，半大的克朗猪哼哼里透着挑剔，草是有些老了。老汉靠蹴在猪圈旁的大石上抽着旱烟，心事与淡淡的烟雾散开来。几个用秃的镐头堆在一角，他盘算着该添几件家伙事儿了。

　　九斤黄又立功了，摘柿子的儿子放下活计奔了鸡窝，掏了热乎乎的蛋捧给纺线的娘，那眼神泛着愧疚。娘把鸡蛋捂在眼上说：能行哩，这偏方能行哩，蝇子不咋在眼前飞呢。

　　脸仍红红的母鸡在窑前韧劲地炫耀着'咯咯哒'，一句叫骂声随一颗玉米芯子从窑内飞出：吵吵吵，就你能生呀。媳妇跨出窑门，左手揽了刚满岁的儿子，右手端了残缺一角的粗碗朝母鸡泼去，玉米粒子引来几只鸡的啄抢。

　　花猫正跟一片玉米叶子较劲，上蹿下跳如捕弄蝴蝶。从磨盘下钻出的黑狗大大地伸了个懒腰，蹲坐着不解地瞪那猫在疯，一时不满地吠了几声。

　　儿子望着树顶几个不易摘到手的柿子犹豫，老汉说留给雀子吧。

1984 年 11 月 10 日

提升的尴尬

　　发掘风光的众神早已散去，文明的新提升总是旖旎在深井般的眼神里。

　　而辘轳潮湿的梦还在尴尬地坚守。

　　多年以前，暂憩井底的半月联合星们深情宣布：俺们沐浴其中的这眼古井清润深髓如透照历史的镜子啊。也许是井底太深井口太窄的缘故，其声瓮瓮然有仙气。那时蛙也鼓噪狼也长嗥。

村头年迈的歪脖柳摇头晃脑地断言：这可是地母联结乡民的脐带，其柔软绵长不可不察哟。那时风也助威鸟也跳跃。

蹲蹴一旁的石磨则不无得意地说：分明是长给天公的一只慧眼，清澈阴柔跟俺的阳刚敦厚可谓天造地设的一对哩。

刚刚卸磨的黑驴哑么了老几位的高论，不禁啊噢啊噢～～地仰天大笑，而后就地打了几个滚解乏地喷着响鼻。

疯跑了一天的羊群碰了个正着，不屑地接连打着喷嚏，头羊还甩了甩胡须说：不笑则不足以明道矣。

其时村后的开山炮正隆。

最具发言权的辘轳满腹心事沉默不语，面对幽深而冷寂的古井，不觉缠紧了又粗又长探寻的绳索。

多年以后，辘轳哑了，残缺的耳贴着干枯的黑洞睡了，风干的梦里仍哼着吱吱呀吱吱呀湿漉漉的歌谣。恍惚间听头羊的第十八代孙招呼它的父老兄弟们村头集合，说是拉水的拖拉机都突突突了，顺便还讲道，当年专门拾掇我祖爷爷的羊倌死时儿女们正为财产打成一锅粥哩。接着是一串喷嚏声，有幸灾乐祸的音韵在呢。

2010 年 2 月 9 日

阅读清明（二章）

传承

清明前后的孝心比北京厂甸庙会还拥挤，饱尝饥馑见过饿殍的我还是愕然走错了季节。一兄弟说不能让爸妈再住公墓的贫鬼区了，换套豪宅让二老走亲访故的磷火不再卑微。

生不平等，死亦有阶层？

逼仄的土坯房伴二十五瓦昏暗的灯光给六个儿女上演了多少自强敞亮的故事。二十年前父母用仅有的三千元积蓄给自己买下墓地，我知道，这是二老给儿孙们种植的最后尊严。在靠了父辈根系丰茂的林区，在弥漫啃老以后诟病爹娘的狼烟中，我益发想见父母月光下磷火的粲然了。

生不委顿，死亦有风范。

2013 年 3 月 29 日

阅读清明

一部部诡秘未版的大书拥挤而规范地躺着，文字跳跃织就片片灰色绸绢于眼前。身后，根系发达的溪流放射哗哗的流淌或旋舞般做着眷恋的回旋。墓碑冰冷的手几度掐算过往的雁阵和肥肥瘦瘦的云彩，掌纹总在温暖地诉说，给新魂旧魄的邻居给草木给飞鸟给虫蚁。也许他们就是曾经的父辈亲朋耕作在乐园。

生命没有休止符。

季节的拐弯处总有蜂蝶嗡嗡寻觅香径，小船在春雷过后悄悄收紧忏悔的缆绳。清明是阅读的好时节，尽管脚步多了浮华少些凝重。

河水不时漂来饱满新嫩的菊花，被点亮的哀思正悠悠寄往远方。烧给逝者的絮叨是挂满枝头的白玉兰。那时有鸽群的投影再度抒写平和的箴言，温习在死的门口回眸生的绿岸。

自由的笔记更重拙抑或更轻曼？

2015 年 3 月 30 日

辑四 04

| 苍凉的宣言 |

书袋·钱袋·眼袋

据说诗人李贺是吊个书袋的，和风细雨中骑驴周游山水，偶得佳句立马记下投入书袋里，史称苦吟。又据说当代作家刘亚洲也'吊'一书袋的，准确地说是个抽屉，捉了灵感锁在里边，不定什么时候就烧出一篇宏文来。大凡有定评的写家，其文多引经据典大掉书袋的。自然，这两种书袋是不同的，放在一起'掉'也有混淆概念之嫌，但毕竟有相通之处，既都是他们才情识见的自然流淌，不觉做作且不得剥离，那是自成浑然之势的。今流行的掉书袋也让人开眼，一桩耳熟能详的典故像接力吃剩饭一般，你咬两口我嚼三下，吞来吐出竟是胃口不倒。无遍览群书之情，有哗众取宠之志，顺手牵羊地子曰诗云唐宗宋祖，汤是汤水是水，堆齐了就完事，若问先生有何见教，寻遍文章至多捡得老帽一顶旧鞋一双，外带一筐空吼。说让人开眼是讲此类文章多如春之柳絮碰头打脸的避之不及，这大概也是报刊成灾为稿源所困的缘由吧。

然而书袋总是要掉的，以示学富五车，钱袋吗一般则是要捂紧的。俗云包子有肉不在褶上，况且慢藏诲盗冶容诲淫的，不显山不露水免遭秋风之凌，最好装穷致亲友不敢走动虱子懒得光顾，落得个肥实安然。竟也有不怕招风敢夸富的，今闻一桌饭食就甩十几万，瞠目之余想那是终难代表国人之常情，极尽癫狂之辈的病态是大可断言的。又据说那样的主儿多半要租几彪形大汉以为捂钱袋的。

且说眼袋实为困煞俏男倩女累世之难题，年事越高眼袋便多见发达，其间兜几许岁月艰辛乃至祸福当是冷暖自知了。却也让人愉快地想到澳洲草原上携子欢跳的袋鼠。中国骨相学上更说"眼睑丰者词语富"，看来是个不小的吉兆。但无论如何是不宜对镜贴花黄的，那沟壑纵横抑或遍生秋草的地貌也实难自赏。就有福音不断传来：不开刀仿真双眼皮，十分钟无痛苦且保证您美够了还能返璞归真；面膜、焗油、生态美，生活发达的美好的更创了摘眼袋的文明，一摘十来岁，复摘若豆蔻，可谓驻颜有术，彭祖当羞。

子建才、陶公富、潘岳貌人皆欲据而有之，足见人心之博大，由是而辛苦也是可以想见的，佛祖怕人累坏了，慈悲了几千年，人的贪性也不见收敛。金庸先生有话："政治观点、社会上的流行理念时时变迁，人性却变动极少。"当是持平之论了。更有一种观点认为，正是人的贪欲构成社会前进的杠杆，想来也属实情。

不过，没人干涉您满嘴跑火车，一如没人干涉您涂个五彩缤纷的面具满世界地青春，矫情原本就是生活的一部分。笔者可叹的是，日渐昌盛的文明竟越来越多地充当了矫情的衙役，并且是不知疲倦地为着此种货色鸣锣开道耀武扬威。文明的堕落似乎是一种必然，人类恒常而正当的追求流变为一种偏执，人们在这种偏执中打滚得太久了，以至不易觉察当初追求真义的被污蒙。率直、真情、自然的花朵就注定地要凋零了。诚然，也有乐观的展望在，也许在这凋零的凄苦中，翻然着另一种觉醒，像窗外闹人的春草骚动着新的绿意。

于是，脑袋的健旺与升华无论如何才是文明进步的真正阶梯。

1996 年 4 月 2 日

——载《书刊报·文萃》1997 年 7 月 18 日

力拔山兮气不足

　　加大——观念更新力度、宏观调控力度、超常规发展力度、投资力度、普法力度、监督力度、宣传力度、扶贫力度、计划生育力度、青少年教育力度、打假力度……力度掉进纺织厂就绵绵不尽了。于是生出两个担心来，一是担心力度老兄四面出击累趴架了；二是担心力度沉于文山会海忙晕乎了，免不了他老人家点个卯就走人或耍套花枪什么的。但无论如何力度是超负荷劳作的忙人，不该关心一下吗。

　　怎么才算是有力度似乎应有个量化标准，这怕是说者也心中无数吧，要么为啥力度过后往往不见了下文？就通俗地想，力度大概是某些工作有比以往狠一把的味道，这便有了相对的意义。相对起码又有两个层次，一是相对于全局而言，一是相对于某一点而言。说到相对又离不开时间、地点等环境的制约，环境变化了则问题的相对性也将移位。如超常规发展，某一时空的某地有可能做到，一个地区、一个省乃至于全国上下都超常规发展，请问谁来当挨宰的冤大头？于是我们见到不少的泡沫经济和沙滩效应，因为我们回避不了社会在一定时期内国民生产总值的正常增长速度。即便一个社会能长时间地超常规发展，这证明先前发展的非常规呢，还是表明现在发展速度是题中应有之义呢？如此等等的力度是否用的过滥而成灾了？此其一。

　　不是不要力度，马克思主义方法论告诉我们，多重点乃无重点。我们近乎全方位多层次的力度扬鞭哪还有力度的脆响，这让人想见，一个拳击手上来就重拳出击，每个回合都力度，且拳拳不离侧摆下勾，眉毛胡子狠一把，这十有八九是取败之道。此其二。

力度还有个执行者的问题。上面千条线下面一根针，力度狂轰滥炸到处旋风腿落英掌，难怪县长、镇长们力度的"连泡尿都尿不干净"呢。同时我们还必须正视一个时空单位里人力物力的有限性，否则会出现怎样的情形呢？目下流传的顺口溜到是颇见力度的：上级压下级，一级压一级，级级加码，马到成功；下层哄上层，一层哄一层，层层注水，水到渠成。此联虽说针砭浮夸，但与我们高喊的力度不无关系。此其三。

如果反过来看问题就更麻嗒啦。既然需要加大力度，给人的感觉是某项工作或工作的某些方面有疲软、呆滞、猖獗或什么不妙的趋向，到处加大力度，就好像四处涣散八方不跟劲十六路烟尘喽，岂不是国无宁日了吗？妥否哉？不妥也。我们有背水一战的危机感，有鼓舞人心的紧迫感，动意是好的，但力度噼啪乱蹦的舆论导向未必能遂其所愿，笔者就听到这样的议论：看看报纸电台满世界地大讲力度就可见社会问题之一斑了。此其四。

行文至此有朋友说，对社会丑恶现象不该加大打击力度吗？我就热烈鼓掌，继而无话可说。

笔者浅见，所知工作搞得好的地方不过是老老实实按规律办事罢了，绝非刻意加大什么力度。时下非要加大力度方可尽兴的话，我看一个执法力度做到家就满可以了，而我们恰在此处步履维艰。

但我们终是力度的大汗淋漓了，何以至此？窃以为沾光心理大约是一个层面，这是人性深处的痼疾。利益均沾共存共荣，至于共患难则有待商量。力度这词儿特时髦特气魄特掷地有声特破釜沉舟，既是好玩艺大家都沾点光，有枣没枣打三杆子，沾亲带故一窝蜂，直把个雄壮糟蹋尽才完事。这还让人想到——肯定也相通——一个企业好了都去'指导',直到垮了拍拍屁股颇有力度地吟到:后人哀之而不鉴之亦使后人而复哀后人也。我们是爱刮风的,想想这几十年有几多词汇上天入地朝暮浮沉,便大可见我们民族的某些性情了。追随意识似乎又是一个层面,仔细揣摩仍是沾光心理的派生物,所不同的是有着唯上心理的作祟,你力度我便力度,月亮走我也走。唯上源于恐惧既得利益的有损,恐惧则难免大喊大叫以壮行色,力度喊得越响亮越全面便也越安然,至于效果吗,苍天可鉴。且看人大代表就农业问题的直言:"农业政策在一片落实声中落空,农业投入在一片增加中减少,农业地位在一片加强中削弱,农业生产资料在一片限价中猛涨。"笔者还时常见到堆集在党政机关门前敲锣打鼓颇有力度的报喜宣传车队,以及颇有力度地明显做出来给上边看的诸种活动,就油然感到心灵的萎缩及隐痛。

力拔山兮气不足,我们做人的底气,我们工作的创造力,时不时不知跑到哪儿乘凉去了。哎!

1996 年 5 月 22 日

——载《杂文报》1996 年 8 月 6 日

不该将兄吊起来

　　有的报刊对人大代表的不敢直言尽职颇有微词，往往要引些历史典故，诸如有清名且敢犯颜的魏征等等，末了还要"乎"一下："连封建士大夫都能如此，更况我们新时代的主人乎。"这种口号式的速成批评，多少有点廉价，笔者想还是不该将兄吊起来。

　　中国历史上敢逆龙鳞将虎须的直士实为不少，然而有好下场的寥若晨星，尽管他们耀眼得足以刺破中国的夜空，但终成不了主流，甚至连细流也算不得。耿介如魏征者，能未蹈"文死谏"的惨烈，大多属运气不错，碰上了较开明的君主，且多为王朝草创之期，为揽人才图霸业君主的虚怀若谷是可以理解的。一旦王业的根基稍稳，君主鲜有不凶残暴戾的，更遑论坐享其成的子孙们。直士的生涯在中国历史上染就一条血腥的轨迹大致是真实的吧。生存环境的恶劣，逼迫有良心的拾遗补阙们拐弯抹角旁敲侧击，以期"致君尧舜上，再使风俗淳。"触龙算是直士吧，他不委婉一下，难避赵太后之一唾；邹忌不先自我解嘲，齐王肯纳谏吗？家天下的中国官场，特产"琉璃球"或诺诺之辈当属必然。中国文化中养生摄生苟安偷生的恶质得以大行天下漫染众生，是有其政治文化上的深层原因的。君不见奴性人格浸入骨髓流污至今的昭昭世象吗？新时代人民当家做主的步伐是有了质的改变的经济进而是政治的基础，但令人心悸的阴影绝非两句口号即可消除，一些人大代表的不敢直言非引几个历史直士就可借鉴了的。我认识的一位县长朋友在选举时的玩笑话很有味道，他胡噜一位代表的脑袋幽默道：你狗的也就牛两天，画了圈圈后我就管你五年。我这位老兄的人缘特好，基层领导艺术甚为高明，我只是感到了这话文化底蕴之浓重与现时写照之真切。

人大代表的不敢直言，更有人大制度特别是选举制度不尽完善的深层原因。众所周知，除县乡人大代表是直接选举外，其他人大代表都是多层次的间接选举产生。间接选举必然模糊选民与代表之间的委托责任关系，造成代表对某个人或某些人负责的倾向，从而淡化了人民代言人的角色。理论上讲代表受人民监督，实际上做起来不易。简单地说吧，代表对"一府两院"的批评，或隔靴搔痒或拐弯抹角或只栽花不栽刺，你拿他又如何？作为选民我也参加过多次选举，但对代表候选人概不知情——不是不想知，而是不宣传或少介绍——我怎么选代言人。正像权力离开制约必然走向腐败这与人品是两码事一样，人大代表的不敢直言，更与直接有效的选举和监督代表机制的不完善相关。一些人大代表素质不高，也是代表不能直言缺乏底气的原因之一。这些都是我国人大制度急需改进的大问题。

当然也不乏敢于直谏者，但"说了也白说"的情形久了自先没了情致，且曲高和寡形不成氛围先自损了勇气。更有甚者，公开或曲折地不让代表直言，你直言他便拍案而起甚或刁难报复。我们是少了些谔谔之士，但能引得某些权力者的恼怒而"退缩"的人们，仍不失为我们这个民族不可或缺的脊梁。有的文章说："一些有真知灼见、见地深刻的直言，大凡是共产党的干部和人民公仆，还是愿意听的，乐意接受的。"这话的官腔且不说，但闻过则喜的官员的"喜"则有待商量，喜怒无常好大喜功报喜不报忧，这些沉淀的成语岂是前人酒后嬉戏的无聊？怕是都有一串故事可以诠释的。即便从心理承受的角度讲，大凡是人都喜恭维而恶逆言的，这话想来也没错吧。问题是正确的直言，不是你"愿意听和乐意接受的"事，而是必须听和接受的，这又谈何容易。

诚然，改革开放以来，我国人大制度的建设有了长足的进步，人大"橡皮图章"的形象有所改观，代表直言尽职的氛围有所增强——我感到这话的官腔味，但我必须委婉，因为进步是确实的，因为不"诚然"一下子，说不定谁给我一顶帽子即便小鞋吧，我便立即无了直言的勇气和底气了。

人大代表当引直言为本分，难。难还难在，我们往往把它归到官员和人大代表的人品上，这岂不冤哉。没有商品经济的充分发展，没有建立其上的现代民主意识的勃兴，没有政治、经济、法制诸条件的支撑，任何直言都将是脆弱而苍白的。

1995 年 10 月 10 日

——载《杂文报》1996 年 4 月 19 日

犹抱琵琶

有副对联可谓脍炙人口一时流传很广：说你行你就行不行也行；说不行就不行行也不行；横批是：不服不行。此联朗朗上口不失切中时弊。韩愈在《送孟东野序》中说："大凡物不得其平则鸣。"现实生活中确有一些德才兼备之人未被及时用起来，而少数平庸之辈凭裙带关系等得坐高位，选人用人制度的不完善，干部浮沉保不住要出纰漏，鸣两下给皱巴巴的生活添些辛辣的噱头大可补茶余饭后之花边，您哈哈一笑有助消化，但于事有补则也太看重了小艺，说说而已当真不得。俗云国家兴亡匹夫有责，我以为那不过是历史的大半个谎言，国家春风得意一马平川时要的是山呼万岁，皇上和大人们大约是顾不上匹夫的兴言了；国家要完蛋了才会大力张扬匹夫有责，因为历史首先要回答的是好端端的一个国家怎么就要亡了呢？当然赴国难的热血人群那绝对是另一种高迈，没有子曰俗云也是敢蹈硝烟的。于是"位卑未敢忘忧国"的情怀也不是某些人可以垄断的，就爱国地发点议论，就超脱地批评一下那副对子，不可太认真哟，小子不过借此赚俩钱花。

不知这副对联的作者是谁，也许是集体创作吧，它能广为流传想来知音不少。于是我便想幼稚一下：天生我才必有用，何苦作顽石之叹。抱怨是放跑自信的阀门，于事无补甚至本身就透着股腐气。你有济世之才不妨大胆地展示自己推销自己，来个孔雀开屏——千万别把屁股那头对着大人们。遗憾的是你往往蜗居斗室，还要孤芳自赏，还要顾忌飞短流长，还要待价而沽，还要得三顾之谊，犹抱琵琶半遮面，羞羞答答掀桥帘。这些"还要"绳索般捆了自己，总让人想到祖母们的裹脚布。一位哲人说得好：性格的缺陷使人十分的才华发挥不出五分来。盼望别人赏识自己也是个误区，识马的伯乐，'骑马'的刘备，历史上也是鲜有的，要么为啥今人常兴奋地把他们挂在嘴头上。时下当头的都忙，坐小车跑东奔西都嫌效率低，忙正忙邪中走眼失神漏掉个把所谓的庸才或干才也在情理之中。前不久中央电视台举办推销艺术晚会，一群翩翩婷婷的靓男倩女们可谓在全国人民面前"吹牛皮"卖真货了。咱退而求其次总可以吧。

这也不失为一种洒脱：一位朋友德才俱佳，年龄不小了知名度也不小，尚未被用起来。他说：东家约文章，西家请讲课，那么多的书要看，那么多的问题要研究，我很充实没有抱怨的位置。可见，抱怨是空虚的路灯。我敬重这位朋友，欣赏之余却也想都似了这位老兄，自然也就少了诸多麻烦因而也少了多声多彩的生活。

现实生活中还有另一种情形：明摆着自己不行或不怎么行偏来个瘦驴拉硬屎，这些人有眼高手低的，有天桥把式的，有哪壶都想开的，有走夜路唱山歌壮胆的，有想当年老子也曾依马而待的……总之细想起来，这些人似乎少点认识自我的勇气和迎头赶上或退而结网的韧劲。于是乎浮躁莫名风来即响，只有悻悻不平，只有满鼻孔的轻狂。数这种逻辑糟糕了：谁被提拔了不是裙带就是钻营。这话刺激得绝对了，你老兄不定哪天官运当头该咋回旋？

其实，蹲机关的谁不想谋个一官半职——装孙子的说法是为党为社会多担点责任——但野心等念头不宜表露，想是可以的，反正别人也不是你肚里的蛔虫。头痛的是行随念出，意到"拳"到。正当的欲望要有宣泄的渠道，渠道不畅欲望难免拐弯变形，由此就会因人而宜地热闹得千奇百怪了。不过再拐弯变形也大可不必怨天尤人，道理明摆着，干部终身制不打破，如同一个人只吃不拉，肠梗阻憋得周身起毒疙瘩，即便有钻营者，能全怨得人家吗？

这让人想到中国封建王朝千年不倒的一个合理的因素是科举制度。它是平民走向政坛的唯一一条公开的桥梁，尽管弊端多多窒息了人格，但它毕竟使民间泥土的气息与官僚上层不可撼动的权威有了呼吸交换的可能，而千百年来知识分子即士阶层人格的培养和形成，为维护民族正气进而为维持王朝的苟延残喘起了无可估量的作用。科举的用人制度无疑是为世界文明增添亮色的浓重一笔，而时代的列车自有更为先进而规范的轨道可供驰骋，历史的倒车也是开不成的。

然而用人制度总是个大问题，改革提拔干部制度中的弊端想来也只有公平竞争一法。问题是干什么的要吆喝什么，考德考绩定出个杠杠来，使人人有机会有奔头，如是激发出来的是重德行、长知识、增才干的欲望，就少些旁门左道连同颓废的抱怨攻击。实际上我们用人制度的改革也正朝着公平竞争的路子走，只是着急的朋友嫌慢了些。

今年山西省委公开选拔了几位副厅长，此举大得人心。遗憾的是其中一位得选者在接受采访时的那段表白让人大倒胃口。干吗要反复讲到自己与某某书记根本不认识呢？认识了又怎样，举贤不避亲，你是凭真才实学选上的，谁不服气机会还有，是骡子是马拉出来遛遛嘛。看来凭本事上来的人也难免时不时地不相信自己，这是另一种犹抱琵琶吧。

1993 年 3 月 30 日

——载《决策参考》1993 年第 4 期

偷来题目做文章

不少文章在谈到"水可载舟亦可覆舟"时，多强调"舟"即官员当如何如何，笔者想从另一角度絮叨，算是偷来题目做文章。

"桔生淮南则为桔，生于淮北则为枳"，出自《晏子春秋》的这句名言大可与一切以时间地点条件为转移的观点相媲美，可谓英雄所见古今辉映了。时空的不同导致同一事物变异的事不胜枚举，比如留意各地的民歌，你很容易品出迥异的格调：西藏的高迈苍凉，内蒙的浑厚辽远，新疆的活泼热辣，江南的妩媚轻柔等等，无不散发着各地特有的人文地理的况味。今年春节晚会上，北京、上海、西安三地共演的《一个钱包》小品，大可见各地文化传统底蕴之不尽相同。到过青藏高原的人你一下子就明白了藏族歌曲高亢苍老的穿透感，那是在茫茫苍苍雪巅簇拥下的人们与蓝天的直接对话，在那山口听那歌声你不落泪才怪了。江南水乡河网纵横，小桥细水，故特产小巧玲珑的乌篷船，几大洋则必是万吨巨轮方可任意驰骋了。正如有什么样的水域便特产什么样的舟楫一样，有什么样的民众便有什么样的官吏，这可否作为"舟生于水，官出自民"的另一种理解呢？

报载克拉玛依大火吞噬了 325 条人命，10 多名在场官员在"同学们，让领导先走"的喊声中奇迹般生还。结果这些官员们被削职为民了。"削"得好！然而这则消息给人以味道以启示的似不在削职为民的官员上，更当在"让领导先走"的奴才音中。喊这话的人大约是个秘书之类的一般工作人员，想必是大可列为百姓之流的小人物了。我们若在场话，你会不会喊？我会不会喊？你我会不会想报主立功的时候到了？我看谁也先甭吹牛，惟恐当不成圣人似的。

国人痛恨的腐败之一端在某些当权者即"舟"上，如果扪心反思，官员们的腐败在诸多因素之中，是有我们这些民众即"水"的培养和娇纵的，我以为这是很重要的原因。还是先说自己的经历吧。母亲住院手术，术前要按"惯例"送主刀医生、麻醉师等有关人员现金一千元，外加这些人的一顿午饭，面包、香肠、啤酒、汽水，总之是有干有稀想得满周到的。我们是情愿送出的，并且始终认为，你不出血医生也不至缺德的乱捅刀子，甚或故意把棉球什么的放在肚子里。但我们感到了礼品送出后的安然，当然更有加入"惯例"后心灵的隐痛和残缺。母亲手术那几天，我见到几个尚未送到位的病人家属楼上楼下老鼠般慌慌乱窜着，直到把礼品送到便立释了焦虑呈畅快的安然状，我想读出他们的残缺，竟是不能哩。这算不算是一种善良的苦果呢？生活本身仿佛就生长着悖论的困境。有篇小说讲的故事绝非限于故事本身：说某人当了科长却不让下属叫他科长以示联系群众，科员们先是不敢，继而称兄道弟，继而就猴在肩上乱掏其物，弄得尊严无存。某人无奈终是端起了科长架了，科员们果然规规矩矩了。生活中的国人不少如此的贱性，于是官员们的霸气也是有其存在的合理性的，当然不讲霸气换个词也行，实质是一回事。在基层某些干部敢打人骂人捆人，你会常常听到这样的赞语："某某能干，像个当官的。"

人的自然倾向是太过，这一点中国的儒道两家早看到了，并且都主张"毋太过"。然而任何美妙的主张，离开强有力的约束都不过是乌托邦式的幻想。"公仆"不仅仅是词汇的唇膏吧，要么为啥那么多人都不当"主人"而钻营"公仆"？于是我们看到，离开约束的一些"公仆"都成了主人。行为过了头百姓之"水"就当"覆舟"了，所谓的"周期率"不过是问题的大而化之了。其实国人的悲剧似乎恰在这里，历史上的"水覆舟"在某种意义上说是不成立的，那是"舟"自己把自己玩散架的，这其中就有着民众的自私、善良、软弱、贱性等性情培育的功劳哩。国民之"水"真能"覆舟"则是中国人的福音，那将是民众真意选出自己可托死生的"舟"，且有能力颠覆此"舟"，而不仅仅是王宝森这样烂透了的"舟"。这最终有待于经过现代经济洗礼而日趋成熟的民众及其筑立其上的现代民主制度。

1996 年 4 月

——载《山西人大》1996 年第 5 期

霸道乎？迷失乎？

　　商海、影视歌坛的腕们星们出了几本自传，竟遭到那么多人的反感，嬉笑怒骂极尽声讨之能事。笔者独不解，这有什么值得大惊小怪的。星们腕们为自己立传即便是附庸风雅那又有什么不可，它总比滞留鄙俗的好吧，况且他们并不都粗陋，白字连篇的一些官员们不也在忙着当主编出大著吗。星们腕们出书想必是自己出血，用不着拉赞助或变相吸民脂民膏，就算是掏钱买文名，那也比一些官员花公款扬私名要正大光明何止以道里计。至于文字肤浅格调不高云云，那更多的是出版商的事情。如果为出版界着想，各自找食吃斗得乌眼鸡似的现实自会多一份同情，看看社会上诸多歪风，自会明了出几本格调不高的书并非偶然，还是不要陈义太高了。

　　得陇望蜀人之常情，附庸风雅古已有之，不因嘲讽而有所减，也不因鼓动而有所加，这是性情的自然流淌，对此较真不得。且说人生苦短却又想不朽，立德立功立言的祖训就为国人所崇尚，这也是延长生命的最好方式。三而得兼者莫过于仕途了，弄好了，光宗耀祖青史留名传之久远。传统农业文明能给国人指出什么更为阔达的路呢？中国文化一向重农轻商，梨园更视为下贱，历史上不难指出发财后最终要捐个官的实例。潦倒如蒲松龄者是决计不会卖大碗茶的，传统价值取向左右着国人已是浸入骨髓了，生活发展到今天我们仍随处可见其余孽油绿地滋蔓着。星们腕们的出书立传，可悲可笑的不是附庸风雅，而是对传统价值取向的认同，似乎仍是一种官本位意识的折射或变形，起码是对自身价值的迷惘。贾平凹有个意思既实在又高明：作家跟织网套的都是手艺，文章写得好就是活儿做得好，在劳作中既给他人带来愉悦，自己也在愉悦中。活计做到极致均可悟道，大境界是相通的。然而，我们的为国家为企业带来巨大利润甚至是开一代风气的商海弄潮儿，我们的为民众带来欢笑和思索的明星们，终是在传统与现代价值取向的胶着对峙中迷失了自己，这不可悲吗？

腕们星们出了几本书即便质量不高，几多秀才就坐卧不宁口诛笔伐得口舌生疮，好似出书就是他们的专利别人是染指不得的，这岂是小家子气能装纳的。大凡人都有出名的欲望，文章千古事嘛，趋之若鹜跃跃欲试也是可以理解的。成名与成功是两码事，几千年又有几人的文章能留下呢，您着得哪门子急哩。秀才为文有哪有不着名利相的，谁说无名利之心，你先一边稍息去。"名心退尽道心生，如梦如仙句偶成。天籁自鸣天趣足，好诗不过自人情。"如此之境天下能有几人者？噢，只许你出名不许旁人露脸，卧榻之侧岂容他人酣睡，这岂止是让人恶心。

是的，根本的是以什么心态看待这种文化现象。有个小品挖苦发财的个体户说："你们穷得光剩下钱了。"这高迈得远过我们山西的老陈醋。不否认一些星们腕们的浅薄粗俗，更不能否认他们对文化的认可和渴望滋养。其实他们就算文化底蕴稀薄些，他们敢于率先成为中国经济和文化中最具活力的因子，其革命的意义岂是那些坐而论道的酸书生可比，历史终将记住他们。读书没有经邦济世之才还是不读的好，空染一重假狂傲假清高，套用小品的一句话，一些秀才穷得只剩下死知识了，能写四个茴香豆"茴"字的现代孔乙己还少吗。

面对侵入文化领地的"异族"，一些秀才们忧心忡忡了：立德没宏愿，立功少胆魄，立言的队伍勉强可以排排队。就这么点活人的机会，钱捞足了风头出尽的星们腕们也来抢饭碗，妈妈的！这是我在一次旅途中真切听到的，我以为是颇有些典型性的。当拥有的知识仅仅成为把持精神领地的最后一道防线时，秀才们不可悲吗？从《诗经·风》到《金瓶梅》早已结束了由精神贵族把持文化的历史，时至今日仍有人做着文化垄断的梦，不可笑吗？在传统价值观念与现代价值取向的对垒中，一些秀才们也同样不时迷失着自己。

　　一切都是自自然然的，附庸风雅没罪，越多越好，只有多了才能淡化，才能给思索以充分的占有，才能发现自己的可悲可笑，进而可能拨正自身价值的航标。

1996 年 5 月 10 日

——载《山西人大》1996 年第 8 期

这鸭头不是那丫头

"甭发牢骚,写主旋律。"一朋友如是转述他的杂文未采用的原因,我们就笑着,向蔚蓝先后射出两支长啸,看它折着花吧唧一声摔落地上,溅起的尘埃堆叠一座坟茔。因为只想成为自己,因为腻烦这世界拥挤太多祝颂的歌,就犟着,就想哭就哭想笑就笑就爱谁是谁。

果真杂文即为牢骚,果真牢骚即为编织烦闷抱怨的箩筐?

大凡事物总是有利有弊的,怎么企望生长的文明大山光有阳面而无阴坡呢。老子看透了这一点,主张"甘其食,美其服","绝圣弃智,绝学无忧",希望回到"鸡犬之声相闻,老死不相往来"的远古。然而亿万欲望之火燃烧的生命,一如爬坡的拖拉机,喘息着黑烟突突突地前冲,那是挡不住的。既要生长,前后相随高下相倾就是不可避免的。再说我们的一些弊端、腐败是大街上的秘密,千百年形成的病态的国民心性更是毒质赖以生存的土壤,就此道两句直肠话就成为牢骚,真不知是哪家的逻辑。盛产吹鼓手是中国这片土地的骄傲还是悲哀先不去论它,但杂文是天生的"缺德派",没了缺德事做原料她还炒个什么菜。如果说光明是时代为之高歌的主旋律,那么杂文对阴暗的针砭及其对制度、文化、历史、哲学层面的剖析,则更是时代主旋不可或缺的高亢的音响,没了"黑头"这戏唱起来不也太寡淡了点吗?

爱吹不爱批是谁家的传承?

把杂文视为牢骚的不乏其人,这其实也不怎么讨嫌,令人厌恶而心悸的是，杂文一时可贱为市井小民的"老婆舌头"，一时又抬到吓人的位置：针砭时弊就是发牢骚，发牢骚就非主旋律，甚至是影射，就洪洞县里没好人。呜呼，呼，呼呼呼！

一人一团体如果因几句所谓的牢骚而完蛋那它早该完蛋了，历史上从未有过因牢骚而真正倒台的人和事，而因牢骚屈死的鬼却多矣。但多行不义必自毙，打倒自己的最终只能是自己。心灵健壮之人当是不在乎他人针砭，当然为此而倒屉相迎那也是不敢有望的。

不否认别有用心的蛊惑在，但流溢文中的情感各自织就心灵的斑斓，浊者自浊清者自清，请相信读者的眼光吧。因噎废食地绑了促进事物转向光明的牢骚，未免太疑神疑鬼而着小家子相了。至于小子一般是敢怒便敢言的，也有当缩头龟的时候，不过述注不了文字，找个朋友聊聊总可以吧，大不了存在肚里，倒也没有超计划生育之担心。

其实搞文字特别是摆弄杂文的，在文章"受精着床"乃至"出生"的一段时间里，总像是等候判决的罪犯，心里有种莫名的恐慌，为恐材料不实观点有病，为恐污人耳目误人子弟。严肃真诚是为文的起码道义，然而它时不时要淋上牢骚的污水。

"这鸭头不是那丫头，头上那讨桂花油。"我们一些人的雅量连弱不禁风的林妹妹还不及呢。

1996 年 4 月 6 日

——载《天人古今》1998 年第 6 期

杂文无须淡泊

淡泊名利的人固然飘逸超群，但多洁身自好万事不关心的，什么百姓疾苦社会弊端，那叫俗，赶紧捂鼻子洗耳朵，别熏坏了身子。名利是物质昌明不可或缺的基本动因，甚至就是主因。杂文似不应反对名利的，杂文抨击"犯规"的名利就益发地不能淡泊了。杂文每时每刻都在"妄念"，都在为是非曲直辩个飞沙走石口干舌燥的，当是俗而又俗的小玩艺儿了。令笔者困惑日甚的是，越来越多的杂文、思想评论也大谈起高雅的淡泊来。

针砭时弊、激浊扬清是杂文的特性，没了战斗力，没了社会责任感哪还算什么杂文？真正的杂文之所以为人所爱，就在于杂文是社会的功利的，杂文不淡泊不清高不献媚，她不玩太极八卦，不念《心经》、《金刚经》，她是匕首投枪，是四川的辣椒山西的陈醋，杂文也只有站在时代前列，以她的辛辣和无畏披荆斩棘破冰扫雾，为新的更好的活法而呐喊才可能在文苑占一席之地，才有蓬勃的生命力，都淡泊了还杂文个屁。

淡泊无疑是一种高迈的志趣，在物欲横流道德滑坡的今天，滋蔓些淡泊的芳草是必须的更是必然的。然而淡泊当为站在人生巅峰对生命痛苦作透彻的观照和觉悟，那是片真正的绿色。孔子、乔答摩·悉达多、诸葛亮的淡泊是令人信服的，因为他们首先拥有过，那是浓后而淡的，是"却道天凉好个秋的"，是智慧的。您青春正富末曾迷惘心不淌血特别是要啥没啥，却在那儿死去活来的淡泊，不累得慌？"小和尚下山去化斋，老和尚有交代，山下的女人是老虎，遇见了千万要躲开。"小和尚终是觉得女人"挺可爱"，而"闯到我心里来"了。一个连女人味都不知的人谈什么厌恶性，那是假货色，是卑琐灵魂的呻吟，就是这么个比喻。

谁能淡泊？甭提我们这些凡夫俗子了，李白够淡泊的吧，越读他遨游的诗篇便越感到他生命深处的苦闷；孟浩然的山水诗够流溢淡泊的情致吧，他"欲济无舟楫，端居耻圣明"的心迹，到底还是洒了淡泊的醋。淡泊一会儿没啥，没牙口的老人面对大块牛肉也是容易淡泊的。其实，真正的淡泊无所谓淡泊，大谈淡泊的人还算淡泊吗？

淡泊更多的是性灵的、独自的，萝卜青菜各有所爱，这原是无可厚非的，但杂文不属远离社会、人生、人性焦点的纯粹内省。杂文的历史责任是大的，中国人崇尚了几千年的淡泊，中国人才有了最终的落后与挨打，才觉醒了今天的火热。从民族社会的大处讲，我们根本没资格讲淡泊，我们还远未登上物质文明的峰顶我们就淡泊了，这个民族还有啥的指望。杂文的历史重任就在于批判以"淡泊"为代表的民族惰性，鼓起民志去大红大紫，去拥有，而后也不宜轻言淡泊。是的，无须淡泊，因为淡泊本来就是生命升华的自然流程，是向死而生的那朵会心的微笑，是寂寞落日于火烧云中悠然吸吮自酿的醇醪。

如果说杂文也须要淡泊的话，她应更贴近生活底蕴，更讲历史厚味和哲思灵趣，更微言大义，更"骂人"不着声色。

1996 年 6 月 1 日

——载《杂文报》1996 年 9 月 24 日

苍凉的宣言

王海的公开亮相不无滑稽更不无悲凉：戴副墨镜，不识庐山真面目；蓄了长须，让人感到阳刚之气中散发着丝丝阴郁。在中央电视台《东方时空》节目中，面对亿万观众，王海又扮演了一次"地下工作者"。

这是无可厚非的。

王海"以假治假"一时成为新闻人物，舆论沸扬仁智各见。笔者以为，王海行为的意义远比政府出面打假要重大得多深刻得多，它昭示着在我们这个缺少民主法制传统的国度里，民众自觉运用法律意识的萌生或渐趋成熟。因此，无论王海出于何种目的的打假，他堪称英雄。

但英雄终是气短了，气短得合乎逻辑，合乎逻辑地导演了他第二幕"以假治假"的活剧，其内涵又较前者更为丰富而深沉。我们倍受假冒伪劣商品的坑害，我们过多地限于怨天尤人；我们不乏保护合法权益的武器，但我们缺少对邪恶斗争的勇气。于是我们依赖政府我们呼喊英雄，因为这意味着权威、涉险、流血甚或家破人亡。王海以毫无背景的一己之力出来较量了，又是那么的别出心裁，直让国人大大吐出口恶气来。我们就希望多出几个王海，但希望的人群中有几个愿意加入王海的队伍呢？赞美声里掩饰不住倚望中的恶质：多几个不怕死的王海来保护我们自身利益的不损，如此而已。历史一再重演着这样的情节：英雄一旦落难，人们暗洒几滴同情的泪水，且瞬间便可风干，接下来仍是牢骚抱怨呼唤下一位英雄的出场。我们献给英雄的花环里，编进了过多的软弱与阴暗，它随时可以变成吊死英雄的环套。这让人悟见，所谓的青天，大多是民众暗弱心理托起的一片蔚蓝；所谓的英雄，往往是怯懦民族孕造的挡风遮雨的油布雨伞。

王海毕竟不简单，不仅深谙对付假冒伪劣商品之道，更熟稔我们民族精神中特有的假货色，步步为营持重有度。但王海终是战战兢兢"粉墨登场"了，有戏总比没戏好，他的登场分明是一篇苍凉的宣言，是对国民卑琐心智改良的期待。

王海在呼唤我们。

我们需要英雄，然而我们也只有不再寄情于英雄时，中国才有大希望。

1996 年 5 月 3 日

——载《山西经济日报》1996 年 5 月 9 日

谨防干打雷不下雨

初读某刊 1996 年 5 期《谨防虚假政绩》一文，心里颇为反感，为啥？一时竟也说不太清楚。该文道理讲得满周全，也挑不出文理上的毛病，可就是不待见。于是又读数遍终是明了，我的厌恶皆是文章的空洞、空论、空抡所赐。在报刊林立的今天，这种客里空，靠演义成文的东西简直就是一种灾难，直让人透不过气来。我拿不准自己的感觉，将此文让几个朋友浏览，回答竟是出奇的一致："口吼呗。"

如果几年前有此文仍不失为有点新意，其实，又岂止是几年前就有人高喊"谨防"了。弄虚作假、虚报浮夸的现象人们已不感兴趣甚至麻木了，人们要看点真格的。说"早有明察，并已三令五申，坚决制止。"那么请问，从上到下认真查处了几起几人？这种干打雷不下雨的情状还要持续多久？

反对和制止弄虚作假行为，根本的不是"要对领导干部进行党的实事求是思想路线的教育"，而是要从严执纪。要诚实不要说谎，连三岁娃娃都晓得，更遑论党的领导干部了。凡弄虚作假之人都是明知故犯至少是被迫就犯。而之所以就犯也不过是为自己捞些好处，起码是于己无害。教育不是万能的更不会成为"根本"。一万年以后也杜绝不了弄虚作假，因为我们杜绝不了私欲。弄虚作假不可怕，可怕的是冠冕堂皇的愤怒与心照不宣的姑息。如果能发现一起纠正一起，有一人处理一人，弄虚作假的情状会大为收敛乃至没了市场。说到"历史教训不可忘记"，我以为上边的好大喜功逼得下边弄虚作假的教训才不可忘记，这是一。其二，我们给犯各样错误的干部以政纪党纪处分，却绝少向他们"开刀动大手术"，好像——事实也造成这样的认识——弄虚作假大不了是个思想作风问题，更不至丢官，这难道不是更当记取的教训吗？至于明知弄虚作假了，"却睁一只眼，闭一只眼，使之得以提拔重用"，那是干部选拔机制的问题了。

少来点空的，多来点实的行不？即便"思想评论"也要言之有物有针对性。

1996 年 6 月 2 日

——载《天人古今》1998 年第 5 期

一点比喻

如果在《说说为自己》与《也说为自己》（载《杂文报》）两文之间做个评判，我将"今天天气，哈哈哈。"如果是必赞其一的死命令，我得察言观色谨防"引蛇出洞"。如果环境宽松，我得考虑常给《杂文报》投稿，难免有个言多语失，捧个哥们以免落单，但贬个兄弟也不划算。如果这些都不"如果"，我只好随大流，尽管真理往往在少数人手里，但还是人多势众的壮胆，最不济了还有个法不责众的情势在。如果有人说我"小人行径"，对不起您了，我常以为君子是强者的自封是弱者的阴谋。如果——

"咄！何方小子没完没了罗嗦如果。"

我有些谄媚地笑了，编辑先生烦得有理，笔者铺陈"如果"是想体验什么叫"为自己"。

"为自己"，天大的题目，凭四指宽的文字要说出个道道，鲁迅在世也不灵。说清了又怎么样，太阳照就东升西落；说不清又如何，太阳本来就没咋动，是地球走狗般跟着转悠哩。我不"敲钟"，也不"买葱"，我感觉喝水（想说感觉'性'，恐有贩黄之嫌——又是为自己）。

想野人喝水当是趴水边就来的，穷人喝水有无家伙都成，妙玉喝水得梅花上的雪，贾母是不喝六安茶且用盖碗的。但管你是谁都是要喝水的，皇帝无奈时尿也喝得，这用得着争议吗？

没法了，水源有限。孟子就"不患寡而患不均"，就嚷嚷"王道"，道德之说就盛行，就不断地重整道德。

"请喝水。"

"不，让大家先喝。"

这种先人后己是必须的，它是片绿洲，给沉闷的生活透出些春意来。然而说它必须主要是因为它是某些人性情的自然流淌，那是学不来的，各人德行不同活法也自不一样，只要不侵犯他人利益，还是各找食吃的自然，都成了一个模子这世界岂不怕人。老子曰："上德不德，是以有德，下德不失德，是以无德。"我以为曰得满深刻呢。

"大家都喝了，你喝吧。"

"不不，留作不时之需。"

"你不渴？"

"啊，啊啊，——人不能光想着为自己。"

这就有点装孙子了，混乱多由此生。就有"以其无私故能成其私"的，就有既当婊子又立牌坊的，就有"盗亦有道"，就有王莽的"谦恭"。

文明是越演越繁，形式的不知自己是在喝水还是在欣赏饮具，最糟得莫过于连正当的喝水都有了罪恶感，此种情状一如人身之虱疥，想来就麻痒难挨。至于大喝家那是既精茶道又用盖碗的。这也没啥，谁让人家是腕呢，讨嫌在于他老是指责别人喝法太腐化，变着法不让人喝痛快了，甚至喝个半饱都不行。那也没啥，砸烂盖碗，推倒炉灶，一切形式从头来，喝水的历史一向大致不过如此吧。

总得让人喝水，总得形成各种喝法，各种争议总得进行下去，但有一点可以肯定，争论者多是不口渴的；有一点还可以肯定，无论哪种喝法盛行，最终都是民众喝出来的。如果民众——

我又有点谄媚地笑了，打住，别惹编辑先生烦。

1996 年 8 月 18 日

——载《山西人大》1996 年第 10 期

咬文嚼字（三题）

"调动"一词与"积极性"挂钩就显得霸道

时下"调动"一词最忙乎的是伺候"积极性"了，此外也还有一些主顾，诸如物资啦车辆啦，最好不要与飞机大炮搭配成句，这让人心惊肉跳的。"调动"绝对充满阳刚之气和主动性，与它配伍的多属算盘珠，都是"调调"才能"动动"的懒家伙。人的积极性也是一种客观存在，所不同的是它鲜活多变，不似飞机大炮那样死性，更不像计算机储存的信息一调便出来。如是，"积极性"的"领导"是不是"调动"就颇值得研究了。

俗云，人往高处走，水往低处流。可见向上是人的天性当大致不错的，至于杀人放火坑蒙拐骗硬往低处出溜的人渣那自当别论。向上的欲求是来自生命深处的冲动，为生存为发展的积极性更如一脉活水，它的本性就是奔流，即使不调动它也哗哗地向前蹿，那是挡不住也圈不起的。你非要圈挡起来，它就变形扭曲或是拧成一股劲向堤坝的最弱处钻去，钻出洞来，洞越冲越大，活水便横流四野了。像"文革"中割不尽的"尾巴"，像提着脑袋搞包产到户的小岗村的农民，像改革开放以来无数闯禁区的开拓者们的事迹，大都回答了这个问题：人的积极性根本就不是调动的事，它不需要调动，需要的是公正的宣泄渠道。没有正路可奔就必然溜向"邪路","邪路"不堵正路也就没得走了，但那活水总要冲出一条属于自己的沟渠来。

于是这"调动"一词与"积极性"挂钩就显得霸道，好像你不"施恩"调动，那"积极性"就睡懒觉，就阳痿。不难看出它表现的是一种居高临下的始终以救世主自居的心态，那口吻又反映了一种妄自尊大常是真理在握的思维惯式。

人民是历史的创造者。有使用"调动"权力的人们，也只有眼睛向下，从民众的心劲中发现积极的因素加以保护之、理顺之，我们经济建设乃至人的光大的步子才能大大加快。

而这又岂是"调动"一下所能涵盖的。

观念用得着"更新"吗

更新观念也是一组忙词。观念属意识范畴，马克思主义哲学常识告诉我们，存在决定意识，意识对存在有反作用力。人的主观能动性也确实足以影响或改变客观存在。我们通常所说的更新观念是指，老一套的思想及其模式一经更新成适应商品经济的发展，诸事不敢说万事大吉起码是有了起飞的思想基础。不错，没有新的思维指导的任何经济上的成功都是不会持续的，这迈向成功的第一步确是需要"更新"了的观念的。

但问题来了。

我接触过不少到南方学习过的同志，他们兴奋地讲到那里的经济行为及其观念，也当真令我咂舌，但他们最后大多要补上一句：人家的经验咱们学不了。为什么？原因很多，说到底是我们缺少或没有人家的环境——即观念赖以存在的土壤。

问题又来了。

看看充斥北方城镇的南方人，不也是在这里大把地赚钱，这难道不是更新观念使然吗？对此明眼人一看便知，他们不过多为生计或利益所迫而背井离乡的。在北方，绝不少与南方人相抗衡的百万甚或亿万元的个体户或企业，他们是靠更新观念而发财致富的吗？笔者曾与几个个体户谈及此，他们觉得我可笑如见外星人：我他妈眼下绳儿套脖子啦，不拼命行吗。企业家讲更新观念的也不见多，一大群工人的吃喝拉撒，企业时时面临的困境，都逼迫着他们不挣扎不行，不更新观念不行。

诚然，观念不是被动的，但它的影响和制约存在的力量终仍取决于存在。即便我们"引进"新观念，只要植根在这片土地上，那观念也就跟着或同化或剔除或变了味道。观念不是更新的，是自然而然生成的，有了这片土地，有了这片土地上的生活，就自然生成属于它的观念。没了这存在，"更新"的观念也便应了"皮之不存毛将焉附"的老话。时下在更新观念之前还常常加上"关键在于"给以强调，我到认为，关键的是更新生成观念的利益、土壤、环境哩。

其实所谓新的观念也谈不上新，它本来就存在于生活中，不过是蒙上一层或几层灰尘。因此，与其说更新观念，不如说为原本就有的真理正名。同时还应看到腐旧的观念注定要进历史博物馆的，它一时的不肯离去，不单单是有其深厚的生活惰性，更在于其赖以生存的土壤能给一些人带来利益。于是阻碍新观念生成的旧思维更应是在声讨鞭挞之列的。

敢为天下先——"先"啥

《道德经》第 67 章有云:"我恒有三宝,一曰慈,二曰俭,三曰不敢为天下先。"老子的"三宝"有人认为是道的原则在政治军事上的具体运用,也有的说是作为愿力身的道对业力身接引的三件法宝。古典经文多歧义无所适从,且笔者于训诂上更是棒槌,这里只好从众了,但可以看出目下常用的"敢为天下先"一语是反老子之道而用之了。

敢为天下先委实是难得的品格。假如没了像诺贝尔等伟人的敢为天下先,生活的进程不知该延缓多少、乏味多少,于是我们歌颂第一个吃螃蟹的人。但敢为天下先的人多危险且多早死,要么便是伤痕累累,最后连他自己也后悔不听老子的教诲而趋于"稳健"了。这可能是国人有太多的趋炎附势,让敢先天下之所为的人大伤其心之故了。也是的,生活过稳了之后谁有工夫去想那些成功的或失败的英雄,更遑论那些虽为我们今天顺畅地活着铺平道路却又不称其为英雄的失败者。正所谓成者王侯败者寇,都寇了谁还敢沾。其实我们就是歌颂第一个吃螃蟹的人也有太多的势利,蟹肉毕竟给我们以鲜美的口感,而第一个吃蜘蛛吃死的人难免要落个活该的讥讽,有谁去体味那背后的苍凉呢?

敢为天下先就首先意味着敢于否定自己,而空空如也否定起来也容易,因此生活中敢为天下先的多为"穷光蛋"(不单指钱和物)。一旦富贵缠身便多为天下后了,这实在是人性深处的痼疾,非大胸襟大智慧大志向之人无出其缚。也有大作为的"智者",嘴里喊着敢为天下先,心里却另有谱:诸事先看看风头,瞧瞧左邻右舍的动静,让他人踩踩路子,你摸石头我过河,如是主动在我,进退在我,指责的权力更在我。一如老子所云："是以圣人后其身而身先，外其身而身存。"可见国人多阳谋也多阴谋。智者的否定总是充满辩证法，那是当先则先当后则后的，于是智者总有大胜利在。

　　敢为天下先在今天的提出，无非是鼓励人们在市场经济面前不墨守成规敢闯敢冒。但笔者以为，喊喊不为不可，若有效，先有个生存环境的突破，使每人都处在不拼命工作就不足以生存、不足以生活得更好的境地。像第一个吃螃蟹的人绝非后来的伟大，那其实大多是饿得要死的缘故。再者全社会要有个不以成败论英雄的共识，敢于表彰和保护失败的英雄，敢唱霸王别姬，敢于审视自己心灵的阴影。无此，我想老聃的"三宝"当真是"持而宝之"了。这又谈何容易呢，怕是一个漫长而痛苦的过程。

1991 年 6 月 18 日

——载《决策参考》1992 年第 1 期

松松紧紧红红火火真真假假哈哈

捅出这个题目，易安居士地下有知怕是要气得翻身了，却也心存侥幸，李清照见了下面的镜头兴许会体谅小子无状而拙劣的模仿了。

镜头一

单位一把手快要退了，便船到码头车到站多栽花少栽刺落个安全着陆。接替人选的说法一如天上的云彩，飘过来荡过去一会儿方一会儿圆的变幻不定，一说是上边派来，一说是本单位产生，一说是下面上调，一说是某单位平调。但无论如何这是单位天然的节假日，有的戏看更可放松身心，干部职工便如天上的云彩放了羊，绵羊。有点个卯就不见了踪影那也比班不上假不请的有觉悟守纪律吧，办公室股炒得比棋杀的还热闹，一老兄下午四点睡醒后感慨道：还是社会主义好呀。

忽地主位上就有了屁股，大屁股。单位的人们便也如打了鸡血，精神抖擞准时上下班，大门口还安装了时髦的打卡机。甭以为人们突然严肃紧张了就发牢骚，才不呢。都是久经阵战的油头子，一个眼神一声咳嗽也能估出个浮沉洪涩的脉象来，那叫张弛有致松紧自如。无奈人事变幻太快，一二把手尿不到一个壶里说是要调整班子哩。大门口的打卡机不知啥时让人给踹坏了，人们又羊似的满山啃着草，有说股市要上一万点的，十大牛股尽在掌握之中，就有人提议推出一股神给大家炒股，他的那点活儿众人分担了岂不两全其美。掌就紧紧地鼓，笑就松松地涌。

镜头二

法定公休日。太阳橘红了东山，橘红了这座城市。省直各大机关的干部职工云集这个城市最繁忙最拥挤的交通要道，大家热闹地打出各自单位的旗帜，那色彩也热闹得万花筒一般。大家繁忙着神圣的义务劳动——擦公路旁的护栏。招牌昭昭锦旗猎猎，擦栏杆的人群一如多条超大的羊肉串，而穿"羊肉"的"签子"显然是不够用了，自然活儿是不搂干的，就观围观的人群，围观的人群也更乌泱乌泱地观看着红火。

"是传播精神文明还是张扬精神虚伪？"小子边擦边想，突然就浑身僵僵的不自在，仿佛置身笼中的某种活物被游客指指点点着。

镜头三

"某某知识有奖竞赛，旨在提高机关干部的素质，各部门要摆上日程，严肃对待。"文件讲话过后接下来就组织严密规则严谨条件严格。大家都是久经考场的，临近收卷时标准答案必到，有几人在真诚地答题呢？大家都心平气和地走形式，认真地写上张三李四处长主任，认真地填上身份证号码，认真地按标准答案涂圈圈。

"哇，小王涂得圆哩。"

"那当然，阿Q是我表大爷。"

愉快的笑声就充溢着办公室，也算是难得的享受。

镜头四

遇上武大郎开店的主儿你得认倒霉，此种人妒性大得离谱，文章不能比他好，人品不能比他高，连眼神都不能比他亮，你有一点高于他的比如棋艺术小道吧那也是犯忌的，你落子如飞那是小瞧他思维迟钝，你落子清脆那是藐视他举棋不定黏黏糊糊。遇此你最好啥也别说只管"哈哈"的微笑着，让他摸不准你是怕他还是不尿他。

机关中专有一种挑事的主儿，那更是惹不起的，你见他最好也是微笑着先"哈哈"，而后实在避不开的话就摆出一副倾听的认真样，别忘了不时地微笑着"哈哈"，否则，说不定什么时候你就成了他炒作的小菜了。

与厚道之人过事你最好也将"哈哈"着微笑，不可也厚道得不设防，机关人际关系复杂，搞不清啥子事情啥子时候就被厚道地出卖了。

"哈哈"是立于官场不倒之秘诀——别忘了微笑，自然些。

以上镜头在我们的机关生活中不难见到。

也许我们活着就难免摆个样子给上下左右的看看，在一次次上演的喜剧中，我们便也一无例外地展示着自己。我们曾在自嘲中在萎缩中在麻木中安抚着脆弱的心灵，当然，我们也会在痛苦中透视灵魂的丑陋，并喊出建设独立健康务实的人格是走向新生活的首要条件。

"特雏，特幼稚。"习以为常且目光深邃的人们不无真诚地讥讽着。

"寻寻觅觅，冷冷清清，凄凄惨惨戚戚"的易安居士教我。

"咄！何方小子，意境全无，语言粗鄙，不讲平仄。"我就上下左右地寻觅着。

1998 年 11 月 10 日

这"蓝带"有点上头

蓝带啤酒是个好东西，几瓶吹下肚，面呈酡红飘然欲仙，如不仅仅以猪头肉下酒而佐以《汉书》、《国策》，那微醉便多了几分雅。但这里说的不是啤酒蓝带，而是第二届北京国际电影节红毯仪式之后的"蓝带仪式"，虽非酒类但其舒服的醉意想来也是有的。

群星儒雅翩然，影迷欢呼雀跃。宽大的红地毯载着中国电影人探索的胆色和蜚声海内外的业绩呈现在世人面前。中国电影的长足进步用不着我这个外行饶舌，那时我只呆想，如果阿拉伯真能生产飞毯，就租几块让帅哥靓妹们坐着观看受众们的感激，这租费老夫我出了。

接下来是在北京国际会议中心的开幕式及文艺演出。组委会领导前排就座，这是稀松平常当仁不让之举。会场好像是没设固定的主席台贵宾席，其实最好位置就座在其中矣。画蛇添足的是有条约二三指或四五指宽（电视中看不大精准的）的蓝带子把贵宾们圈起来，那意思就勾勒的更加入"目"三分了。这真是天下最节约的工程。蓝带子让人想到电影竞雄女侠秋瑾头上曾带过的仿佛害了头痛的那种装饰，又如楚河汉界鸿沟了人群。

就托腮琢磨：也许星们受了影迷的熏陶，见了大领导也来个一拥而上签字照相什么的，弄得头们不胜其烦，不得已来个"画地为牢"？再一想，不能呀，星们是谁？有修养的腕，就知名度而言，在座的官员们怕是暗淡无光的。又拍脑袋想：这好像是什么新的高科技玩艺儿，比之孙行者的金箍棒要神通？比之防狂躁球迷的网架更神奇？再一想，不会吧，影人们不敢保证个个德艺双馨，断不至有妖吧？这里不是球场，再说星们的体能无论如何是顶不住的。但这蓝带子与秩序有关当是无疑。蓝带以内闲人免进，有如厕必经此地者请勿喧哗，尿急与咳嗽也请忍着点。别以为我是瞎联想，本人在山西某县当通讯员时，亲见乡镇党委书记怕吵了县委书记的午觉而把汽车推出很远才敢发动走人的事。因为是看电视直播，这蓝带还有什么作用不得而知，总看到且总感觉到那条蓝带子在贵宾的后腰上围着，一如某朝蟒服上的玉带箍了整个与会者的脖子，让人喘不过气来，我想后来上演的千手观音是看到的。

像蓝带这类细事实在是司空见惯的，曾盛产奴才的国度，曾被吸食过鸦片的国人之后，不如是那才没天理哩。但在时时用自己的灵魂诠释甚或演绎中国最优秀剧作家深刻作品的影星们面前，这蓝带实在是有点上头，色彩太过刺眼，因而也颇具讽刺意味了。

成龙就邀请国际业内朋友到会时说：希望以后不是邀请而是主动来，不来参加北京国际电影节感到是一个遗憾。要我看，"蓝带子"不从大人们乃至电影人的灵魂上清除掉，遗憾的不仅仅是国际友人。

在大家都努劲儿践行"爱国、创新、包容、厚德"北京精神的当口儿，倡导者们是否先包点容、厚点德。

2012 年 4 月 25 日

请讲点逻辑

——小议北京精神

　　爱国、创新、包容、厚德作为北京精神一时仙女散花漫天飞舞，不要说打开电视逛闹市商场，即便散步在颐和园段较僻静的昆玉河畔，抬头望眼随时随地都领受着北京精神的洗礼，于是常觉得自己像只幸福的小蜜蜂惬意地游在四月的花海里，游啊游，游得远了嗅得多了，难免生出久住馨兰之室不辨其香之弊，就嗡啊嗡地酿些小意见。

　　先说简单的，还得先打个比方：您进超市说，我买十斤杂粮再来二斤绿豆，服务小姐会赧然一笑说：大爷，这绿豆就是杂粮的一种。厚德和包容都是我们的精神食粮，但从概念上讲它们是包容和被包容的关系，包容的品德不过是厚德的一种而已，如果非要排个辈分，一个是祖爷爷，一个连滴溜孙怕也当不成的。《易经》象曰："地势坤，君子以厚德载物"，从文化的角度讲，所谓厚德是说我们做人处世要效法大地载养万物的胸襟，而这一精神"包容"无论如何是承担不了的。可见，包容与厚德并列为北京精神之两要素这在逻辑上不妥。北京是人文荟萃之地，教授学者比出租司机还多，出这种中学生的问题怕是不便"包容"的。

　　再说敏感的爱国。北京人民固然有着光荣的爱国主义传统，广东人也没少烧鸦片，哪个省市没有爱国的事迹传说？像商标注册北京抢了头筹，其他省市也要搞自己精神的话，再用"爱国"不能说侵犯知识产权却也没了新意。可以肯定地说只要是生于斯长于斯的中国人鲜有不爱国的。日本侵略时期的顺民不爱国吗？我们不能说出国热"热"出去的主儿不爱国，可也不能说海归们就比我们坚守家园的更爱国。作为平民百姓，恐怕连不爱国的能力都没有。老舍先生是深刻的，他在《茶馆》中借常四爷之口说道："我爱大清国，可这个国不爱我呀。"且看改革开放后日益强大的中国凝聚力：水害地震中显影的爱国情结无须多论，2006年5月间东帝汶骚乱加剧，中国政府派包机撤侨；2008年11月间，由于曼谷两大机场遭反政府集会占领而停运，中国政府派飞机接回滞留的中国公民；2010年6月间中国政府9架包机从吉尔吉斯接回同胞1200多人；2012年2月间利比亚安全形势发生重大变化，中国从利比亚撤出近2.9万人，空军派运输机执行任务……谁敢让我不爱国，姥姥！因此，我们不能说提倡爱国精神是废话，但我们可以断定，多说爱国精神不如多做爱民之事。

至于创新精神，我想到为新中国捐躯的先烈，想到小岗村农民仿佛按在中国天空上的十八个悲怆的手印，想到深圳、特区，于是我要说，与其提倡创新精神毋宁创造生长创新的环境。春天来了，到处是生长的呐喊，想守旧想压制行吗？其实改革开放的本质不过是对人性的关照，创新精神何尝不是如此呢？

精神不是倡导出来的，而是自然而然生成的。当然提倡本身也构成生成的环境，至于实际效果那是另回事。正如桔生淮北而为枳一样，我们不能设想今天的孩子会生成延安精神，因此我们也就能理解最近国务院下发的严禁用公款购茅台酒的通知了。人是要有一点精神的，但人有此精神而非彼精神，实在是有更深一层的逻辑在的。

2012年4月28日

不过一屁帘儿

网上说《建国大业》的演职员中就有二十几位是加入外籍的，影迷曾一时为之哗然。网上的东西不可太当真，一如高喊为国为民的大贪们在国外购房置业为其子女办蓝色的绿色的卡什么的，谁能说他们的演技个个不该拿金鸡奖呢？其实这年头加入哪国国籍实在是件淡事，况且深谙中国国情之达人大多比较低调，大名的屁股后面是决计不带括号的。有人说加入外籍是"为了让世界了解中国，做更好的中国人"，这话就把淡扯到天上去了。但我们还是不无激动地认为，像《大腕》、《千里走单骑》等影片中有外国人加盟一样，中国若干援外举动也是走向世界的圆融之举。今天更多的华裔外籍人参与中国的经济文化建设，未尝不是践行白求恩之精神。当然，在感激白大爷之余，我们也有点愤青，不少地方在绍介了中国熟脸后总要括号着美、英、法、日等等列强以示他们如今是海归是阔了的主儿，这现象不仅仅在演艺圈。我有个熟人在美国、加拿大待了几年也不知是否混到了绿卡，但见面总是"你们中国什么什么的，我们美国什么什么的。"好像丫的没喝过糊糊没吃过豆腐渣似的。

甫以为能荣幸地让我们嫉妒谁，海归们个个混成现美国驻中国大使华裔骆家辉我们骄傲还来不及呢。假洋鬼之心态大多不过阿Q曾向往的"阔"，而这种"阔"孟子早于二千多年前的《齐人有一妻一妾》中就揭示了。记得是哪位作家的荒诞作品了，大意是说一群因各种原因死亡的人在停尸间待焚时大摆龙门阵，一死尸心神不宁心急如焚地反复唠叨："我到那边归谁管呀！我到那边归谁管呀！"其表现人的归属意识可谓入木三分了。明明去了"天堂"，却又吃着中国的饭，明明赚着中国人的钱，却又炫耀打在屁股上的某帝国印章，其归属之彷徨之痛苦之奴性可见一斑了。这让人想到过去北方穿开裆裤的小孩子挂的屁股帘儿，屁帘儿是用于防寒的，屁股后面挂国旗似乎可以"保暖"，因此论作用大约不过一屁帘儿。或是全球气候转暖或是人们生活日见富裕或是假洋鬼子带来的异国文明所致，如今这种屁帘儿是不多见了，不过那日积月累的尿臊味，想来也可呛人一溜跟头呢。

我们知道您是什么诸如日不落大英帝国的公民，我们一直对山姆大叔肃然。我们是穷过，我们现在还不富裕，但我们也压根不认为记住"华人与狗不得入内"的耻辱是呆瓜，我们始终感激霍元甲们，我们一直温暖在《我的中国心》中，我们不断为《我是中国人》打气。当越来越多的阔佬移居海外，当越来越多的日本人将籍贯迁入有争议的北方领土——包括中国的钓鱼岛时，孙海英、吕丽萍却申请入籍钓鱼岛，我们在心境为之一爽之余也纳闷"做人的差距咋就那么大呢！"

卑鄙是卑鄙者的通行证。经典就是经典。

大凡猪肉流通市场前，其卫生检验要经产地检疫、宰前宰后检验处理等若干环节后才能加盖卫生标记的。盖章的部位也有学问：如果只是在大腿外侧和肩部加盖印章的话，那一定是重量小于 60 公斤的，如果是连腰呀乳呀肋呀什么的都盖了章，那一准是 60 公斤开外的了。偏偏那国籍的章是盖在屁股后面的，这分量就颇费猜疑了。

2012 年 4 月 30 日

辑五

05

| 蓦然回首 |

心潮走笔（三题）

我们置身火热的年代，我们曾濒临贫困的边缘。

我们有过太多的负累与彷徨，但我们毕竟勇敢地正视和疗治着心灵的溃疡。在桃花盛开的日子里，我们拾阶而上行色匆匆。我们知道，身后深深的脚印里满溢了历史的惊惧与冲动，我们别无选择。就这样我们抚摸着太阳，走出山坳，走向蔚蓝色的海洋。是的，我们争论的太久了，连真理的帆船也曾厌倦地远我而行，当海鸥再度衔来一枚绿色的请柬，我们不再犹豫，我们必须行色匆匆。我们相识在火热的年代里，感应着彼此的痛苦、焦灼与欢乐。

生命的原色是诱人的，我想记录她。视野中的人物自然努力拓宽，所述尽可漫无边际；没有矫情，无须构思，只要敞开心扉，只要您愿意走进镜头。因为我确信，每个人都是典型的。

是为记。

外边的世界真精彩，但我慌得可以

某男，41岁，机关干部，大专文化程度。

慌，心里没着没落的，像有根棍子在里边搅，狠搅，乱。兄弟，你说我该咋办？

易经，忽拉圈，巨奖销售，股票，下海，第二职业，热浪滚滚惊涛拍岸就没消停过。世界魔怔了，都魔怔了。机关人，没劲，除了玩政治鼻子灵以外，就很少有不滞后的。侃大山行，有灵气，见微知著，忧国忧民的，也深刻，但现在又不是南北朝。大院里每天都放飞刺激的新闻：海南，咱们洪洞家，在人民日报公布杨浦为开发区的前几天，把存银行的钱都提出来，买了块地皮，待杨浦开发区的消息一发，地价暴涨，持续坚挺，直挺得这伙计3天净赚300万。还是沉不住气，挺挺再脱手呀。上海，咱省里的什么办事处，投上几百万玩证券股票，亏得光剩个裤头了。你以为那钱好挣哩，发达国家的公民敢玩股票的也不过10%。听说中国也有破产自杀的，太棒了，真该举国相庆，不死不活吗。去过吉县壶口瀑布吧，水雾冲天，声闻十里，何以壮观？落差。没落差就是死水一潭，哪来的活气。大喜大悲大紫大绿才是带劲的世界。市场经济残酷无情，如今是有点味道了。青岛一个什么888的电话号码，竟拍卖到9万多，拜物教，赵公元帅，几十年政治思想工作的绝大讽刺。哎，你们办的刊物，恕我直言，一脸的死相，里外透着旧。都啥年月了，商品经济原则早渗透到各个角落了。《时代潮》看过吗？人民日报政治部主办的，有篇文章叫什么"广州查禁卖淫嫖娼"，刺激。卖淫的行情、路数、项目乃至动作介绍的特清，我都分不清那是唾弃还是渲染，儿童绝对不宜。但杂志卖得快。这年头讲究的是用足用活，像跳舞，满场飞，肚皮别贴得太紧，紧了也没啥，只要人家不追究；追究也扯淡，管得着吗，当然人家要的也许就是紧贴。去过舞厅吗？没有。冤，跟我一样，伪君子。但必须跟政客划清界限，起码我们希望人们活得畅快活得火爆。享受着现代生活方式，又对现代生活指责最厉害的多是这些人。可怜，苍白，他妈的。

外边的世界真精彩，但我慌得可以。能不慌吗？机构改革，大势所趋，也早该改了，养那么多人干啥，鸡多不下蛋，勾心斗角找个对立面玩玩，闲得。听说行署那边前一段坚持上班也就是几成，都忙着找钱路哩。体改委有几个好小伙下海了，大好事。只有每个个体都充满了活力，民族这个整体才有生机。地委这边活力不够。我下海？想过，但心里没谱。经商没搞过，再说市场也占得差不多了。眼下卖衣服的比买衣服的还多，开饭店的比吃饭的还多。办企业？那是闹着玩的，每天都有垮台的，全国一年几万家，那阵势，秋风扫落叶，哗哗地下。没胆。就是有胆，你让我往哪哭资本去？银行贷款没门子，回扣行情是公开的秘密，现在就是有门子不怕回扣也贷不出来。翼城、曲沃一带有放高利贷的，月息二、三分，甚至还高，不怕死的您就试试。最好国家投资，先练练手，赔了有国家顶着，赚了我也有一份，聪明人谁不如此干。但晚三春喽，中国的聪明人太多了。急，还是真着急，有点像大龄青年找不到对象，迷怔了，找不到生活的位置了。我曾为公平、竞争、开放时代的到来呐喊过，如今，这个世界疯狂地走到我面前，我竟慌了，叶公好龙了。我想我是"多余人"。

接着在机关熬年头吧，真不是个滋味，却又不忍前功尽弃。人过30不学艺，我都40出头了，再转行行吗？20多年混了个科级，再上一个台阶，难。我头上还有几位比我资格老年龄大的老机关压着呢。希望考功名，但岁数过线了，我总认为自己年轻得像个马驹子，竟不觉老得没资格进考场了。我想哭。过去我曾想这辈子熬个县团级就不白活了，副的也行，总算过了一会官瘾，当然是想干一番事业。但立志在官场闹事业的仁人志士太多了，前赴后继人满为患，而且都挺自负都感觉良好都舍我其谁都觉着委屈都觉着上级有眼无珠。瞧这架势，我算看不到出头之日了。近来我常问自己，一辈子的精气神，都耗在县团级上值得吗？正像经商办企业不是人人都行一样，也不是每个人都适宜蹲机关的，我到底行不行？再说了，机关的县团级一筐又一筐的比垃圾还多，都没地方放。混个县团级又怎么样，又能怎么样？你说得对，人生不过实现自己，是煤就烧个精光，我们都没烧透，生命浪掷，可悲啊！就这，那优越性就跟螃蟹冒泡喘气就有："哪单位的？""地委。"回答时特富有特牛特充实。地委大了，地委书记在地委，把大门的也在地委，我算哪苗葱呢。可就是有优越感，觉得高人一等，吃这一套的也大有人在。改革也是革命，此话太深刻了。先烈们为今天的制度"愿把牢底坐穿。"我曾发狠为了县团级，愿把椅子坐穿，还时不时地鼓励自己，坚持就是胜利。堕落啊，糟踏生命啊，每每思之，我都激动的中学生似的。我知你小看我，摇头我也清楚。古人讲言与志，言志有大小之分，大言激烈而精辟，大志广博坦荡；我是小言小志，絮叨而无益，外加事事分辨。但我敢于正视自己，连这点勇气都没有，我也太古董太虚伪了。

没劲，没劲透了。这么说吧，我每天坐在办公桌后边都要付出相当的勇气和责任心。有时也不知道咋整的，明明要去机关的，可奔了郭家庄，一拐弯就上了汾河桥。桥西头站定，看来往的车辆，看枯瘦的河水，看薄雾中依稀可辨的残缺的古城墙，最喜看灰蓝的天空中盘旋的鸽群，直看到西边天铺红，看的墟里上孤烟。行啦，别抒情啦，回。可明天呢？

这人怎么都不认识了，冷淡，隔膜，不通气，阴乎乎的，都把自己裹得特严。一屋子人看报纸，那叫专注，那叫静，空气也仿佛冻结了，掉根针都像扔个二踢脚。都特温开水，特温文尔雅，但三盘六绕九道湾，绕到跟前还留一层窗户纸不捅破，让你琢磨看你悟性。累，活得真累，处处小心，像《地雷战》里的日本工兵。"但是……当然了……不过……"这些虚词机关里使用率最高，最妙，最阴，也最扯淡。

还是劳动人民痛决，冷就冷个贼死，热就热个焦煳。长工资没我，刀子戳在厂长的办公桌上，就长上了；分房没我，老婆孩子往头儿家里一耗，不获全胜绝不收兵。够赖的吧，赖得可爱。机关干部敢吗？除非你不想进步了，可不为了进步我为啥蹲机关呢？进了机关就必须该获得升迁吗？好像是的。我不想把进步理解的那么窄，可我吊在这棵树上下不来了，千万双眼睛不允许我下来。我想我是迷怔了，进退维谷。兄弟，你说我该咋办？

泼上了，下海，一帮没文化的都能富起来，咱怎么就不行呢？假如面前是条三、五米宽的大沟，下不见底，这在平时打死也不敢跳。现在好了，后面有条狼要吃你，没退路，反正是死，一咬牙，说不定就跳过去了。人的潜能大着哩，人在被追赶的时候跑得最快，就是这个理。咱也项羽一回，说不定我后半生辉煌个几百万。想清高就得先市侩，生活的辩证法不过如此。"学而优则仕"，去他个蛋吧，明朝五湖效范蠡。不过——我这个岁数的人不能不常常使用不过——话又说回来，假如我起跳不跟劲，脚下一滑，或是铆足了劲也跳不过去咋办？双脚蹬空，我就非死不可了。我挣得起，赔不起，活得起，死不起。我属龙，但我的祖先肯定在羊群里。我只是骄傲不起来，也轻松不起来，因为我是深深地感到了种的退化而又无可奈何的悲哀了。

改革的力度强些再强些，我由衷地喊。

写于 1993 年 3 月

——载《决策参考》1993 年第 1 期

愿皎洁的月光还能照耀我

某女，38 岁，大本学历，中学语文教师

月季花开了，甜甜的馥郁弥漫了校园。齐胸深的常青树脱成黑色，投下浓重的身影，银色的月光飘在其上，淡淡的苦涩便泛在苍凉中了。无数的光斑从宽大繁茂的树冠筛下，闪烁摇曳像潭中不安的鱼儿。晚风轻抚我的脸，痒痒的。倏地一只夜游的鸟儿掠过，那久结的惆怅又面纱般罩下来。

同学们赞我像母亲般施惠着爱抚，学校评我为模范教师，可他们哪里知道，我努力工作有着忏悔的成分，只有忙碌中才可平抑我不安的心绪。

皎洁的月亮高高地监视着我，幸好有月亮的监视。也只有面对着她的时候，我才敢留意自己长长的阴影。

又向同学们推销报刊了。这哪里是在帮孩子们复习功课，分明是借纯真的信任发财的伎俩。语文报、化学报、数学报、物理报、英语报、各种测题卷子，孩子们哪里做得过来呢。光按教学大纲的要求就够孩子们累的了。我努力地辅导，让繁复的卷子尽量实现它们的价值，因为我知道，我将从中得到好处，哎，这该诅咒的好处！那天，一位同学的家长找到我，手里拿了一摞没有做过的测题卷子，问他的孩子是不是不好好学习。我无言以对，似被剥光了衣服。

月光皎洁地照着我，幸而有着这熟悉而又陌生的月亮哦。

"一曲新词酒一杯，去年天气旧亭台。夕阳西下几时回？无可奈何花落去，似曾相识燕归来。小园香径独徘徊。"

伴着晏殊，伴着他的浣溪沙，我踱在这静寂的夜晚，踱在这圣洁的月光中。猛地不远处的一吼："八万，碰！"我便惊恐地逃了。

我能逃得了吗？一如月光下我的身影。社会是进步了，社会也进一步地堕落了。人注定要囿于这文明的怪圈吗？神圣的校园再也不是不尘的净地，铜臭不可阻挡地诱惑了。也许校园本不该披上神圣的光环，也许我脆弱的自尊不仅仅可笑，而且就不应该称为自尊。在高高的物质门槛面前，为生存为发展的尊严是何等的软弱可欺。

教师也是人，教师原本活得更像个人，教授卖馅饼就活得洒脱吗？没有悲泣，没有欢欣，只有郁郁的愤懑。公仆们少一个不负责任的决策，少一辆攀比的高级轿车，少一次游山玩水的公费旅游，少一顿不知廉耻的饮宴，我就会多给社会输送合格的人才。我想安心地教书育人，但偌大的校园已是放不下一张安静的讲台了。我是教书匠，每年一次的尊师礼遇让我享受一年清苦生活的实际，我已不满足且厌倦了。我有能力丰富我的家，我当理直气壮地向孩子们推销起码对他们有益的报刊，党政机关、大人物不也是以各种名义向下硬性推销他们的精品连同废品吗？我为什么不！

但那纯美而剔透的歌声何以仍有无限的张力，让我宁静，让我在宁静中拽住生命的绳索：

让我们荡起双桨

小船儿推开波浪

······

纯情的孩子们柳枝般摇在他们的节日里，也摇在我未泯的纯情中。我暗暗地哭了，为太阳般的孩子，也为我的还能够宁静。我想，是不是也给孩子们多讲点假丑恶，把心灵磨得粗俗些，为了明天的建设，还有自身的防御。哦，月儿，你告诉我！

"救救孩子。"那熟悉的可敬的声音又响在无垠的苍穹了。不，先生，需要拯救的首先是我们这些自称灵魂工程师的人们。

愿皎洁的月光还能照耀我。

写于 1993 年 7 月

——载《决策参考》1993 年第 3 期

享受生活就得折腾

某男，33 岁，初中文化，个体户

真人面前不说假话，就凭你三番五次地找我，不跟你说说我都觉得老大对不住。人也是的，各有一好，凭你的文化，凭你这股子黏儿劲，你经商办企业准能发。这是何苦来的？想不开。怎么越有文化的人越显得蠢呢？你还救国救民？拉倒吧，你们不救我还知道怎么活，你越救我就越糊涂。不过，你们还是教育我们的好，最好别下海，知识分子有了胆，我们就没戏唱了。

钱是个魔鬼，把人都搅疯了。有钱能使鬼推磨，有钱能让红灯变绿灯，你就是写得天女散花又能顶个屁用。仓库实着了啦就知道礼节了，这是哪个"子"说的？甭以为我不读书，金庸、梁羽生、《金瓶梅》、《查特莱夫人的情人》、《花花世界》我都读。反正是没钱寸步难行。电视上演小品说个体户："啊，你们穷得光剩下钱了。"去你妈的吧，你穷得光剩下穷酸了。大哥，我这么说你不会往心里去吧？我是说个体户在社会上没地位，这首先是个体户自己的悲哀，都挺起腰杆做人，争自己的地位，那地位就有了。有权人的地位那是大伙抬的，你不抬他他有个屁吧。有些当官的真叫人恶心，吃个体户，"养"个体户，参观旅游带个个体户，不就是带个"钱匣子"吗。我就不吃这一套，我就觉得我有地位。有钱我给亚运会捐，有钱我见庙就随喜，二千、三千不眨巴眼，一心向善，求菩萨保佑。没钱能给闺女买钢琴，能给她请家教？我要培养女儿当博士当教授。我这辈子注定要折腾，要吃好多苦，但我现在一点也不觉得苦，我觉得好玩。"千金散尽还复来"，我能背几首诗词，装腔作势用的。我胃口不大，这辈子折腾一百万就打住，然后办个学校啥的，用我的名字命校名，我也流传千古，永垂不朽，哈哈……

实际上钱也好赚，遍地是黄金，就看你弯不弯腰了，反正是天上不会掉馅饼的。我干的营生多了，倒腾过电子表，打火机，那东西很便宜，到火车站、到穷山庄去卖，赚头不小，一百、八十、二十、几块都是它，能宰就宰，但太辛苦，赚钱太慢。也倒腾过家电，资金差远了，没关系，借钱发财，借梯子上房。前两年家电俏，老百姓攥着钱买不着，我说我有路子，想要的就先交一半的定金，这么着凑了几万。我哪来弄家电的路子，也算是骗吧，拿着亲戚朋友交的预付金下南边倒服装，也到内蒙倒皮货。转了半年多，我净赚 14 万。他们追着我屁股后面要家电，这好说，高价买两台，就说对方毁约，只给了这两台，你们看着办吧。预付金分文不少，这钱不能坑。玩过车，跑客运，这可把我搭进去了。一是车太多，二是路霸太多，惹不起。交通警截住你捎个人是给你面子，就怕拿个打火机冲着你干打，不见着火。你知道这是啥意思？这是暗示你得见个"亮"，就是你得上点贡。喝血的太多，同行之间也相互拆台。玩了一年多客运赔了 4 万多。现在搞个煤窑，与人合作搞了一个选矿厂，特火。一天能赚千把块吧。我不行，小鼓捣油，俗话说不怕慢就怕站，细流水，知足常乐。

个体户没不偷税漏税的，不偷税漏税挣个屁钱，光一项个人收入调节税就把你调节完了。不过我还是宁愿交税，这安生。问题是要打点的关节太多，这比应交的税也少不了哪去。到南边折腾也要打点的，但利索，一次性的，真办事，讲信用。咱们这儿不行，敬不完的神，磕不完的头，烧不完的香，没完没了，肝都颤，钱还常扔瞎窟窿。投资环境不好，要么本地人有了钱都到外边投去呢。在外边赚了钱也不想回来办企业，太落后。

  我基本是个好人，就是坏也坏不到哪儿去。我靠劳动吃饭，靠本事吃饭，我不欠谁的。我也不看谁的脸子行事，我就这么痛痛快快地活着，风风火火地折腾，我不羡慕任何人，我更爱我自己。大哥，改天我请你，江淮大酒店，就是原来的商英楼，刀子不快，味不错，特别是鱼，绝了，临汾独一处。用钱开口，别不好意思，但是得打借条，我兄弟找我借钱也留字据。哎，有时又感到活得挺累的。

写于 1993 年 8 月

——载《决策参考》1993 年第 3 期

  （后记）本想记录转型时期一些人的心迹，因工作调动无暇顾及了，至今想来甚觉惋惜。

2015 年 2 月 22 日

好大绿荫

临汾人的慨叹引起我的兴趣

《中国企业家名典》中是这样介绍山西省临汾地区襄汾县造漆厂厂长邓根旺的：1975 年从常州回临，不要国家一分钱，创建了临汾造漆厂并任副厂长。80 年邓因车祸致残，休养期间企业发生亏损，金额达55 万元。81 年 4 月邓出任厂长兼党支部书记，着手进行了一系列改革，企业迅速扭亏为盈，随后成为当时临汾市财政大户之一。至 1985 年，该厂为国家积累资金 1000 多万元，成为生产 10 大类油漆、设备齐全、管理比较完善、年产值达 1000 多万元的企业。曾有 6 个品种夺全省第一，3 个品种夺全国第一，7 个品种荣获化工部和山西优质产品奖。企业多次被评为省、地、市先进企业。邓三次被评为省劳模，84 年和 85年分别获省社会主义劳动竞赛二等功和一等功，85 年获全国化学工业劳模称号。86 年邓又在襄汾县创建了造漆厂。

老成持重的《名典》回避了邓的难堪：85 年 10 月，邓突然被免去厂长，留任党支部书记一职也是经人力争而成的，之后便是左右为难无耐提前退休，之后被能缠的襄汾人挖走了，之后便是邓的产品不仅仅销到了临汾。临汾人就慨叹：不该放走财神爷，好水肥了外人田；经济滑坡不都跟市场疲软有关，瞧人家邓根旺……

显然，邓根旺曾是个有争议的人，至于争议的焦点是什么，孰是孰非，恐怕连当时关注邓的人也无兴致谈及了，笔者更无意于扯不清道不明弄不好就着火的人际关系，让时间渐次漂去人们过于浮躁的情绪和挑剔而变得自知和豁达吧。管不了的是，当经济的战车不断喘息挣扎于泥泞的时候，人们又很自然地提到邓根旺。功利的眼光尽管让人觉得酸不叽的，但它毕竟可成为开启人们求索出路的触点。临汾人的慨叹引起我的兴趣，反正邓也没出了本地区，我急于想见到他。

脑袋栽进炭灰里，挣扎着坐起，哈哈大笑

也许是地理上的偶然巧合，抑或邓根旺的着意选择，邓带头创办的也是临汾地区仅有的两个油漆厂，都建在紧靠南同蒲路的边上，一个立在临汾的樊家河，一个蹲在襄汾的张礼，不同的是，昔日年富力强的邓已近花甲且患有高位截瘫。

邓一步蹭不出四指，颤颤悠悠像蹒跚学步的孩子。邓去张礼跌了好几跤，一次脑袋栽进炭灰里，挣扎着坐起，一个灶王爷，仰面哈哈大笑。"还是摔得不疼！"老伴便心紧。乐观使邓重新站了起来。邓执意要陪我蹭遍全厂。

喧闹的厂区简陋而洁净，荒荆中垦出一片新土，邓要在那里盖一排办公用房，几个工人咣咣地加工俩小房似的大油罐，不远处的一排桐树上居然落着几只麻雀。在一座高耸的烟筒前，邓掩饰不住得意之色，邓几十年一直想解决熬油过程中的油烟气污染问题，今年他用水冲泵吸收油烟气的办法到底搞成了，不敢说全国首创，省内同行还没发现解决这一难题的，推广价值极大。我便撺掇邓赶快申请专利，邓又一副不以为然的样子。去制桶车间的路上，见一工人用刮刀收起洒

在水泥地上的一小摊豆油，末了搅些石粉把收不起的做成玻璃泥，玻璃泥也是邓的一个产品。我想邓该表扬那工人两句，没有。不时有用户来厂拉货，不时有人找邓裁夺事务。我说咱得找个安静的地方聊聊，邓说，写我可以，但反映成绩时悠着点，别人都觉得厂里有钱，狼多肉少，我谁也惹不起。我就乐，邓脖子以下都不好使唤，好在脑袋瓜特灵。

很有点成仁取义的豪迈劲

邓想安心养病。不成，睡不着，脸日渐消瘦，腿脚更不利落了。忙了一辈子的人大多是闲不住的。看看临汾的市场，邓急得骂娘，天津、河北、陕西的油漆产品充斥柜台，曾经声誉远播的临汾油漆日趋萎缩失了光彩。邓后悔提前退休了，再难过也比不上离开七彩油漆的难挨。

邓名气在外，退休后榆次、大同、孝义等地油漆厂家先后高薪聘邓。邓不去，要钱干啥，发财也不是这么个干法。人家就恭维，为咱山西的油漆工业贡献余热嘛。哪也不去，邓是襄汾邓庄人，家乡观念极重，尤其听不得余热两字，邓觉着自己不老，竞选总统还是个娃娃年龄呢，邓想在临汾市搞个化工研究所。

襄汾人猫似的凑过来，经委主任二轻局长轮流说服，张世芳局长最多时一天找邓三次，为家乡做贡献，为咱临汾的油漆做贡献。话说到点子上邓才滋润，出山。已退居二线的原临汾市经委主任傅文德告我，襄汾和临汾争邓根旺争了十几年，到底襄汾家识货，有个韧劲儿。

紧锣密鼓，三天后邓选中了现在这个厂址。它原是张礼煤机配件厂，亏损倒闭四年多了，工人早作鸟兽散去，留下44万元的窟窿。荒草没膝，残垣断壁，乌鸦伴麻雀翻飞，垃圾与窗台同齐，尚有一患小儿麻痹后遗症的门卫与其妻在，门卫认真负责，常在围墙缺口处埋下自制的小炸弹，炸不坏人的，吓吓狗的不敢深入就中。还真有踩响的。1988 年 6 月 30 日，像是迎接党的 67 岁生日，邓和老伴率先进驻了张礼。偌大的厂院，一对残废俩囹圄人伴清风明月。邓知足，这比当初在破弃的砖瓦窑靠一口锅起家强多了，简直是天上人间不可同日而语。

好事多磨。请邓出山时，县里答应给 80 万元贷款，当县工商行的同志考察后，答应给 30 万，30 就 30，转起来再说。当邓去县城办理贷款手续时，工商行刚接到"停止贷款，不开新户"的紧急通知。邓火急火燎地来回蹭。活人能让尿憋死，搞个私人性质的有限股份公司行吗？县里支持，30 万元的集资瞬间而至，那时节很见邓给人以信赖的人格，多少老同志把"棺材本"拿出来，更添一份豪气：大胆干，赔了算哥哥我的，好歹要保住咱的油漆工业。

邓感激，热乎，惬意，壮烈，很有点不成功便成仁的狠巴劲。邓一天工作多少小时，熬过多少个不眠之夜，工人们知道，院中的桐树知道。4 个月后，首批 10 多吨产品上市，很快销售一空。当年收支持平，第二年盈利 18 万元。

人们眼红了，分，都分了红利，谁也管球不着。

邓又一次陷入了难堪和痛苦中。侄儿、外甥、包括儿子都不能理解他。天日可鉴，邓扯起股份公司大旗的本意就是要发展油漆工业，绝非为个人捞钱。子孙不胜我要钱干什么，子孙胜过我要钱干什么，有本事自己折腾去。人们也是的，钱放在厂里可以生钱，比存银行多几倍的利，都分了做啥去？娶媳妇修坟地比着扔？邓觉得私人企业的麻缠，不仅在于野马一样的欲望难驾驭，更怕发展一定火候会遇到限制。邓走惯了国营企业的路子，一个驾轻就熟的共产党员厂长，邓打好了算盘，还是公家事业的路子宽展。

应交的税不能分，企业的发展基金不能分。在分了 4 万多元红利后不久，邓打开了天窗：我投大部队呀，股份公司拉倒了，今后投资人只吃利息不分红，而且月息降到 1 分 5 厘，愿干的，保你碗里有面有肉，觉着晦气的请自便。邓主观，认准的事十头牛拉不回，做了错事也不道歉，怪难为情的，悄悄改过算了，况且他觉着眼前这事没错。

破口大骂，小声嘀咕，凄凄惨惨戚戚，雷雨了好一阵子。但没人抽去资金，1 分 5 厘利息，是存银行三年死期的 2 倍还多，归了大集体也有个转正吃皇粮的盼头不是，农民工人有安慰自己的思路，企业私人投资有增无减，翻了近一番。侄子是愤然而去了，道不同不相与谋，每个人都会按自己的活法了却一生，只要不憋屈，只要乐意，何苦干涉人家呢，人之患在好为人师。邓想得蛮达观。

县二轻局尽做合适的买卖，邓的企业转为大集体后得补原煤机厂 44 万的外债，接收原厂的 14 名工人。咋都行，邓要的是有利发展的政策，邓只要求，为给企业攒劲儿，允许四年补完窟窿。二轻局拣个金娃娃，甩个穷包袱，一进一出，大喜过望，但仍是一副吃亏常在咱们谁跟谁的厚道样儿。襄汾人鬼精，北京有名的几家金银首饰古玩字画店差不多都是襄汾家办起的。闲话少说，桐树两度花开花落，邓补亏 23 万，实现利税 72 万，固定资产由 14 万增加到 50 多万，工人月工资平均 140 多元，比 1989 年归公前提高了 85%，产品达 8 个大类 170 多品种，远销内蒙、陕西、甘肃等地，本省自不在话下了。邓根旺如愿以偿，脚后跟更像安了弹簧，一弹一蹭，一蹭一弹，有力地托起残疾的身子连同在残破中初绽的绚丽的油彩。

其实都是老一套

邓根旺是全把式，土建、机械安装，工艺设计，成本核算，生产销售等各环节都门清，这号厂长，少。运城市席庄管道厂用邓产品为美国人生产餐桌配件，但不懂烘干工艺，邓随手画一草图，如此如此一番交代了事。桐油奇缺价涨，邓以大麻油通过化学处理成干性植物油代替部分桐油，成本不高而且耐气候性好。这类例子太多了，不说也罢。邓不搞"祖传秘方"，有求必应。邓说，配方要根据原材料性能以及用户要求设计，千变万化，连我也不知道将设计出什么品种来。比方说吧，要提高漆的亮度和硬度，就要提高树脂的比例；要耐受性、韧性好一些，就要增加植物油的比例；颜色漆要提高光泽度，就得增加基料……我打断慢条斯理的邓，尽量说些我能懂的吧，邓就觉得没啥说的，差不多都是老一套。

——服务。邓总结似地说，企业跟着用户转，一句话上质量上品种上服务。

邓差不多每天班前都开全体人员会，内容繁杂，随时随事而论，但有一个意思天天挂嘴头上：用户是企业的衣食父母，质量必须保证，得罪了用户，砸了企业的牌子，咱们都得完蛋。第一次生产的白漆地区五交化公司拉走了，邓觉得白漆颜色不理想，心里不踏实，到底把货拉了回来。分析原因，是研磨设备不干净，严格按工艺要求来，工人清洗，邓一旁指指点点，连螺丝帽都不放过。采访时，正赶上长治惠源机械厂等着拉漆，长治家告我："棕色氨基烘干磁漆装进桶了，邓觉得色泽达不到标准，让返工处理，我正等着呢。"不合格产品绝不出厂的规矩给企业赢得了信誉，顾客不断找上门来。去年6月初，甘肃振远锁厂副厂长来求货，他是在哈尔滨锁展销会上见一种锁用漆黑亮而花纹均匀，到西安锁厂打听，知道用的是襄汾造漆厂的产品。这位副厂长挺不好意思地说：千里求货，只拉了半吨，可货凭一张皮，资金再缺路再远也得来。

"高档低档都上，鸡头凤尾都做，只要用户需要，即便赚头不大为了长远市场也得干。"邓说。河北，陕西的低档漆质量差些，架不住价格便宜，把临汾市场占得差不多了。邓上酯胶漆，90年220吨，91年360吨，质量好价格比他们的还便宜，拉来了大批用户。临猗变压器厂用的机床灰醇酸磁漆都是天津、山东的货，厂家说邓如能生产就方便多了。生产这种漆不赚钱，但邓却坚持配了样品，用户很满意，又要700公斤，外带500公斤铁红醇酸底漆，现在该厂成了长期用户。邓说，买卖要好货要全，东边不赚西边赚，拉住用户是第一位的。

去年3月陕西金属结构厂的一封退货信着实让邓出了一身冷汗。襄汾生产的红丹防锈漆表干4小时，实干24小时，用户月初等料没活干，下旬料齐拼命赶任务，恨不得前边喷后边干，忽视了产品干性。问题在彼不在我，用户最后也承认，按理用不着退货，邓还是让自家车把3吨货拉回来，按用户要求配制了干性快的漆。邓说，用户就没有错的时候。

每年的车审是车们过大年的日子，穿红抹绿讲究的就是新媳妇的派儿。车主们挤满了厂院，一天就卖出一万多元。谁不乐意来邓这里买货呢？货好价低不说，买的是个便利，一两不少，一吨不多，用不了只要不开盖照退原价，换其它品种也可以。邓在临汾、运城开设的两个销售点也是这么干的。邓觉得，人靠人缘厂靠厂缘，服务情真，进退凭用户，就没有占不了的市场。前边提到的运城席庄管道厂，不会喷漆工艺向邓求援，邓即派老工人李小英传授技术，一周后小英扛面锦旗回来，邓特舒心，搭车搭人不算啥，想远点，企业终归不吃亏。

——工资。厂里除了邓等三位厂干因与二轻局签有合同须年终分配外，其余管理、后勤人员都实行浮动工资，车间干部与工人一样实行计件工资，工资档次拉开，多者一天拿7、8块，少者只拿两块钱。厂里不养闲人，于是泥饭碗便盛着高效，今年邓厂全员劳动生产率已达5万元。

——低耗。制漆所需原料如汽油等大多是议价购进，远非同一起跑线上的竞争真让邓们呼哧带喘的。就这儿，还得赚钱。也没新招儿，算计呗，算了再干。货比三家不吃亏，反复比较货好价低的进；节约代用，用大麻油代替洞油，用石油树脂代替酚醛树脂；改进工艺，调整配方，解决生产过程中的跑冒滴漏；原材料吃光用尽，节约生产成为全厂职工的自觉行动。奇怪的是邓并没有设节约奖。邓跟我说，只要缓过劲来，非买一套微机搞成本核算不可，人算不如电脑算。

——办公。邓几乎长在车间里，即便雨雪天也得把全厂蹭几遍。现场管理一竿子插到底，耳提面命，当面指责，拍板迅速，说风就是雨，因而指挥灵，转身快，失误少，效率高。

——后劲。邓稳健，稳健得近乎保守，邓的工业用漆供不应求，采访时见长治、陕西的用户急等着拉漆，讨好写满风尘的脸。邓完全可以满负荷生产1000吨翻它一番，邓不，邓有自己的理论：豆芽菜经济终归是病西施，庄稼有蹲苗一说，根系发达，后劲才长远。企业草创，人员素质、配套设施等都跟不上，盲目扩大生产势必分散精力，上去也得下来，夯实企业根基攒足后劲买卖不愁做，啥时也有我的饭吃。

邓像个极善喂养婴儿的保姆。

邓舍得投资，改造企业不凑合。创建企业国家没给一分钱，邓东省西抠硬是投资 30 多万元。昔时拾起的破败景色日渐其非，配套设备日趋齐全，惊服了县里的头头们。4 个上夜大的工人费用工厂全包，长短期的业务培训去者便鼓励，有本事拿个职称回来那才叫风光呢，钱不用在这些地方还有啥劲。邓砸实家底的做法总让我联想到唯恐荒年断炊又常怀觊觎地主之位的中农，我闭眼摇头想赶跑这不恭，竟是不能。库存原料估高点，库有产品作低点，这一高一低把部分利润冲掉了，帐面利润不多，内里肥实，藏而不露，正经一个弯弯绕。邓打"埋伏"绝对在政策允许的范围内，邓犯不着为公家事涉险。90 年县审计事务所审计有 2 万元的材料应体现为利润，让再补 2 万元内亏。邓想，别跟我来这套鞭打快牛，我每年代补 10 万就自找麻烦风格高了，多一点也没有。但邓搬出"亏损三年以上的亏损额不再补"的税法规定，审计的就没辙。邓绝非有功自持，委实想使企业的根须敦实起来。

其实，这些也都是邓在临汾时的"惯技"，不要说邓组织夜校，一批批地让工人外出学习，不要说拖着病体监督工人做早操，也不要说邓咬牙花 5 万元买一套微机搞成本核算，仅 85 年 10 月邓被免职时，给企业留下的产品库存利润就有 145.6 万元。然而这又怎么样呢？有人说，谁让你不体现利润的。这话有多伤人。也是的，邓为啥不把粉擦在脸上呢！

成本是个筐，啥都往里装，但愿是极个别的现象；明盈暗亏，虚盈实亏，但愿是企业一时的权宜；鼠目寸光的短期行为，好大喜功的急躁冒进，甚或屡禁屡试的浮夸邀功，但愿不会加剧企业的虚肿；但愿我们的企业能走出传统经营的老路，到市场的海洋中学会游泳，找到发展的契机……我除了但愿之外还能做些什么？当临汾的有识之士焦心如焚地关注临汾经济的时候，我罗哩罗嗦地讲到邓过去曾使企业现在仍使企业兴盛的经营之道，是因为这"老一套"正在一些企业

"死"去，而死去的又莫过于叫得山响做起来扯淡的对事业的忠诚。

但愿襄汾人不再误解邓根旺。

随你怎么想

邓常遭人误解却浑然不知，邓太执拗地专注于自己的思路。邓十几岁就跟资本家学徒了。

在临汾时，邓规定工人早7点45分做早操，邓得了高位截瘫后仍拄杖监场，来晚的工人吓得做泥鳅钻。邓觉得锻炼身体事小，增强纪律观念事大。一次，邓早巡视时，见一工人随地大便，厕所近在咫尺，懒得你屁眼生蛆，当天早操时，邓当众让那人滚蛋，本厂老工人的子弟更得滚蛋，立即走人一刻也不能待。来襄汾后邓是年长脾气消了，诸事看得很开的，纪律管人是一法，重要的还是利益上管，早操已是做不起来了，农民工人也不大习惯，随他去吧。

有一点邓仍坚持着，据说这也是对邓的争议之一。国家规定油漆工人有保健费，在临汾时，工会同意把钱给工人，工人当然高兴，炊事员也乐得省事，邓坚持发餐证，保健费就是吃，不吃不行，邓认为羊毛出在羊身上的道理工人门清，你给了他，他就觉得应得，而让工人吃着"免费"的伙食，爱厂如家的情感将会随着食品营养一起得到补充和丰实，里外差着老大的事。日本的大部企业，我国的小部企业，为啥要搞免费午餐，还不是培养工人对企业的感情，这里的学问大了。还是不能发，于是，襄汾造漆厂的工人常吃到一毛钱一份的肉白菜，不要钱的米汤和凉粉等，工人们便常说我们厂怎么怎么，好珍惜，好骄傲。

临汾造漆厂近两年常到邓这里记帐拉原料，邓支持绝不含糊，该厂毕竟浸着邓十几年的心血，谁养的孩子谁能不疼。邓也藏奸，生怕欠帐太多影响自己的发展，时不时赶去拉回点颜料汽油什么的。我要写这个问题时，自然知道"典型细节"的运用，邓坚持说这样反映实在，要不就真的藏奸了。

张礼村扎堆住着二百多户人家，道路坑洼难行，风天扬场，雨天泥塘，近年村里四轮车增了不少，路早该修了，但村里不急。急啥哩，周围好几家政府企业立着，总有个出血要风格的主儿。村干部找到邓，胃口不大：你们修主干路时顺便把大队的那段路也修了吧，满共三里长，就这。邓出手就让村长滋润：东南西北六条街厂里都包了，6 里的石渣路，你以我名义贷款两万二，本息归我，组织村民修路归你。村人感激，邓仁义，打饥荒还给咱修路哩。送块匾："捐资铺路，造福于民。"地道的襄汾威风锣鼓，好叫人们过了一回瘾。邓其实有钱，不就多点利息吗，要的就是这效果。于是，造漆厂便也成了村里的大修厂，邓的门卫便也解除了武装，用不着夜埋小炸弹了。那阵子，邓的水冲泵吸收油烟气设备还没研制出来，油烟气跑冒着实让全村人难过，难过也没人抗议。邓处理外围关系游刃有余，却不时透发只有精明商人才有的算路，邓谁也惹不起，于是邓便得意，说，兵者，诡道也。

作者站出来说话总不聪明

但也有憋不住的时候不是。

邓根旺哭过，牛掉井里似的悲鸣过。

1988 年 6 月邓已到襄汾创业了，但那时他仍是临汾市人大常委。8月的一次市人大常委会上，邓像做了错事的孩子悄悄蹭到后排的角落里。一位常委尖锐地讲到，临汾市经济滑坡关键是人的政策不落实，市鞋帽厂最好的年景上交财税 55 万，现在 10 万也完不成，几个老工人去了石家庄鞋厂，石家庄鞋就大量倾销到临汾市场。像邓根旺这样的人才，带领工人白手起家，十年给国家贡献 1000 多万，我们在座的谁有他的贡献大，但这样的人在临汾就是待不住，为啥？

邓哭了。悲叹今天的企业家明天的王八蛋冷暖不齐的遭遇吗？自责吃里爬外的小人行径而愧对临汾人民的信任吗？邓不轻弹的泪水似乎也滤出几许理性的碱花。

在官场走马灯似地换人，不失为有效遏制人际关系板结的常法，但在企业就不一定妥当了。邓这样的企业家本身就是金字招牌活广告，襄汾造漆厂买卖兴隆，除上乘的质量优质的服务吸引用户外，邓的名气就足以招揽八方来客。采访时就碰到三宗有趣的事。一客对邓自报家门：我是陕西韩城林业站的，想办油漆厂，西安油漆总厂总工程师刘会源让我找你哩，他说软件比你强些，实践不如你哩。另两个用户则是经人介绍辗转找邓要货的。不是亲眼所见，还有些不信呢。更为重要的是邓这样的企业家情况熟，家底清，长短目标了然于胸，他们当家就不至于出现所谓短期化行为。临汾市造漆厂自邓不干厂长的五六年间，已然换了三任厂长，企业不景气也就在情理之中了，请看两组数字：襄汾造漆厂 62 人，生产能力 1000 吨，91 年截止 11 月底生产470 吨。临汾造漆厂 400 来号人，生产能力 10000 吨，91 年截止 11 月底不过生产 860 吨。按邓的目标，临汾造漆厂应生产到 7000 吨。难怪临汾人说，邓立马就要赶上咱了，我想岂止是赶上呢。

于是，企业家的浮沉日益呼唤主管领导和部门的科学化、法制化。

于是，企业家的浮沉日益呼唤企业主人的真正自主的抉择。

于是，企业家的浮沉日益呼唤与政界的脱离而成为专业的较量。

邓有明显的弱点，像我所知道的不少能干的企业家一样，邓从不去领导家，以致不知书记县长的门朝哪头开，并以此为荣津津乐道。我问邓，这便安然么？在行政干预仍有效的今天，企业家们走走领导的门子联络感情，即便是寻求理解、保护也为明智之举，更遑论是为了党和民众的事业。不！它总是顽强地与钻营、投机、拍马屁等灰暗心理形影相随。邓有十多个荣誉称号，邓始终觉得自己是个平头百姓，这是挺好的美德，可邓一在入品官员的面前就不自在，尽管邓的贡献远非尸位素餐者可比。于是，事物又往往走到另一面，我们能常常原谅自己的过失，却常常不能原谅官员们的官僚而愤世。我甚至残酷地问比我父亲少不了几岁的邓，清高的背后是不是不肯裸露的自卑？邓显得挺激动，来回地蹭走，似要蹭去浸附于砖面上的污垢。邓毕竟点头承认了，邓有心理障碍，且说，缺少与官场人交际能力的企业家还不成其为企业家，我恭敬地给邓倒了杯热茶，但我还要说，我们能干的企业家太过自重因而显得太不圆滑太过迂阔了。以贡献度人行不行，以才华度行不行，有本事有贡献的邓却迈不好这一步。高尚与流俗的惊人统一。

这未尝不是一些企业家的悲哀。

于是，尚能干预企业家的官员们，真想发展经济进而稳定社会，就别叶公好龙汉文慕贾生的，真心交些企业家朋友吧，理解他们爱护他们，帮他们得以实在的一等一的地位。越来越多的事情表明，企业家的社会地位远比自主权来得更重要因而也显得缓慢，于是越来越多的企业以及属于企业的人才涌入官场，越来越多的企业找不出个能写好钢笔字的人来，越来越多……我还是打住吧，作者站出来说话总不聪明。

离厂时知道个秘密

邓们生产的油漆有个阳刚的名字叫"金龙",天南地北飞了一两年了,前不久申请注册时被告知与湖南一厂家的商标撞了车,好名字大家都爱。邓改叫"铁环"牌。铁环一词少点俊俏,却颇富弹性,有意义也略显时髦的是,它乃邓的小名。邓今年58岁,还眷恋儿时的情愫,邓简陋的办公室兼卧室的南墙上挂着父母的炭笔肖像,邓随其父,长相马虎。

邓跟我讲今后的目标时,眼神浮动着倔强男人才有的狠劲:三年后年产达1000吨,上缴利税100万,人均贡献1万。我信,我想了解邓根旺的人都信,当目光又一次罩在院中的那排桐树上的时候。

一搂粗的树身带着几块来自生命深处的结痕笔直地穿过屋顶,岁月匆促,携走几乎全部叶片,唯有宽大的树冠哲人似地铺展着缜密的思想。微风吹过,不肯离枝的干透的树果哗哗作响,像是唠叨着什么。乡人说,桐树身贱命硬,有土便生根,眼下秃了巴叽的,进伏保准好大绿荫哩。我看了邓一眼,挺敬慕挺纯正的,是近年极少泛起的情感。

写于1991年11月

——载《决策参考》1992年第1期

走出误区

据说哥伦布发现新大陆后当时的人们颇为不屑:“那有什么”。于是一颗鸡蛋在轻佻的眼神中滚来滚去却竖不起来。“我就行”。哥伦布抄起鸡蛋啪地磕向桌面,蛋清流出,调皮的鸡蛋稳在了那里。

一个广为流传的故事连同它的昭示。

突破与其说是获得新的平衡的契机,毋宁说是思维方式的胜利,更是一种品质的拥有。但得到它又谈何容易。

有点像戒烟,烟民们总不免微醉在苦涩的惬意里,也总不免在扔了烟具之后又点上一支。更有点像我们这些搞文字的,还没动笔便不由想到格式、提法等等,作茧自缚,忘了要义丢了鲜活,像柳宗元《蝜蝂传》中的可怜虫。可怜的似乎更在于,心中的垒块以及由此滋蔓的负累友善地窒息了他人,在错过了一次又一次登堂入室的机遇之后仍无动于衷。也许习惯了的东西更容易给我们带来安逸和利益,也许世间的一切原本就是以利益为轴心做或大或小圆的运作,也许谋求利益的高下方可见人格的优劣。

淹死的总是会游泳的,但海里总是有不怕死的弄潮儿。当咂么一大堆到手的素材后,山西省临汾地区临汾市工贸中心党总支书记郭桂勋的胆识和谋略便在这圆的突破中不断显影明晰了起来。

范进的时代一去不复返了，但范进的幽灵仍顽强活着，时不时地讪笑着我们自以为宽远的眼光

郭桂勋怎么也没有想到，在他52岁的时候还要再选择一次人生。

1983年临汾县、市合并，分家9年后的两处兄弟们又热热闹闹地会师合灶了。然而欢庆秦晋联手的兴奋几乎没在人们脸上驻足便悄然逝去了，已是人满为患且官多兵少的两机关人员正同时涌向诱人的独木桥上，人们脸上写着豁达，心里却较着劲儿，两支干部大军无人不在为自己的前途而骚动不已。

魄力是逼出来的，果决也并不神秘，有时也就是不得已而为之的情状。当时市委决定50岁以上的老同志统统退居二线。这颇有一刀切之嫌的决断即便现在看来也未必不是顾全大局的良策，可惜这一决策并未贯彻始终，此是后话。曾是临汾县商业局党委书记的郭桂勋恰好碰在"刀口"上。

失落沉重地光顾了他。

1949年，18岁的郭桂勋随华北地区万人工作团南下上海，接管了法华路法国领事馆。佩戴在左衣襟上的"中国人民解放军华东军事管制委员会"的胸章，"啪啪"甩动在屁股后边的撩人的王八盒子枪，给年轻的郭桂勋注入了阳刚的壮美和无尽的遐思。不到两个月，烧木炭的汽车又拉着他们马不停蹄地下江西奔赣州直抵广州。短期培训后被分配到东莞市黄村任税务所副所长，一干就是10年。广州话叽哩呱啦刚去时根本听不懂，一个本地大学生给他做翻译，年轻气盛的郭桂勋常感到被轻视的怠慢，一怒之下他学会了广州话。1958年，山西的王寿山奉调来东莞市任市委书记，郭桂勋又叽哩呱啦当了王书记的翻译。

他乡遇故知，乡音情愈浓，59 年 4 月的一天，王书记问：

"小郭，老婆呢?"

"在老家临汾。"

"咋不找个当地的?"

"老父亲不准。"

"把老婆接来呀。"

"在南边水土不服。"

"那——那就回吧。"

王寿山逢山开路遇水搭桥，不出一个月，郭桂勋又站在久违的晋南热土上了。人生旅途，际遇难测，谁能料到哪块云彩有雨哪块云彩又飘向何方呢？北方南方，南方北方，郭桂勋云似的飘游在自己拥有的时空里。先是在临汾县城关税务所干所长，而后下公社干秘书、主任、书记，1974 年初回县商业局任党委书记。他不知酸冷牛样地干着，哪料想连南方的风情尚未尘封在岁月中的时候，竟不知老之将至。他第一次感到了悲哀，悲哀里更鼓动着倔强的不服。

刘村地理条件优越，像嘉泉、北刘等村全是水浇地，但老百姓连粮食都不够吃。1972 年，刚上任刘村公社党委书记的郭桂勋走村串户摸底调查，他了解到，刘村最红火的日子是郝文星等 7 个村支部书记在任的时候，可是这 7 人都在"四清"中倒台了。7 个人都没有什么问题，在保护"四清"成果的口号下，没人敢启用他们。不久邓小平同志再度出山，一贯谨慎的郭桂勋突然变得胆大包天，同时为这 7 个村支书复职，每个人的案子都结得细致利索。用了 7 个人，带动全公社，刘村大变样，1973 年全公社亩产皮棉 80 斤，全县第一；粮食单产全县第五；粮食增产幅度全县第三。1974 年，刚分家不久的县商业局几近空空，这时走马上任的局党委书记郭桂勋不气馁，带领全县商业干部职工从头闹腾，8 年搞了 7 座商业楼，建了 36 个门市部，商业网点遍及全县。1982 年全县商品零售总额达 3000 万元，完成利税 120 万元，成为县利税大户。占尽天时地利的临汾市竟斗不过他们，急得当时的市委领导火急火燎地指责下属工作不力。

"唉，好汉不提当年勇。"此刻的郭桂勋不无沮丧地想。然而，人生五十正是最成熟最老辣最辉煌的季节，为了个科级虚职而耗在机关了却一生值得吗？权力，当它用来为人民为社会谋福利的时候，那获得它的冲动来得会更强烈因而也更坦白。郭桂勋想了五个月，他想明白了，也看透了，人生不过实现自己。他不要官，他只要用别人继续信服的实绩来证明自己不是冗员，不是离开官就活不了的人。郭桂勋从没有像今天这样不无耿介地想。

此时的市里正为组建已投资 190 万元的市工贸中心总经理的人选挠头，市领导想到了郭桂勋，但担心弃官经商他接受不了，没想到一谈即通。

"第一，给我拨点固定资产；第二，让我独立，不和商业局绑在一起；第三，由我组阁。"在直截截地提出上述要求后，郭桂勋竟感到少有的轻松与舒展："敢情不当官，啥话也敢往外扔哩。"

郭桂勋成了临汾市由机关到企业的第一人。

8 年过去了，郭桂勋和他的伙伴们靠管理增效益，靠竞争求发展，工贸一年一个新台阶，8 年赚回 4 点 5 个工贸大楼，固定资产由 190 万元发展到现在的 600 万元，1991 年经营额达 7000 多万元，实现利税 274 万元，分别占到全市国营批零总销售、总利税的 33% 和 43.5%，今年截至 6 月底经营额和实现利税分别比去年同期增长 3.5% 和 4%。企业先后四次荣获省级先进集体称号。

郭桂勋成功了，成功的精彩，当我们把握到他弃官经商更本质的意义时，尤感到了他成功地深沉。党政机关无疑聚集了大批人才，但在目前机构臃肿人浮于事的情形下，党政机关无疑也浪费着大批人才。浪费是可痛惜的，明知浪费仍沙丁鱼般坚守着阵地就尤为可悲了。当官，这自古以来最具诱惑力的红道，在而今有形无形的利禄催产下，更助长了本已倾斜的官本位意识，不是连看破红尘的和尚尼姑们也讲究县团级师太、司局级主持吗？范进的时代一去不复返了，但范进的幽灵仍顽强活着，时不时讪笑着我们自以为宽远的眼光。

"经商与我也是逼出来的，被逼大概就是一种机遇；多跳槽，动态中认识自己，寻找自己的位子。人嘛，总要活得舒展些。"郭桂勋在结束这段情感回忆时说了如上的话，这话直让我们怦然心动。

等啥，看准了就干，人家南方就不是共产党的天下，就不是社会主义了

太过沉重的我们。

当我们还在有滋有味地高喊"时间就是金钱，效率就是生命"的时候，深圳、珠海两座新兴的现代化城市已然站在伶仃洋畔、大鹏湾头了；当我们热烈地讨论生产力标准的时候，深圳的农民已扛着装满钞票的麻袋挺进上海炒股了。南北之间的落差总是催命鬼似地逼着我们更新观念。"不敢为天下先"一语大概最早出自老子的《道德经》，今之热词"敢为天下先"一语是反老子之道而用之了。敢为天下先首先意味着敢于否定自己，这又谈何容易。

一份《羊城晚报》始终是郭桂勋手中的宠物，它寄托了郭桂勋对第二故乡的眷顾，也投入了郭桂勋对南方经济的关注。广州，中国改革态势的窗口。

"南方有特区，我们工贸不妨也搞个特区试试。临汾地区的纸张生产有较大优势，除洪洞、临汾、襄汾等国营造纸厂外，还有众多的乡镇造纸厂家，把这一地方物产推向全国，不仅是工贸的一项任务，也将成为工贸走出临汾的拳头商品。副总经理张绍刚熟悉纸张行道，真是要人有人要物有物，成立纸张批发组条件成熟，应当快上。"1985 年郭桂勋提出了自己的想法，并多次跑市里要政策；不久，一个以"利润包干，自负盈亏，报酬不封顶"为核心的土政策出台了。

"这还是社会主义企业吗?"

"放得太开了吧，还是看一看稳妥。"

工贸的特区伊始，这些顾忌是在所难免的。

"等啥，看准了就干，人家南方就不是共产党的天下，就不是社会主义了。"郭桂勋不断做着鼓动。

时间在推移，效益在暴涨，人们疑虑中却也多了信服。仅 3 个人的纸张组的效益就顶住了有 50 多人的门市部，1986、1987 两年，每年的经营额都在 300 万元以上，上缴利润在 9 万元以上。当然，纸张组的个人收入也高于其他部门的职工了。

眼红也是在所难免的。

"大家无论是谁，只要不违法，只要能用少数几个人扩大经营额给工贸盈利，我们领导集团也给他政策，帮他疏通渠道。工贸多出几个苗成丹这样的人是大好事。总不能又让人家给工贸赚大钱，又不让人家多收入，那不把人家憋死啦。"郭桂勋在全体职工大会上昂昂地说。

也出了点麻烦事。1987 年全省物价大检查，检查组认为纸张组卖价高了些，省里规定纸张可加价 8% 出省，工贸纸张组加到了 10%。多加价的部分必须追回。

纸张组组长苗成丹有些害怕了。郭桂勋说："你们不要怕，要钱高一点也是国家的，有事由我担着呢。"

"老所长，你的胆子也太大了些，这咋行？"曾和郭桂勋搭过班子的省检查组的朋友善意地劝说。

郭桂勋就觉着咱们山西人做买卖"瓷壶"。加价10%人家外省市也抢着要，因为他们倒手后照样还可赚钱。我们却非把应得的2%的利益拱手让给人家！这种事要在南方算个啥，我们就爱自己捆自己。这场官司最后在地区财贸部的支持下才得以平息。现在的工贸，"特区"又多了几个，政策也放得更开，效益自不必说了，但郭桂勋却不无遗憾地对我们说："当初还是不解放，那时要是多搞几个'特区'，工贸的效益就不是现在这个样，真该多开几个口子呀！"

老郭，你是真可敬重的，你在当时的氛围里已经迈出了令人瞠目的一步，你却深深的自责，也许正是这种自责才有了你探索的渴求，才有了工贸对机遇的把握；而把更新观念解放思想的任务永远交给下属去完成啥时都站在观念前沿的人们的自责，孤陋寡闻的我们是很少听到的。

于是机遇也总是偏爱那些勇于实践的人们。

1991年，系统总结了工贸中心开办以来管理实践的《零售商业企业管理规范》一书出版发行了，郭桂勋和现在的总经理吕继贵也直接参与了编撰。此书受到商业理论工作者和实际工作者的关注和好评。最早把标准化全面质量管理引入我国的人民大学教授夏光仁认为，此书"选题具有鲜明的针对性，内容具有强烈的实践性，成果具有突出的实用性。"

郭桂勋向我们介绍说，我们商业不十分发达，不仅表现在设施、手段、商品档次等方面，首先表现在管理的落后上。工贸创办在改革开放的过程中，虽然行政与经营管理一锅煮的集中化管理体制不明显，但管理上仍未能摆脱传统落后方式方法的影响，远不适应市场经济的发展。工贸的 6 个批发部，10 个经营部也都先后推出不少改革方案，但总有头痛医头脚痛医脚之嫌。实践使工贸认识到，规范管理是中国商业企业管理的必由之路，它跳出了过分强调管理服从经营的片面性，打开了经营立足于管理的新思路。如果说企业是一部机器，要使其高效、协调地运转，就必须有对企业的经营、服务、管理等活动全面用标准和程序实行控制的规范管理。然而认识规范难，养成规范则更难，你看——

"同志，这说明上的洋码码讲啥哩？"

"我要知道还站柜台吗！"

"同志，这料子缩水厉害吗？"

"问经理去！"

这架差不多该吵起来了，即便吵不起来，顾客也淡了购买的欲望。批评处罚，强化服务管理，也不是一蹴而就的事：

"你好，请，谢谢……"

"咯咯咯……"

"嘻嘻嘻……"

"哈哈哈……"

不习惯。就像我们一些人进了公共场所，烟缸、痰盂明明在眼前偏是往地上扔朝墙角吐一样。

"再难也要坚持。规范管理这辆车我们迟早要上，早一日下决心，就早一日彻底走出传统经营管理的老路。"郭桂勋和领导集团的成员们不厌其烦地在各种场合上讲。

氛围是重要的。领导集团率先垂范，吕继贵在没接任总经理之前，几乎天天早到半个小时站在百货大楼门口逼着营业员练礼貌用语。坚持了数年的全体职工做早操是临汾人有目共睹的。坚持了数年的营业员分等级管理已改变了职工的心态。按规范好好干，能拿上副总经理甚至总经理的工资，闹不好就要内部待业。没文化吃不开了，工余时间努力学，争取挤进每年工贸文化知识考试的前几名，好脱产或半脱产到高校深造。时下，20%多达到中专以上文化程度的职工正挑起工贸的大梁。几年过去了，规范管理的全面试行，造就了工贸人，也造就了工贸的效益。以占工贸经营额60%的百货大楼为例，1990、1991年连续两年各项指标达到了国家二级企业标准，其中，人均劳效、人均贡献、百元资金利润率等项指标，均居全省同行业领先地位。最近上海市出台的商业规范管理十项指标中，有七项与工贸的规范管理相近。

但郭桂勋也感到了新的挠头。他对我们说："过去在职工面前讲话，随便抡一排子还觉得不错；现在不行了，每次讲话都得下不少工夫，有时还得请你们政策研究室的同志们整理，要么职工面前真交不了帐啊。"

好一个否定之否定。

然而工贸的一些好玩艺如"营业员分等级管理"并未得到有关部门的首肯。郭桂勋倒不在乎，承认不承认都无所谓，重要的是这种办法有效就行。笔者却想，等上边给政策、等上边承认某种措施才吃得好睡得香的心态算不算是一种误区呢？

因此，机遇的获得更应该属于那些不唯书、不唯上只唯实的人们。

在我们的同志到太原五一百货大楼寻取柜组承包经验的时候，那本涵盖了临汾市百货大楼柜组承包实践的《零售商业企业管理规范》一书已在二校之中了。早在1986年工贸就开始实行了柜组承包，工贸同志为此曾到东北等地也到过太原五一大楼考察。当时五一大楼的同志听了工贸柜组承包的情况后，曾为之惊服。笔者在这里没兴趣为临汾工贸争柜组承包我省第一的头衔，笔者只是痛惜囿于唯书唯上的惰性而失了自信也失了独特。十步之内必有芳草，我们为什么总是重复狗熊掰棒子的寓言呢？我省第一台洗衣机是我们临汾人创造的，但我们在做完把它向党政部门献礼的功课之后，就泥牛入海悄无声息了，后来的长治人却以它推出了誉满海内外的海棠系列。工业企业的承包责任制是我们襄汾人在全国最早之一试行的，外省人拿来补充提高在全国大放异彩，届时，我们一队又一队的人马外出去取原本属于自己的真经。商品的价值在于它的独特，市场经济的独特也在于你无我有，你有我精，这又岂止是一种商品的问题呢？

有一万个商店就该有一万个独特。

机遇。太过沉重的我们。

> 与其被动地对待萧条，不如积极地迎接繁荣，
> 在扑朔迷离瞬息万变的市场竞争中跌打了几
> 年的郭桂勋似乎更真切地领悟到市场的真谛

1990年初秋，平阳古城笼罩在一片成熟的浓绿之中。工贸中心全体科室人员全力以赴，筹措着自办的全国工商联谊会，忙碌的身影为整饬一新的百货大楼更平添了鲜活的气息。开幕致辞，工商联谊协议书，接站送站，住宿参观，交谊舞，自编自演的文艺节目，甚至连某厂长是回民的细节也检点后，总经理郭桂勋仍有些不踏实。

产品滞销，限产压库，紧缩银根。厂家愁眉不展地应付着"严冬季节"，即便握有俏货的厂家也难逃冷淡的侵袭，一失了往日的神秘和诱人；消费者尽扫抢购的恐慌，像个见多识广的大亨，在五光十色的

工业品面前挑剔流连，就是不肯打开腰包；商业企业，这个连接生产者和消费者的通道，此刻也如踩独木似履薄冰。经济在又一次失调的冲动后规律地滑向萧条。1989、1990 年市场疲软的阴影无情地笼罩着经济生活，在临汾地区尤是如此。这时的工贸却"冷"中得"热"，脚底生风，接连采取两宗一反常规的举动。

1989 年下半年，郭桂勋派出 40 多个小组，分赴华东、中原、西南、东北等地的 40 多个厂家走访，攀亲结友广开货源基地。今非昔比一时被冷落的厂家们为之大动："倒灶的时候见真情哩。"厂家们纷纷让利供货，连平时根本挤不进去的天津自行车厂也一次让利 4%，供给工贸 8 个车皮价值 300 万元的飞鸽自行车。这一年，工贸销售和盈利达到历史最高年，分别比上年提高 18% 和 13%。而后，郭桂勋和他的伙伴们又紧锣密鼓地筹划了全国厂商联谊会。

36 封发往厂家的请柬是送出去了，届时能来几多呢？以临汾工贸这个在全国知名度很低的小企业能请动那些平时想都不敢想的大厂家吗？商业为厂家办洽谈会，反客为主，全国的情况不清楚但这在我省是绝无仅有的先例，开得起来吗？其时的工贸，许多人都为此嘀嘀咕咕，不安的情绪更让郭桂勋想起不少往事。

1985 年，刚开张不久的工贸中心为寻求货源饱尝了碰壁的难堪：

"临汾市？没听说过。"厂家不屑一顾，往往在传达室那里就遭到了赶鸭般轰撵。

"工贸中心？"厂家一脸的狐疑。那时各种名堂的中心遍地开花，皮包公司坑害厂家的事情时有发生，被拒之门外也在情理之中。

声誉与信任，这是多少经商者梦寐以求的买卖关系。郭桂勋独辟蹊径，借梯子上房，他聘请了地委政研室的同志编撰了《奋进中的工贸中心》的小册子，印有"中共临汾地委政研室编"字样的小书，像个庄严的"路条"，在"戒备森严"的厂家中竟闯出个眉目来。而这期间又几多酸甜苦辣的煎熬，几多风餐露宿的恓惶呢？

张民这个能黏的小伙子，现在是百货大楼服装部的经理，当初只是个营业员。1987年春上，他回家见老父亲从北京买了一套四季中山装，衣服款式新颖，做工考究，价格适中。有头脑的张民立即把衣服的商标扯下来，得到经理允许后，连夜闯到了红都服装厂。又是不屑一顾，又是拒之门外，拿出"路条"也不灵了。张民不灰心，工人上班他也上班，人家开会他抢着打水，跟在管供销人员的屁股后边扔了几箩筐的好话。厂领导感动了，说："发30套试销一下吧，但要现货交易。"衣服回来后，张民一天一个电话打到北京厂家报告销售抢手的情况。"嗨，这小小的临汾满有市场嘛。"厂家来了兴趣，第二批服装发来了，一批又一批服装发来了，这一年服装部经营额达300万元，北京红都服装厂也成了临汾工贸的一个货源基地。还是这个张民，还是同样的黏劲，打通了上海服装厂，凭着良好的信誉，使工贸成为该厂给零售企业供货超百万元的全国十家企业之一。

"张民，工贸有多少个张民啊。"郭桂勋苦楚中浮上缕缕欣慰。

商品走俏时抓住厂家不放，靠信誉打开进货的大门；厂家处于低谷不嫌不弃，真诚地伸出友谊之手，更培育了工贸良好的企业声誉。北京第二酿造厂是工贸长期供货厂家之一，该厂技改需资金5万元，向工贸求援，他们立即拨款援助；由工贸推销产品的洪洞甘亭纸厂，一度发不出工资，工贸得知后即拨给15万元代为周转。一次次雪中送炭，一回回真诚援助，使当初疑虑的厂家逐渐成为工贸在市场竞争中扬帆远航的双桨。"临汾工贸最讲信用，跟你们打交道生意做得长远。"郭桂勋不止一次听到厂家们的赞誉。

此时的郭桂勋似乎想得更多也更远。他想到，产销分割是旧的流通体制的最大弊端，当市场的大门打开之后，越来越多的厂家关注了流通，商业企业也把触角伸到了生产领域，这种双向的开拓是商品经济的必然，也是商品经济开放本质的应有之义，联系才是市场的灵魂。而今的厂商联谊会，正是努力开辟一条互为基地、互惠互利、共担风险、共同发展的合作式、互补型的工商联营产销一体的新路子。对此，早起步，早适应，早获益。眼下的萧条是暂时的，与其被动地对待萧条，不如积极地迎接繁荣。在扑朔迷离瞬息万变的市场竞争中跌打了几年的郭桂勋，似乎更真切地领悟到市场的真谛，他略显不安的心坚定了起来。

殚精竭虑的策谋，透明如水的诚心，使工贸赢得了空前的声誉。1990 年 9 月 9 日，工贸中心开业六周年的时候，广东龙啤实业公司、天津自行车厂、北京服装厂、西安纺织厂、杭州华日电冰箱厂等全国 27 个厂家应邀参加了厂商联谊会，来得且大多是厂长或副厂长，规格和层次是工贸所没有想到的。

"本该由我们开的会，却让你们破费，真是雪中送炭呀。"到会的厂家几乎异口同声地说。

北京茶厂的厂长握着郭桂勋的手说："你帮我们开阔了视野，棋高一着，棋高一着啊。"

武汉中德啤酒厂的西德老板贝克派他的一个副厂长参加了联谊会，并转告郭桂勋：工贸是我们在中国除上海之外的第二家朋友。翌日又拍来电报称："工贸是我们信得过的朋友。"

以后的事情就可想而知了。1990 年在市场疲软的情况下，工贸销售和利税稳中有升，分别比上年提高 7%、10%、10%。在市场转旺的今天，工贸凭着与全国 24 省市的 840 多个货源基地兄弟般地联系，名优新潮的拳头商品及时不断地涌进临汾。去年 5 月郭桂勋到北京、天津等地跑了一圈，所到之处有求必应，不但专车接送，厂家们还抽空陪陪哩。让郭桂勋更开心的是，参加工贸联谊会的厂家也都仿效工贸的形式，把触角更多地伸进了商业企业。"哎呀，我们的文字水平不如你们，自编自演的节目也差着行事。"石家庄明星摩托车厂的厂长跟郭桂勋谦虚，郭桂勋能不开心吗。

说到市场法则和市场机制的运用，郭桂勋似乎更为开心：瘦田没人耕，耕着有人争；贵上极则反贱，贱下极则反贵；凡事预则立，不预则废；东方不亮西方亮，黑了北方有南方；货卖堆山，要精要全；特色诱人喜，出奇能制胜；微笑暖人心，诚招天下客……真像平阳街头咧嘴的石榴，一颗又一颗的晶莹，郭桂勋说来如数家珍点面结合，笔者也颇感兴味，更为感慨的是听了郭桂勋如下的话：

"老实说，在工贸干一年学到的，顶我在商业局干几年。当时连商业普通报表也看得日日糊糊的，我都纳闷儿，那时是咋个指导工作哩？"

"以其昏昏使人昭昭是不行的。"我们突然想到了这句业已掉了牙的老话。

红灯绿灯放权松绑别马腿担子炮， 在一切表明是顺理成章又略显无 序的经济生活中，郭桂勋苦苦挣扎

笔者有幸参加过两次临汾地区企业家座谈会，一个突出的感觉是，我们企业家的怨气重了些，诸如抱怨政策给得不具体，资金短缺，外部环境不宽松，各种名义的摊派和检查压得企业喘不过气来，谁都可以"将"企业一下子，企业好时争着"扶持"，直扶持得"挺了尸"

方撒手而去，扔下一大堆的指责，如此等等不一而足。我们问郭桂勋对此怎么看。

郭桂勋大眼睛瞄了一会了，又把话题扔回来："你们咋看哩？"

"作为企业家，好像还未走出政府怀抱的'阴影'，眼睛向内，自我生存的意识不够吧。"

郭桂勋未置可否，他迂回地讲了这样两件事：

1985年，工贸在北京进了一批价值7.3万元的英格表，它一下给工贸盈利1.9万元。按工贸新出台的分配方案，有关人员应得3700元的奖金。工贸内部有人告了状，惊动了中商部两次来人调查，态度激烈，置企业分配政策于不顾，一口咬住这是非法收入，非逼郭桂勋交出得钱人员的名单不可。郭桂勋壮足了胆回答："只要是正当的有利于企业盈利的办法我们都可以一试，分配办法既然实施就要言而有信，怎么能朝令夕改。属于违反财经纪律的事我负责，但名单不能给。"这种事放在今天不算什么，可在当时却也闹得翻江倒海的，事后郭桂勋心里也"扑通扑通"地怕。

1990年春上的一天，来工贸的一个卫生检查团在综合门市部临街的窗台上摸了一把，以有土为名罚工贸500元，不给就要封门，盖有某某机构鲜红大印的封条剑似的横在这些人手里。此时的郭桂勋磨炼得颇有些道行了："人民大会堂临街的窗台上也有土。罚我500元，根据呢？没根据，你们谁也别想走。"围观的群众也骂："这不是榨油水是啥哩！"这天上午，郭桂勋的全部精力都耗在捍卫企业500元的利益上了。

类似的事情时有发生，郭桂勋也见怪不惊了。他对我们说："企业办件事抬腿动脚麻烦特多，难得难着哩。外部条件不宽松，厂长经理有气无处放，鼓鼓的，见了地市领导也就难免发牢骚了，不对他们发又对谁去发呢? 不过, 我很少发牢骚, 解决不了问题, 徒劳伤神, 何苦呢。既然拽着头发离不了大地, 不如面对现实蹬着走。"

不过, 伤神的事决不因了郭桂勋的超然而做君子谦, 1992 年元月 11 日, 我们亲眼目睹了郭桂勋的焦头烂额。这天下午, 某执法部门以经营手续不全为名扣了工贸百货大楼经销的价值 3000 元的挂历, 且说上边有规定, 只准新华书店经营挂历。工贸经营此类商品有 7 年之久了, 从未被通知不准经营, 刚刚上任的总经理吕继贵前去交涉, 让他们拿出通知来, 却又没有, 还扬言要"铐"了吕经理, 吕经理当然不是纸糊的, 说: "你铐吧。"执法人员终不敢动。郭桂勋这通忙乎, 市委宣传部说, 只要不是黄色的就可以卖。工贸是市双文明单位, 省先进集体, 借郭桂勋他们几个胆也不敢做那缺德的营生。再说黄色的标准是啥? 几个大美人露半截白大腿, 尽管是天寒地冻的季节, 可人家不怕冷你管得着吗。私人经营挂历没人问津, 公家经营偏有人管, 临汾市销售挂历的摊点差不多都是这么几种, 谁又去"规定"他们呢? 某执法人员说不允许搞批发, 就是说可以零售了, 工贸正是零售挂历, 而工商局批的营业执照上明明写着文化用品是批发兼零售。你说往哪讲理去? 见此, 古道热肠的我们也不知天高地厚地跑工商局找熟人, 瞎忙乎了一通, 屁事不管。其实挂历风波的背景也简单, 工贸经营灵活且价格便宜, 挤了某家的生意, 于是执法人员便出来"执法"了。一执法人发狠地踩踩着地上的挂历, 话也汹汹地不可一世地泼出来: "我就不信治不了你工贸!"

怎么老想着治企业?!

此刻, 我们为对企业家们牢骚抱怨的"感觉"深为愧疚了, 如果说厂长经理们驾驭市场经济的能力还显生疏的话, 那么我们的政府职能部门在经济生活面前又转变了多少职能呢? 红灯绿灯放权松绑别马腿担子炮，在一切都表明是顺理成章而又略显无序的经济生活中，我们的企业家不正在艰难地挣扎吗。郭桂勋和他的伙伴们也同样在这不尽如人意的环境里，带领工贸 600 多名职工开创了他们为之自豪的业绩。

郭桂勋今年 59 岁，五大三粗，微胖，衣着严谨，温文尔雅，只是大眼睛的间或一轮让人觉得精明中透着韧劲，和我们早先在电影上、小说里认识的奸商对不上号。他患有严重的哮喘症，在我们无休止的问题中气喘吁吁，能真切地听到喉喽喉喽的鸣叫，直让人想到火车出站时的铿锵与吃力，更像是爬山。是的，无论是应付内部的还是外部的事情，郭桂勋都有如爬山。

结束这篇文章的时候，又得知工贸引入股份制，建设西营业大楼，向上级要了 7 条政策，想使工贸中心成为规模更大、功能更全、机制更活的新型集团企业。准备筹措资金 2500 万元，盖 15 层的大楼，为此郭桂勋已赴北京请建筑专家了。15 层的股份大楼，无疑是眼下临汾的摩天大厦了。"北达幽并，南通秦蜀，西控河汾，东临雷霍"的鼓楼曾毁于战火，今天在临汾人民的眷顾下重新昂起了它的头颅；15 层股份大楼也将在临汾人民渴求开拓的热情中拔地而起。修复的不仅仅是封闭的古老文化，建构的也不仅仅是原装的西方文明，它该是这片热土上本该收获的挺拔的思想。

突破，永远是获得新的平衡的契机。

写于 1992 年 6 月
——载《决策参考》1992 年第 4 期

一群大雁往南飞

（1993 年 3 月 27 日）

和老田约好去山西省临汾地区统计局抓两材料的，这个局的工作早有耳闻，似乎是个万能典型，统计工作是全国的先进，1989 年获山西省劳动竞赛集体二等功，年报综合评比连续 9 年在我省地市局中名列前茅，法制建设、干部教育、计算机数据处理、岗位责任制、党建、思想政治工作、计划生育、连文体活动也是先进，十几年来获地区级以上的奖励大大小小竟有 287 个之多，其中省级以上占 80% 多。我估摸，在这个单位谋生是够累的。统计局也是清水衙门，据说要往这儿钻的人特多。前些年，条件优越的地区轻工局想从这里要个统计员，局领导动员了好几个年轻人"攀高枝"，竟没有一个舍得离去的。对门的地区财政局该是个抢手的单位吧，为了工作上的方便，他们想跟统计局调换个司机，也是没人愿意去。时下机构改革叫得挺凶，机关干部思想浮动，工作纪律可以说是建国以来最松弛的时期，统计局居然能坚持每天签到和做早操，听来像世外桃源。

人说，局长黄耀轩啥工作都要争第一。

（1993 年 3 月 28 日）

几天没上街，陡见路两旁的柳树都暴芽了，一片淡淡的新绿漾在春风里，心头蓦然涌上一股甜暖，下意识仰望，希盼在灰蓝的天幕下看见北归的雁阵。"秋天来了，天气凉了，一群大雁往南飞……"耳际仿佛响起儿时稚嫩的读书声。目下春光融融，南雁该北归了，但北方的天空里却是越来越不易听到整肃的雁阵播下舒展的鸣唱了。大雁都打绝了，还是自然环境被破坏得使它们无意逗留了？万物同源，人与自然、人与人之间就非得一如磨道里的瞎驴盲目地搅动唇齿的碾压吗？也许奥地利学者洛伦兹《攻击与人性》中的分析当为彻底和精辟了？有人呼唤爱心，爱心是呼唤来的吗？心灵的机制该是人间一切机制的内核吧……一个时髦女郎飘过我身边，留下的芳香挤了我的瞎琢磨。但我笑了，我得到了文章的题目，为什么也说不大清，感觉应是这么个题目，管它呢，先安上再说。

（1993 年 3 月 29 日）

八点刚过老田就打电话催了，真懒得起床，想起在某县工作时，一个乡干部午睡到四点多醒来，伸着懒腰发感慨：还是社会主义好呀，我便笑跑了困意，统计局居然每天做早操，想来就让我摇头。改革包括改进工作作风，一个比一个叫得响，真要改到自己的头上，怕是谁也本能地抵触了，这大概就是人的惰性吧，且看黄耀轩是如何"一统天下"的。

巴掌大的小院闹中取静，原也平淡无奇，只是建筑面积近千平米的三层独家办公楼着实让人妒羡得牙痒痒的。要知道，地区一级的统计局有此境况的，这在全国也只三家，在我省则是绝无仅有了。我在整洁的楼道里转悠。约摸 60 平米的二楼会议室颇为气派，四周箍一圈灰皮革沙发，装有米黄色壁纸的东西墙上各挂两排奖状，奖状小巧，是经微缩处理的，可见主人对荣誉的珍视。三楼还有一间略大于此的会议室兼游艺室。10 个科室、60 多口人置身如此舒适的环境里办公，实在是件很惬意的事。计算机房漂亮而静雅，18 台微机的拥有更构成了他们办公现代化的基础。站在二楼阳台上，可见他们的宿舍楼，不由想起地委机关分房时的各种值得同情的闹剧。局里现有大小三部汽车，最多时达 5 部，工作生活条件如是，难怪人们要往这里钻呢。

想吸支烟，北门窗上"无烟会议室"的大字豁然在目，我就干咽了口唾液，且微微感到环境对人的塑造力了。

黄耀轩和颜悦色侃侃而谈，老田满天撒网去粗取精，我想抓住黄耀轩工作的窍儿所在，在亟待改革的机关体制下，他们是何以活泼泼地展开工作的。

有人说重要的是钱，我也略有同感。

办公楼及其现代化的办公设备、局里有限的个人集资筹建的宿舍楼，国家和地方先后给他们投资 200 多万元，真可谓"皇恩浩荡"恩宠有加了。凭啥？

首先是出色的工作了。

在 253 个专业性获奖证书面前，即便挑剔的我也只有叹服的份了。熟悉三门外语、去年从日本学习回来的副局长余文铮说："我们的统计方法不比日本差，有些方面甚至超过他们，只是手段、设备赶不上人家。"这话大可作为累累硕果的佐证了。

且整理的详细些。为了给领导决策做好服务，他们编制了《统计月报》、《经济分析》、《统计快报》等 8 种内部刊物；1988 年开展的《临汾地区 l987 年投入产出模型编制及应用》研究，首次揭示了全区物质生产方面的一些重大问题，经国家鉴定达到国内先进水平；《临汾四十年巨变》、《"七五"临汾经济》、《统计分析指南》、《临汾乡镇经济》等书籍的出版发行，为领导决策、管理提供了科学的依据；去年地委行署在太原、北京召开的"临汾地区经济上台阶座谈会"上，他们编撰的几本书作为最有价值的礼品分赠给客人，他们凭整体素质和实绩赢得了声誉。当时的地委书记王民说："统计局提供的材料我每期必看，对我指导工作帮助很大。"这在各种报表、文件成灾的今天，能让领导每期留意，委实是件难得的殊荣了。

于是领导青眼有加，格外"施恩"，解决些实际问题也是在情在理的。

却又不尽然。

实际上，领导不支持哪个部门的工作呢？人才济济甚至成果颇丰的也不止统计局一家，但最终所获"实利"及其知名度，却是远逊于统计局，这是为什么？

积极主动地推销自己，见"利"就争，这也许是黄耀轩工作的窍中之窍了。我这样认为。

原行署专员杨增杰在瑞典出访时，费了很大的劲儿才允许进入一家老板的办公室，见其墙上贴满各种动态图表，杨专员对以此管理企业的办法大为赞赏，回来后即交行署某部门仿制，但没搞成。黄耀轩见缝插针："我们来搞"。不久，多幅全区各县市经济生产主要指标动态图便挂在专员的办公室里，专员如获至宝。黄耀轩如是地推销自己的工作，怎么不格外"受宠"。

一台微机 3 万元，黄耀轩在国家统计局磨 1 万，在省统计局磨 1

万，还差1万这机子便到不了手。于是在管财的领导跟前不厌其烦：当今社会是信息社会，统计局是信息工作的主体，现代化的手段迫切需要加强；没有这1万，那2万也就泡汤了……黄耀轩直言不讳地称此为钓鱼。单钓、双钓、几杆子一齐钓，名堂还不少。

黄耀轩也不爱向上开口，但为了有个好的工作生活环境他不得不勉为其难了。每逢需上边支持的大事，他便绞尽脑汁，理出种种方案，步步为营，处处设防，一句话，要设法打动领导的心，不达目的绝不罢休。

"也不好钓吧？"我问。

"和尚化缘，沿街乞讨，比吃屎还难。"黄耀轩一脸的难色和委屈。

"那又何必呢？"

"该要就得要，不要就办不成事。"

我拍案叫绝。

不知如此记录会不会使黄耀轩遭到误解，黄耀轩也一再叮咛，没有领导的支持，统计局不会有今天。我说你的意思我明白，我只是想到了时下令人眼花缭乱的广告大战。

其实机关工作也一如工厂生产的商品，打出去不仅靠质优，更靠宣传，让人觉得你有用，让"有用"发挥到极致。更想到把我们逼到贫困边缘的富裕地区，他们就比我们聪明多少吗？他们又确实比我们聪明得多。改革开放以来，我们从上边要回多少优惠政策，引回多少得以大发展的资金？正像人们都想往统计局钻，首要的是看中了这里优越的工作生活环境一样，我们不太多的资金流向富裕地区也是利益使然。统计局也曾在逼仄的办公条件下艰苦奋斗，他们的职工也曾为两间住房被人打得钻进床底只露半截屁股，远说不上"近水楼台"的统计局的今非昔比，无论如何是有了凝聚力和向心力赖以存在的物质基础。谁不希望有个能给本部门争得利益的上司呢。黄耀轩如果是县委书记什么的，那他给一方土地争得的利益该润泽多远呢？泛泛地表彰好人好事没劲，我也确实从黄耀轩的行为中看到他攻关的才能和开阔的思路。黄耀轩是正派人，但绝不是传统意义上的老实人。

这个黄耀轩真够邪门的。

然而，能给本部门争得利益的也未必能成就其德，黄耀轩内外呼声甚高，想必还有他的过人之处。

黄耀轩祖籍万荣，今年 62 岁，因尚未选定合适的局长人选，他已"超期服役"两年了。好在有他在，统计局便"财源滚滚"，不会"吃亏"，人们倒是巴望他继续留任呢。

（又记）忘了询问黄耀轩在"争利"过程中的具体心态，想来当是洒脱而毅然的。把上级视为可敬的正常人，那他在下属面前必有个豁达宽容的长者风范；在领导面前骨子里卑怯，在下属面前必是个悭吝而骄矜的主儿。这是我的理论，屡试不爽的。

明天验证一下。

（1993 年 3 月 30 日）

上午猛睡，下午统计局郝永昌来编辑部。小郝是个干将，人情却也达练。在我对黄耀轩一串挑剔的提问下，他讲了许多小事情，且动情地说，跟黄局长干，心情特别舒畅。

快过年了，马路上装满各种年货的大小车辆耗子般到处乱窜，这是打点有关部门的黄金时期，司空见惯，无所谓对错了。却说统计局的五十铃客货车也窜得欢，那是给局里的同志们采办年货。大年前后，一般的部门哪个不是优哉游哉个把月才进入角色，统计局可不行，统计信息像铁轨上跑的火车，甭管是客运还是货运，不正点到站非出乱子不可。统计工作忙到大年三十，甚至在一片拜年声中写写算算，鸣和着鞭炮声敲响微机键盘，这都是寻常事。黄耀轩们能不送温暖不解决后顾之忧吗？

计算站的张三铃结婚没房，当时统计局的宿舍楼正在建设中。其爱人的单位答应给她一间地下室暂住，但也有争议，眼看要泡汤，张三铃急得火上房。黄耀轩得知后亲自找有关领导疏通。人家让立字为凭，小意思，拿纸来："先占用你们的地下室，待宿舍楼建成后即搬。"黄耀轩不怕丢面子。

副局长余文铮是咋了，参加会议时蔫蔫的。黄耀轩晚上到余家，文铮妻说，三天没好好吃饭了，头烫得很。黄耀轩就感到很内疚，二话没说忙去找车，恰好司机不在，又趸回来用自行车驮着文铮直奔王医生家。医生也不在，打发人四处找，直招呼到文铮打了针拿了药送回家黄耀轩才放心。

宿舍楼的楼道灯又坏了，黄耀轩颠颠地找来电工，拧在电工的屁股后边一个一个都换妥。还是不称心，想起去太原时在女儿宿舍楼见到的自控灯，心里巴巴地记着，后果然让他买着换上了。

这类小事很多，不记也罢，一般的好头儿也大都做得来。下面两件事特别得很，我都不知是褒还是贬。

原副局长王正德去年就到退的线了，老王身体健康，群众关系好，对统计事业及其荣誉格外钟情，他还想在统计局效力。黄耀轩也是到线的人，他曾多次向地委领导请求赶快选人顶替他的位子。但对老王的要求十分理解，黄耀轩跑地委组织部游说，尽心尽力。王正德现下仍在统计局，虽没职务黄耀轩照样给他分工。老王屁股后边便安了马达，干得一股劲。

去年 8 月 4 日，统计局的丰田车在下乡回临的路上撞坏了，事故责任主要在司机，黄耀轩急成热锅上的蚂蚁。司机小丁平时工作勤勤恳恳爱车如命，这次车祸弄不好要判个一年半载的。监期好过，影响难除，会断送小伙子的大好前程。黄耀轩专门召开局办公会议，还把小丁的父亲请来商量，多次跑有关部门，司机终免予刑事追究。

和盘托出这两码事合不合时宜？再说也犯写先进人物之大忌，好家伙，都学了黄耀轩，该退的不退，该判的不判，这世道不就乱套了。应当相信读者的判断能力，不忍割舍这两件事，实在是它太能体现黄耀轩的人情味了，大合我的胃口，让我感动。世态炎凉，人情似水，这在商品经济日益发达的今天日渐其盛，黄耀轩之所为，难得。

来点轻松的。黄耀轩活泼好动，正经一个老小伙儿、一个社会活动家，有临汾地区体育舞蹈协会常委、地区台球协会名誉主席、地区残疾人体育协会顾问等名头。最喜跳舞，有人建议我清早到三中操场看热闹，音乐中一群男女老少七歪八扭点头送胯，氛围热烈，乐子大了。那组织者便是黄耀轩了。

统计局年轻人占到 80%，黄耀轩的活跃正中他们下怀。自办文艺节目，与临汾市统计局联办，你出一个我来一个，哄堂大笑红红火火，常像过大年。起初学跳舞，不少人不敢下场，怕丢人，黄耀轩一马当先，把老伴也拉上，快慢三、快慢四、拉丁舞、迪斯科、探戈、伦巴，满场飞。假如地区设跳舞比赛奖，统计局参与的人数和水准，大概也能拿个第一。黄耀轩几乎不允许你不活泼，或者说他的激情感染的你不得不活泼。学跳舞有快有慢，没关系，分快慢班，师傅带徒弟，一帮一一对红；满屋子通知："再过半个月搞跳舞比赛呀，要评出十佳十差，你们都给我小心着点。"如今已学了五套迪斯科，还当真评比过几次。

这个黄耀轩呀，真有点万荣精神。

(1993 年 3 月 31 日)

下午抽空和黄耀轩等小坐，没谈成样子。

副局长李永祥跟我讲，黄耀轩爱才，真心地爱，像父亲对子女那样要你成龙成凤。在局里只要你肯学习、努力干，他就给你压担子，让你独当一面，还千方百计为你创造条件。就说小郝吧，因为写作勤奋略有小成，先后三次被送到黄山、昆明等地参加全国高中级秘书培训班。局里每年都从事业费里拿出 20% 用于外出培训，几年来统计局先后有 28 人得到这种机会。外出学习的个个都是凭真本事干出点道道来的。

想起第一天采访时，黄耀轩讲到过有个叫王国强的，是社财科的副科长。有段时间，他一天到晚总是低头走路，心事重重的样子，直到他的业务分析报告在省里拿了第一名才大喘气："争不得第一我在统计局都抬不起头来。"当时我还不大相信，我也算是个写材料的，文章能有地方发出来就高兴得屁颠屁颠的，从未奢望过得奖，王国强竟是不拿第一都不作数，好高的要求！统计局每年的统计分析报告都在省里拿第一，有王国强这样争强好胜的后生们当是不虚了。

搞统计黄耀轩不是科班出身，他曾对我直言："我的两个副局长和局长助理，业务水平都比我高，甚至有些科长也比我强，我高兴，他们越能干我便越轻松。我重在服务，打打下手，向上要钱要物。"

爱惜人才，不忌讳下属超过自己，当是领导者必备的风范，也着实是难得的品德。但我不以为然，我不喜欢伯乐，时代早就不该要伯乐了，伯乐一犯小性，谁拿他也没办法，真要的话，伯乐该是一套遴选人才的机制。

（1993 年 4 月 1 日）

快凌晨三点了，窗外的风已渐平息，楼下的狗偶尔几声狂吠，礼花般打破夜的静寂，又仿佛钉子钻进空中挂了人们熟睡的面孔。

想起在太原时参加省委宣传部组织的一次竞聘，那时是自我感觉良好地抢了一排子施政纲领的，而后就被连珠炮似的提问轰懵了。尴尬中听的一个平缓的提问："你认为宋江如何？"我那时是恭敬地望着评委的。读水浒长大的，这呼保义宋江的故事是蛮清的，现时的意义是啥？那阵子强调思想政治工作，时髦对话。我想，梁山好汉们如果是一部推动历史前进的机具的话，那宋江的理解人、关心人、爱护人、尊重人的义举便有如润滑剂，大大加速了那机具的有效运转。打破历史界限，宋江该是位优秀的思想政治工作者了，我双手赞成。但可惜的是，如上的想法是在走下讲台后在心里补充的，当时一如剥皮的场面，特别是连尊严人格都不要的个别评委，令我呆睁着惊惧的心眼，哪来的灵气回答问题呢。却也想到这宋三郎，深刻的鲁迅批判过，毛泽东批判过，是褒是贬颇费踌躇，多言数穷，不如守中，恍兮惚兮中离开了讲台。

但我明白了人们呼唤竞争的肤浅和害怕残酷的生命的深刻。

但那以后我也不大相信什么竞聘了，挂羊头卖狗肉的事太多了。缺乏自尊的人，他在选拔人才的路上能走多远呢？我倒觉得人才更多的不是被发现，而是在逆境中生成的。而逆境中生成的人才往往有太多的偏颇，看淡了爱心。于是生成人才的环境常恶化的出些奴才或狂傲之才。改革给真正人才的脱颖而出创造了条件，而人才的真正脱颖而出也亟待机制的改革。黄耀轩有这个本事吗？

想写黄耀轩，不由联想到那次竞聘，还有宋江。62 岁的黄耀轩是宋江？我哑然笑了，在这静谧的凌晨。我想任何比附都是蹩脚的，黄耀轩也不一定喜欢这个名头，无论如何老黄是不想做山大王的。

但仍执拗地想到宋江，还有那些死心塌地跟着宋江卖命的梁山好汉们。已接触过的几个同志，他们几乎异口同声地讲，跟黄局长干，累得舒畅，忙得有奔头。

平淡淡的赞语，沉甸甸的家常话。想到走过的不少地方，也曾逢场作戏孙子般恭维上司，却实实想不出如是的词来。也许我过于刻薄，要么便是运气不佳了。多少在机关的朋友不止一次地感慨，能碰上个好头儿便是一生最大的幸运了。

黄耀轩是这样的领导吗？感觉告我是的。但问题在于，单单是人品好有多大意义，没有法的建制，任何好的人品都难免滑向人情、滑向堕落。我不止一次地问过黄耀轩，假如你离开统计局，还能保证它仍高效地运转吗？

天都快放亮了，连楼下的狗都不叫了，我还较的哪门子真呢。睡。

（1993 年 4 月 2 日）

下午，统计局二楼会议室。

我说，老黄我不在这谈，这不许抽烟。老黄说，那就破例吧，还扔给我一盒红塔山。老黄不抽烟，活得比谁都在意。爱干净，不允许人们乱扔烟头乱吐痰。跑了一趟文明的新加坡，大动，更感建无烟会议室之必要，遇上我这样的邋遢鬼，却也通融，好习惯不是一蹴而就的，这是他的灵活。

呼啦啦进来一群人，正合我意，我也想尽快结束这近似马拉松式的采访。

局长助理李金柱说：黄爱才，（言下之意他自认是人才。痛快。他是去年地委公开选拔的 30 个副县级之一）不是钱财的财。我是 1982 年从省财院毕业的，来局后搞人口普查，写了个报告，黄很满意。以后不断给我压担子，1985 年初，全国第二次工业普查，黄把这个任务交给我，我有些担心。黄说大胆地干，出了问题我兜着。别小看这句话，我当时很感动，一猛子扎到地区三招，17 天没回家。这是对我锻炼最大的一次。这次普查我们拿了全省金杯奖，事后评国家级的先进个人，我们都认为黄的贡献最大，当然的国家级先进个人人选，但黄还是坚决让我当了。作为领导者没有这种推功揽过的胸襟，下边的人就糟心了。

副局长余文铮说：来统计局十多年，感觉最深的是大家的主观能动性充分地发挥出来了。这不单单是因为领导生活上关心，注意解决大家的后顾之忧，重要的是为大家创造了实现自身价值的好环境。1983 年搞工业年报，黄局长让我具体负责质量控制，当时我来局里才一年多，搞年报的都是在实际工作中干了好几年的老同志，让我负责也确实使一些人心里难以接受。有人就用业务问题试探我，看我水平如何。这是正当的，但我的难处也是明显的。黄局长帮我做了许多人的工作，使我负责的这项工作顺利开展，最后拿了全省第二，在此之前我们的工业年报没拿过名次。1984 年国家统计系统刚刚开始使用计算机，黄局长就派我去福建学习，学成归来后，我想把学到的知识用于年报工作，黄局长也有此意，他跑上跑下搞设备、筹建机房，当年我们就做到用计算机搞年报了。1989 年我任副局长，当时搞第四次人口普查，我想去，黄局长大力支持，也是让我出人头地，当时的主任是王敏秘书长，我是副主任，黄局长幕后跑人财物。这项普查结果被评为全省第一名，统计局也成为全省优秀单位中的第一，人口普查数据处理工作全国先进集体。我觉得，一个人能施展自己的才华，干自己想干的，愉快地干好，干出成果来，得到社会的承认，是十分快意的事。我做到了，我们局里的同志也大多做到了，之所能做到了，是因为我们有一个开明的注重人的价值的好局长。

农业科副科长贾梁林说：黄局长处处以身作则，让人心服口服。比如外出执行公务，事前或事后总要向负责签到的值班人打招呼，有时上午下乡，他也总是把早操做完后才起身。统计局就是黄局长的家，下乡回来，只要不到下班的时间，再累也非得回办公室不可。

综合科副科长崔宇强说：侯马一家企业出月薪1000元聘我也不去（小崔是业务尖子，他搞的"投入产出模型编制及应用研究"获全国统计科研成果奖、省科学技术进步软科学二等奖。"关于我区实现第二步战略目标的思考"一文，成为地区领导制定经济上台阶方案的重要依据），为啥？我觉得人活着光为钱也没趣，还得干点事。想干事要有好环境，这里的环境适合我，凭本事吃饭，不搞论资排辈，我资历浅，但我的科员、助理统计师以及后来的副科长待遇的获得都是破格的。凭关系走门子捞好处在这里没市场，谁的成果多，大家就知道这人该重用了。在这里我觉得有奔头，也锻炼人。

贾梁林又说：86年局里提的一批中层干部中没有我，心里不痛快。没提的是几个资格老但政绩不突出、要么便是表现不咋样的，这是把我跟他们划一堆了。我工作努力，思想进步，好歹也在统计局干5年了。我气呼呼找到黄局长。他近似赌咒地说："把你划类我还是个人吗，我就不配当局长。你自认业务能力比他们强吗？"我无话可说，我搞专业时间不长，还需锻炼。我很后悔跟黄局长发火，也担心他从此对我有看法。事实表明我又错了，88 年我凭实绩提为副科长。

（黄耀轩进来，我抓紧时间提问题。）他回答说：人都有上进心，人的积极性不是调动的问题，而是要把大家的心劲引导到凭本事靠实绩的轨道上来，这就靠一系列的制度及其严格地执行，（他递给我"我们是怎样治理衙门病的"一文，这里不记。）我们连分房也看实绩。你曾问过我退了之后统计局还能像现在这样吗，我觉得行，甚至更好，因为我们有了一套较为公平合理的激人奋进的制度，还有传统。

我觉得关心人、爱护人、理解人、尊重人，最重要的是尊重人，不把人看成人，用玩人的心态管人，还自鸣得意，那是一种病。我从不认为大家努力工作是为我干，有些同志有这种想法我就很痛心。你为你自己干，为事业干。我们搞的一套岗位责任制，说到底是尊重人的制度。干好干坏一个样，那才是不尊重人哩。

讲件小事不知有用没用。前年全国在哈尔滨搞统计信息业务培训，晚上办舞会，西安的一女记者翩翩走来说，听说你跳得不错，走一场。我说互相学习吧。一场下来，她说，跟你跳舞是最好的享受。我也高兴，我们跳舞大都是男的带女的，我带她但更让她带我。其实工作也是如此。（我说太棒了，这个细节挺值钱。）

一局之长处在矛盾焦点上，处理问题的基本方法是与人为善。这么说吧，如果把周围的同志当成自己的兄弟子女；那就什么问题都好办了。比如小孙吧，他是农业科的副科长，88 年他去西安学习两年，因工作需要我们把他免了，安排了别人，事后给他报的社财科副科长，但人事局很长时间没批复。小孙有气，对我说了许多过火的话，早操也不做了，还把老王办公桌的玻璃板拍碎了。小孙的行为过火，也是可以理解的，这对他是件大事，而且他的工作也确实好。人事局迟迟未批复，我也有责任，跑得不够嘛。我找小孙谈心，跑人事局把事办成，小孙气顺了，还向我和老王道了歉。

你说生气的事？这多着呢，但我觉得，生气说明你无能，而且伤身体，于事无补，我也早到了"海涵"的年纪了。说个典型的？好吧。前一段我们缺司机，雇了个临时的。一天他到我办公室说要给他发高薪。我说那不行，局里没这规定。他突然大光其火，指着我鼻子骂我是共产党的败类，不配当局长。这是哪对哪呀。我笑着对他说："你说我是败类，那说明我很优秀，你做得还不够，你该动动手，再动动脚。"他说："你甭来激将法，让我犯罪。"我说："你知道犯罪就按规定办吧。"

（我笑了，全室人都笑了。）

（1993 年 4 月 4 日）

还想就黄耀轩说点什么。

黄耀轩的形象尽可归在事业心强、无私奉献等等类型里，但我却想，他的功成名就，他的魅力，不外乎环境作用其性格而已。黄耀轩是个老统计了，自谦业务水平不如他人，还自称是外行领导内行，其实这都不重要。正如外行能、也不能领导内行一样，内行也有个能与不能的问题，内行整起内行来更内行。因此，重要的是他得心应手地领导了统计局。他在从事工作的时候，不感到有悖于性情，一切都是自自然然顺理成章的。黄耀轩天生是块磁石是一团火，是命中注定的一把手的料，这几乎是学不来的，"君能将将"此所谓也。于是要学黄耀轩，还得认识你自己。我是学不来的，也不想学。

但黄耀轩终给我教益，让我感动。他以他舒展的人格，为全局同志自在奔放地活着垦一片绿洲泻一脉清流，在大家勤奋的劳作中他也收获了自己实现了自己。

（又记）机关大院里叫不出名字的小树爆满了小小的白花，在夕阳的余辉里染成鲜嫩的粉红，有几只不归的飞虫嗡嗡地唱着。我又想抬头寻觅北归的雁阵了，我只是不想失望，我也不应失望，大写的人字在改革的年代不是越来越醒目地凸现在中国蔚蓝的天空吗。

我且沐浴在这博大而辉煌的晚霞里。

写于是 1993 年 4 月

——载《决策参考》1993 年月第 2 期

蓦然回首

中小城市的交通警总让人觉得神经兮兮的,摸不准哪根筋抽了,巴掌大的十字路口上每处就敢戳三四位大汉,虎视眈眈作风森严电棒加大哥大。行至此处的各种车辆和行人,战战兢兢不敢越雷池半步。而或长烟一空各自逍遥,交通警软不塌塌叼支香烟,路中间拉个哥们猛聊,想来也许他在憋屈在烦闷在幽怨,想来也许某个大人物或什么检查团的官员们早打道回府了。红绿灯就醉眼蒙眬,睁一眼闭一眼通融着闯红灯的人,更有骑车带人的好汉,专从警察身边擦过,似拖了油瓶的老鼠勇敢地捋捋猫的胡须。安分守己的便如遭了强奸:"他妈的,敢情遵纪守法都是傻蛋。"那豪气就贯到脚底,"噌"地闯了禁区,但保不准正赶上警察觉悟提高被逮着罚款什么的,这要看运气了。

这现象又让人想到新旧体制转型过程中的某些情形。而那些于四季转换中站在即定路面上认真指挥的交通警们,则令人肃然升起深深的敬意。他们的功业实不亚于任何行政区域的首脑,这不单由于他们的执着保证了交通血脉的畅流,减少了伤亡事故,更在于面对缺少法的传统的强大国民,他们须用生命的血浆去滋润新时代的公民所必须具有那份素质或意识。他们是平凡的战士,他们是战斗的殉道者。任何时代的具有革命意义的转型,少了这如痴如狂的殉道者,那成功是不可想象的。

时代终将分娩属于她的宠儿。

审计是国民经济纳入法制轨道后应时而起的交通警。这比喻多少显得蹩脚，不足以说明远比交通更为复杂的审计行为，但焦点对准了审计最为要紧的真相当大致不错的。

让我们走进山西省临汾地区侯马市商业集团总公司审计科科长苏乃起的生活吧，自1993年4月以来，他为新田饭庄的财务收支审计已是忙得昏天黑地气喘吁吁了。

侯马市商业局审计股关于对商业系统承包经营企业1991年度兑现审计的综合报告（摘要之一）

①我审计股在对10个承包经营企业的兑现审计中，共审计查出违纪违规金额高达8651291元，其中违纪金额3430047元。查出跨年度拖欠的税费及其他财政收入1191425元。有关部门和单位及个人非法借走企业流动资金75万元。查出隐瞒利润的企业有4个，调增利润为279935元；虚增、虚超利润的企业有6个，调减利润为216204元。经审计调整后，完成或超额完成承包合同利润指标的企业有3个；未完成的有5个，年终决算均是虚盈实亏；经财政批准不执行合同的两个企业。

你在侯马地面也算有一号，再厉害也得欠债还钱。苏乃起对老三说。

我说不欠就是不欠，你狗的欠揍哩。老三说着就向苏乃起下了狠手。

鸡飞狗跳鬼哭狼嚎烟雾腾腾，苏乃起头破血流进了医院。医院咋这么脏这么乱。门就"吱"地裂开缝，老三眼神怯怯地看着苏乃起。"这小子怕司法机关追究哩。"苏乃起这么想。

"我欠新田饭庄的钱哩。"

"给准了。"

"给耿××啦。"

苏乃起跳下病床抓住老三，脖子一阵剧痛，"啊"地喊叫起来……

满室灯光，倏尔一阵汽车的轰鸣传来，更衬出夜的静寂。惺忪的目光迈过床旁椅子上散放的纸和笔，又落在杂乱摊开于办公桌的审计宗卷上，苏乃起不觉哑然一笑：刚才是做梦了。

"难道就让耿卡住啦？这人可丢他姥姥家去了。"他活动着酸痛的脖子想。

新田饭庄所属市饮食服务公司，在承包人耿××经营的两年间，内部管理混乱得惊人。既无会计，更无帐册，亏损达9万余元。该公司审计科形同虚设，在此之前的五年中竟未对下属单位完成过一项完整的审计项目。今年4月6日起，苏乃起按总公司指令带三人组成审计组，对饭庄1992年度财务收支情况进行就地审计。

咋审哩？一没帐，二没单据，三者原饭庄的外地临时工早作鸟兽散去；耿又故设障碍，拒不提供合法的原始凭证和有关资料。苏乃起似掉进了迷宫，脑仁都想炸了，四天过去仍无头绪。从88年干审计来，苏乃起审过几多的项目，从未像新田饭庄这么麻缠。"好你个耿××呀，老子不把你审出个水水来，就跟了你的姓！"他悻悻地跳下床。

凌晨三点多了，苏乃起困意尽消，他翻出支香烟夹在鼻下，忽而又揉碎，挑根火柴棒咬着。他想起带他入门的老股长。

"戒老婆也不可戒烟的，男人嘛。"烟瘾颇大尚不知女人味的苏乃起在部队时就常侃他怪怪的烟趣，可一遇老股长便也烟消云散了。烟灰掉在帐本上，烧个窟窿，这原始凭据可就毁了，有些帐簿都是几十年的皇历，又脆又焦，稍不小心就会引起火灾，想干审计就得戒烟。男人嘛，干啥没个狠劲能成？老股长多次训告。苏乃起要当男人就戒烟了，瘾头上来便咬根火柴棒，天知道他咬断多少呢。多好的老股长啊，可惜走了。窗外，稀疏昏黄的路灯衬着点点星光，像内涵丰富的省略号，苏乃起于静寂中又泛上一阵孤独。

五年了，为了干好审计，他几乎长年住办公室，在这里他完成了会计函授的14门课程，通读了《审计学原理》、《内部审计学》、《现代审计学》等大量书刊，眼下正攻着司法部举办的法律大专班函授课程。五年来他核实资金2亿多元，查出违纪违规金额1200多万元，上缴财政730517元，仅去年就通过审计提出合理化建议72条，有34条被采纳。其中3个下属企业400余万元代销商品严重失控问题的及时披露和控制，就可增效益40余万元。多少个节假日苏乃起都给了这办公室，多少个不眠之夜，他一手托着下巴来缓解脖颈引起的疼痛，一手赶写审计报告，困了上床眯一会儿，醒来趴在床上继续干……而得到的又怎样呢？

审计这活计，干得越热火就越意味着人情世故的疏冷，成绩越大便明摆着得罪人越多。审了谁的痛处谁能不叫唤？不提供资料，不提供办公条件，甚至连喝的白开水也得自己带。家的后窗被人黑夜砸破，院内乒乒乓乓扔进许多瓶子等物，最心爱的两条狗也人不知鬼不觉被先后害死。不断地恐吓与侮骂伴随着他，这都好理解，难堪的是，怎么连不沾腥惹臊的人也时常投来异样的眼光，那是可使人变疯的不屑、嘲讽、冷漠、狠辣而又悠闲的眼光啊。诚然，他时时感到来自领导和群众有力的支持，无此，他不会走到今天。然而，他更时时感到来自支持的情绪中，分明有着幸灾乐祸借刀杀人趁风扬沙唯恐没得戏看的黏黏稠稠说不清道不明的杂质。人的眼光怎么变得越发的短浅平庸而卑怯懒散了？为什么对属于自己财产的被侵吞被挪用被流失被糟蹋而表现出惊人的无动于衷呢？什么主人翁，当每个人的经济利益不死死地与其生活着的企业的利益捆在一起的时候，任何政治意义上的主人翁都难免流于空泛。苏乃起于审计中还隐隐有着一种被利用的悲哀，上任伊始的大小头头是支持审计的，有些则巴不得你把问题审清审大，然而一旦自己上手干起来则是另一样的情感和心劲了，这其中的利害得失是不言自明的。

"我该咋呀？人在环境面前是那么的微不足道。"苏乃起咬着火柴棒，狼样地在办公室转悠，他又想起调走的工作严谨的老股长了，他的调走难道不是他对审计的彻悟吗……城市就要醒了，于夜尽昼显之际的侯马也越来越透出骚动不已的呼吸而让人难以捉摸了。苏乃起头痛脖子痛懒得再去想了："去他的吧，是狗就给人把门看好，是兵就把枪扛好，老子干一天审计就不能淡了人味。"他在杂乱的办公室前坐下，理着如何去寻问老三的方案，他不觉笑出声来，梦里破案的故事多了，冥冥之中兴许真有神灵指点哩

1991 年度兑现审计综合报告（摘要之二）

②部分承包人员短期、超短期行为严重。如一个税前还贷单位，仅 91 年度查出违纪违规金额多达 2034253 元，其中有隐瞒、转移租赁柜台收人多达 299007 元，用建造的固定资产等，采用不进帐或少进帐的手法，少提或不提折旧大修理基金，搞掠夺式经营，使企业丧失了后劲。

③偷、漏拖欠税费行为严重。有些企业偷、漏单科税早已远远超过年应纳单科税种 30% 以上。如市××公司偷漏各种税费及其他财政

收入 42626 元，其中偷租赁收入营业税、城建税等达 22635 元，占年应交租赁收入税费总额的 76.14%。这次审计十个企业 91 年底拖欠各种税费等就多达 1191425 元。

④代销商品严重失控。如××百货大楼，代销商品有 1231427 元，大楼内 14 个小组长，每人都有一本代销商品帐，进价不清，销价自定，销完算帐，弊端很多。

"是省长哩还是市长哩忙得你连泡尿都尿不净，不就是个股级吗。人都说家是吃饭的店睡觉的栈你是连栈也不栈了，我也住娘家呀。"

妻不止一次地絮絮叨叨，不止一次地抱怨苏乃起。也是的，自打干了审计，苏乃起对家务更是横草不拿竖草不捏了，挑水、拉煤、买粮、带孩子一拢地由妻一人揽了。房子临街，阴湿气使屋内墙壁的白灰脱落成少屁股没毛的挂坡地，院里铺砖时没顾上修下水道，三年了还是原版面。苏乃起在家也是个说一不二让老婆触头的主儿，常唬着个脸有大老爷们气，这就更使他时时涌上对妻的负疚。妻是少有的贤妻良母。

妻把早饭端来，又惯常地为他按摩脖颈。一天里也就是吃饭的时间能见着他，妻一边按摩一边絮叨："工作悠着点，谁像你那么死性，起码得分个轻重里外吧，把人都得罪完啦，连亲戚都少上门了。"

苏乃起就烦。在外边人说他是二杆子六亲不认不够数，在亲人堆里也是如此，哥和姐就多次说过类似的话。这人怎么都是这么个德行，要堂堂正正地活人，按自己的心性活人，竟是如此的艰难和疲惫，苏乃起常有一种置身泥淖的感觉。

苏乃起的率直和不讲情面也着实令人瞠目。某公司违控购买了两辆小汽车，苏乃起责其尽快处理掉，公司领导派人送来 2000 元通融，苏乃起脸一抹："你要放下钱，我就给你开收据上缴。"92 年审计时发现某门市部主任，利用职权挪用公款 2 万元，苏乃起又是脸一抹依法送交司法机关，任谁说情也不理。省商业厅在 92 年 5 月间，竟超前 8 个月在全省商业系统命名了 18 个 92 年度"明星企业"，还堂而皇之地发了通知，违反常规纯属儿戏。市××百货大楼门前也挂了"明星企业"的招牌，苏乃起上去就把牌子摘了。苏乃起小妹工作的商店因白条顶库的欠款多达 42 万元，小妹也欠着单位 3000 元，苏乃起搞清欠先从小妹开刀："在家我是你哥，在这你是我的当事人，不清欠我就给派出所打电话。"电话筒就操在苏乃起手上。

妻仍在絮叨，苏乃起这饭就吃不下去了。人走惯了直路想走弯道却也不易，此时的苏乃起一如出膛的子弹，总想逮着目标才停止飞行。他惦记着梦里的启示，风风火火走出家门去找老三，一路上翻腾着预想好的几套寻问方案，哪知待见了老三，想了半夜的路数一招一式没使出便跑得无影无踪了——"不欠新田饭庄的钱呀。"

老三一脸诚实的惶惑。

1991 年度兑现审计综合报告（摘要之三）

⑤库存商品帐实不符，白条抵库问题严重。在这次兑现审计中，我们对三个企业分别抽查了四个保管员，他们分管的五种商品中，就发现帐实不符和审计捎着的白条抵库商品多达 1016428 元。

⑥固定资产管理混乱，帐外固定资产严重失控。这次兑现审计查出帐外或推迟进帐的固定资产多达 2742641 元，大都是为了少提或不提折旧、大修理基金，虚增当年利润形成的。

⑦企业结算资产过大，步履艰难。这次兑现审计抽查了七个企业共有结算资产多达 32511617 元，如：侯马××××批发公司，90 年末

帐面有结算资产 12329196 元，实际已超过 1700 万元。企业变成了前任放贷，后任收款，迫使承包经营者不得不让利销售。

这梦还能白做，老三不欠饭庄的钱，不是还有"老四"、"老五"吗，偌大的侯马市就不信翻不出一条线索来。苏乃起的牛劲就源源不竭：

"伙计，正忙啊。"

"干啥哩？"

"闲逛哩。……哎，你们单位去年有没有给新田饭庄结算过饭费？"

"没。有事呀？"

"搞个社会调查哩。"

大海捞针，漫天撒网，苏乃起骑个自行车东扎西撞，像个没头蝇子飞了两天也没沾上腥。他邪火上头，盲目地骑到市区的边际，把自行车扔在一棵树下，随手拔根草茎叼在嘴上。四月，太阳日盛，万物并作。他爆爆地想：就不信比正定的专案审计调查还麻缠。

91 年夏，苏乃起和市审计局的小曹奉命到河北省正定县朱河乡朱河村找一项专案的当事人核实问题。十几个小时的火车来到石家庄，正赶上下大雨，俩人落汤鸡般钻进去正定的公共汽车，而后又马不停蹄赶到离县城 40 里地的朱河乡信用社。小曹困得拾不起个了，头一歪便鼾鼾然了，俄顷惊起，又与苏乃起强打精神把帐查完，怎么进的正定招待所他俩迷迷糊糊的都说不清了。村里不提供情况，找不着当事人，他俩就租了自行车，每天两次往返县城与朱河村之间，一去 40 里，又是土路，哥俩见天短裤背心，一路暴土扬场风吹日晒，整整七天，这期间还赶上两次大雨，真是苦不堪言。当事人闻风遁迹，哥俩就在学校的操场上傻蹲，眼观六路远远地瞄着，似无家可归的乞儿有四天。苏乃起最瞧不上请客送礼了，但没得咒念了，俩人少不得掏自己腰包"贿赂"村治保主任，治保主任就热情地介绍了在派出所工作的翼城乡人，哥俩大喜过望，又掏腰包和老乡拉近乎。老乡真帮忙，到底堵住了一个当事人。此去正定前后半月，腰包掏光了，连房租也付不出，是正定县审计局借他们200元才得以全身而退。此案因种种原因搁浅了，此为后话不提，但它始终影响着苏乃起的心绪，让他切肤地感到依法审计独立办案何其艰难甚或提法的肤浅。

他坐在地埂上，放眼田野，于日光下隐约可见缕缕升腾的地气，农人在忙碌，几头牲口跑进麦田忍着主人的抽打贪婪地吞几口青苗，牛在反刍，晶亮剔透的涎水垂下寸许似纺着绵长的思绪，突地一声驴吼，惊起数群麻雀，扑扑棱棱远去了。苏乃起不免有些伤感，伤感中浮动着郁郁的愤懑。

审计难，内审更难。不仅在于审来审去都是总公司内的那几十苗葱，低头不见抬头见，却又要忽阴忽晴嬉笑怒骂像个变色龙似的让人难堪，拍拍屁股就走的审计总少了这层负担。审计难，还在于审计首先面对的无不是灵魂的审视。面对着养生摄生传统浸透骨髓的民众，面对着绝非屈指可数的以权代法的权力者，苏乃起知道自己将头破血流。有人说审计是衙门口的石狮子，不过是用来吓唬人的，这话又何尝没有道理呢。苏乃起不是共产党员，他要看一看，有多少冒牌货在腐蚀和玷污这圣洁的幽灵。

一头健牛拖着犁铧于休闲的土地上，漂亮的带弧线的牛角顽强地扬起，牛眼似铃，劲努欲出，呼哧带喘。苏乃起心中一动，似抓住了什么。

1991年度兑现审计综合报告（摘要之四）

⑧有些企业财务管理混乱，丧失正常的监督职能。如×××批发公司，为了收回销售款后再计算销售收入，多达301万余元的销货票据长期以压票、抽单结帐的方法处理，使企业的库存商品帐实不符，造成他人用款，企业支付利息。而财务人员还自作聪明地说："你们审计有政策，我们会计都要有对策。"

⑨各种摊派严重。什么教师节、重阳节、警民共建等等名目繁多的摊派都向企业伸手要钱。有些政府部门自知门槛硬，在这个企业借上三万，在那个企业借走五万；到了企业不是吃来就是沾。群众气愤地说；"羊肥了，狼来了，羊没了，狼跑了，企业倒灶了，都也不见了。"

于两天秘密地白忙乎之后，苏乃起鸣锣响鼓地拿上介绍信去调查。外贸、百货、药材、煤建、石油、糖酒副食等十几个单位下来，终于在市政公司查到了线索，由此顺藤摸瓜又查出市人民法院和呈王村装卸队的款项，均转到建设银行某储蓄所耿××的名下。

苏乃起紧锣密鼓去储蓄所核实，出于对用户的保密，对方拒绝查对。苏乃起又找到市审计局局长让其签发了审计外调公函，储方仍是不允。苏乃起像上了套的犟牛，不拉到目的地绝不停蹄，二进宫又把审计局长请来才算通融。由于不能提供存储帐号，电脑吧嗒半天也调不出这几笔款来，但无意间却调出耿××1992年8月公款私存的帐户计万余元。东方不亮西方亮，几天的奔波总算于混沌中见了一丝光亮。苏乃起很是感念那场梦，甚至真的希望和老三交过手。他轻松地活动着酸痛的脖子，突然感到一阵肠鸣，辘辘然如闯过一队马车，抬手看表都下午四点多了，"我到底吃没吃午饭？"他问自己。

侯马市商业局审计股关于暂时停止办理×××同志调动工作手续的通知

市五交化公司：

我股在审计中，发现他人有严重违反财经法纪等行为，并已造成不必要的损失浪费。这与你公司紫金山商店兼职审计员、专职会计×××同志的工作失职有关，并获悉该同志正在办理调动工作手续。为防止国家财产再造成不必要的损失，确保我审计工作的正常进行，根据《审计署关于内部审计工作的规定》、《商业部系统内部审计工作规定》第十条，内部审计机构的主要职权四款"对正在进行的严重违反财经法纪，严重损失浪费行为，做出临时的制止决定"等有关条款之规定，现决定暂时停止办理×××同志调动工作的有关手续。请根据组织原则遵照执行。

特此通知

一九九二年十一月三十日

抄报：市审计局、本局局长

（签章）

抄送：本局政工股

运气来了一脚就踢出个金疙瘩。4月11日晚，苏乃起无意间又听到耿××向法庭起诉该公司法定代表人欠饭费18000元。1992年初夏时节，公司负责人曾责令新田饭庄整顿，让耿交出所有帐据。耿多次推诿不交，公司负责人协同有关人员亲自到饭庄索取，耿称办公桌的钥匙不见了仍拒不交帐，公司防其从中作弊，当着他的面撬开桌子，收走所有帐据和资料。苏乃起想，耿曾一口咬死除公司拿走的帐据外别无它据，既无单据怎么状告公司法人？耿手中握有原始凭据是无疑的。没有线索我四处找，此刻你露了马脚更得抓住不放。转天他会齐审计组 4 人共赴法庭取证。他们要来耿的起诉凭证，把饭费单据逐笔造表制作审计底稿，又逐一由耿和法庭承办人签字，审核金额 24000 多元，竟多出 6000 元来。

"还有没有原始单据？"苏乃起问。

"没有啦！"耿气急败坏。

苏乃起即刻复印外欠饭费明细单，将复印件交给法庭，拉开皮包拿出提前准备好的封条，"唰唰唰"填上日期，原件就地封存，拿回公司入档。

"跟我斗法，我是干啥吃的。"

走出法庭的苏乃起不无得意地吐出一口恶气。大凡人都需要赞赏的，苏乃起也不例外，他拼命工作不无赞赏的渴求。大凡人又极吝于赞赏他人的，于是除了聪明的庸俗的赞赏外就剩下攻击和诋毁了。苏乃起不诋毁他人，他越来越赞赏自己，瞧自己办事多干练多精明多游刃有余，他在心里痛快地笑。

侯马市商业局审计股关于对侯马×××批发公司进行经济效益和管理审计的报告（摘要）

审计中发现影响企业效益的其它问题有：

①企业内控制度不健全。企业的不相容职务未完全分离，本应二人或两个部门管理的事情，归为一人或一个部门管理，使各业务科的一些人任意白条提货，白条抵库、抵库存现金现象严重。3 月 10 日兑现审计时，审计人员在对全公司 22 名保管员中的两名所分管的两幢仓库的三种商品进行抽查审计时，查出手中有白条抵库的摩托车等商品多达 11 种，计 521 台（件），价值多达 847329 元。

②财务管理手段不到位，有章不循。如 90 年度兑现审计时银行帐长达 9 个半月未记帐；91 年度兑现审计时银行帐还长达 5 个半月未记帐；而这次效益审计时，银行借款帐还长达 5 个多月未记帐；又如库存商品帐实不符，帐帐不符的问题与财务监督不力均有直接的关系。

③企业管理、控制、监督机构没有发挥应有的作用。如储运科控制不了业务科，业务科想白条出库就出库，使库存商品帐实不符。审计科成立已长达一年半有余，配备的 3 名专职审计人员，从未开展一个审计项目。

15 日下午 3 点多，饮食服务公司经理办公室，审计组 4 人，公司负责人，还有酒气熏熏的耿××。

"还有单据吗?" 苏乃起问坐在桌子对面的耿。

"没啦。" 一股酒气喷来，苏乃起微微侧头。

"据我们了解你还有不少单据"。

"公司把桌子撬了，单据丢了。"

"你知道公款私存是犯罪行为吗?"

"公司不给我材料，我就不给他钱。" 耿××王顾左右而言他。

"公司给你的材料累计 9 万多元，这钱都哪去了?"

"外边欠着饭费。"

"欠据呢?"

"公司把桌子撬了，丢了。" 耿××又转开车轱辘。

"都丢了咋公司欠单不丢?"

"你们都是混蛋，就会整人!" 耿××拍桌子瞪眼了。

"有啥说啥，你咋骂骂咧咧的。" 苏乃起也阳火上蹿。

"就骂咧，我早想在侯马杀人了，原准备杀俩，现在准备杀仨，那一个就是你苏乃起。"

"你在侯马打听打听，想杀我的人还没生出来呢，我倒要看看你是咋个杀我哩。"苏乃起心里悻然道："跟我玩狠的，论打架我捏扁了你。"

"我杀一个够本，杀俩赚一个，杀仨赚两个……"耿像是做算术题。

大概是酒气发散差不多了，耿半天静默不语。苏乃起也恢复了平静，说："明天甭喝酒了，赶快把事情弄清。"

"老子明天还喝了酒再来。"耿也算是余勇可贾了。

酒能壮胆，喝就喝吧。但谁也没想到由公司派来的主审突然大光其火："你们太欺负人，我不干主审了，你不是去找检察院了吗，耿××好欺负，我可不是耿×× ……"

雷霆乍惊，在场的人骇然呆滞，无不莫名其妙。

侯马市商业集团总公司审计科关于下发就地封存侯马市××××公司财务帐册、冻结部分资财临时决定的紧急通知（摘要）

1993年7月5目，我审计科为加快清债步伐，在征得你公司清债领导组全体人员的同意，将公司11人共担保、经手、借欠（货）款等计433218.98元的名单张榜公布，并限期在本月15日前全部清理，有人竟公然将贴在墙上的名单撕毁，致使专项审计搁浅，对此，公司法人均未采取任何必要的行政措施和补救手段，还于7月22日下午四点三十分许，同公司部分干部职工在业务收款室打麻将。

为使我审计工作继续正常进行，根据有关法规（略），对你单位有意阻挠审计清债工作的行为，做出如下临时决定（略）。

就是到了今天苏乃起也不明了那位同志何以发火，但当时的行为已严重泄漏了审计机密，此后耿一走三天不见踪影。为保证工作正常开展，根据审计程序，苏乃起将组长和主审一肩挑起，变更审计地点，从公司提走审计资料，并责令耿于 48 小时内向审计小组提供真实有效的原始凭证和资料。耿置若罔闻，届时市检察院以涉嫌贪污、侵吞公款罪拘审了耿××，4 月 21 日耿被监视居住。

之后苏乃起和反贪局的同志再去建行调查取证，在厚厚 19 本档案中查出耿的存款单据 36 张，经该处建行行长同意拿到打字室复印时，又出了点让苏乃起哭笑不得司空见惯不干不知又不值诉说的小麻烦。当时已是中午，复印到一多半，建行的一个小负责人令打字员停机，说谁要复印必须先跟他说才行。苏乃起赶紧说好话，终是"后说"无效。差这几张复印件签证就搞不成。反贪局的同志去找行长，苏乃起赖在打字室不走，他不走门就关不成。直到行长亲临督印，大功方始告成。苏乃起觉得打印的小女子两头受气，大是对不住，请其吃饭，终未赏脸。

耿蔫儿了，但仍存侥幸，经一点点的挤牙膏，才多次在其家和饭庄的床下、柜子里、壁橱中翻出大量欠款单据，计 3 万多元，至此，耿××在新田饭庄经营期间所亏 9 万余元之数基本对齐，财务收支审计告一段落。目前，检察院对耿一案仍在审理中。

苏乃起好累，不知怎么的，出人意料的审计结果并没搅起他多少的兴奋或欣慰，相反却生出莫名的烦躁来。苏乃起是凡夫俗子，审计中的一切委屈不被理解甚或得不偿失的辛劳，常使他的心境乌乌涂涂难以晴朗，不过是任务在身没有时间和精力发泄罢了，一旦松弛下来，那嘈杂便即刻溢满身心。此时他多想到郊外去钓鱼，带着黑儿，只有在大自然中，在黑儿的伴游中，苏乃起才感到久欲的解脱。

黑儿你看，池水湛蓝，映一围绿树，鱼儿吐泡，往来倏忽，捧一把池水就捧一个明净的长天，还有你个黑脑袋。牛犊似的黑儿巡视过后就回到自行车旁卧下。他甩好地钩，架出双杆，悠闲地呼吸城市少有的甜润的空气，放眼田野于明丽中见无限生机。他仰身躺在草地上，看飘游变幻的云，听鸟虫低鸣，几只蚂蚁爬上脸来，痒痒的。黑儿不知发生了什么，悄悄走来，在他身边兜两圈，知他在休息就又回到自行车旁静卧。地铃响了，他不去管，黑儿就又蹿来，用尖利的牙拽他的衣袖，他不理装睡，黑儿就走到河边焦虑地转圈，再跑到他身边用热烘烘的嘴拱他，他大笑着坐起抱住黑儿硕大的头颅。黑儿是纯种黑贝和狼狗配出的种，一身略带棕色的黑毛缎子一般，腰粗似桶，可坐孩儿，很少叫唤，灵通而富于野性。他愿和黑儿谈话，那是怎样的心灵相通呀，和黑儿在一起他便淡了世间的隔膜、冷酷和惊惧，那温湿软绵的大舌头是熨帖而丰腴的……黑儿，黑儿……噢……黑儿早已不明不白地死了，早已把它埋在深深的地下了。我也要死去的，寿终正寝还是像黑儿那样不明不白地死去，抑或被捅上七刀八刀。家里还是要养只狗的，养就养只像黑儿一样的好狗……

侯马市商业集团总公司审计科关于发送对市×××公司"小金库"资金进行报送专项审计结果的通知（摘要）

处理意见：

1. 用于基建支出的13860元，因责令公司已作收入处理，只调帐不另作处理。

2. 剩余用于发奖金、国库券、工作服的41536.48元，扣除孔照苏垫支的190元和兑现审计中已收缴的21827.52元，其余发给干部职工的19518.96元，全额上缴总公司。

3. 所上缴的"小金库"款额，公司全部在企业工资基金中列支，并在本年度 11 月 15 日前全部处理完毕。

4. 对单位私设"小金库"，故意逃避监督的行为，给予一次性罚款 3000—10000 元。

5. 对责任人处以相当于本人 3 个月基本工资以下的罚款。

雨凄凄沥沥下个没完没了，市街两旁的树木翻一片鲜亮的新绿。苏乃起趔进人民商场买了雨伞和雨鞋，装备齐全骑上自行车，糖酒副食公司、百纺批发部、医药公司、石油公司……一路奔了下来。

新田饭庄财务收支审计告一段落，外欠饭费苏乃起大可撒手不管，这在审计业务上也是讲得过去的，但他偏要大包大揽了追回饭庄外欠的活计，他并不想证明什么，只是觉得应当如此去做，此刻苏乃起就是跑有关单位为新田饭庄清欠的。

早在今年初，苏乃起在对市某公司进行兑现审计时，发现有些管理人员对外单位欠帐不追不收，并对苏乃起讲：你能把欠款收回我们给你发奖金，你没在企业干过，干一干就知道了。苏乃起不想打这个憋，他只是由此想到，围绕企业的难题之一便是大量的结算资金不能及时清还，审计查问题是帮助企业，解决企业之忧更是审计时时要着眼的，审计应于监督中显服务，服务中搞监督，一切为了企业的效益。为此，他吸收以往清欠的经验教训，试探着一条借助法律手段搞清欠的路子，同时他还针对清欠实际设计了一套《审计追款通知书》、《审计催款通知书》、《审计追债清欠协议书》、《审计还款保证书》等专门清欠文书。这套办法实行以来效果颇佳。

一石激起千重浪，苏乃起由新田饭庄的清欠开始，引出对饮食服务公司的清欠，继而又连锁牵动全系统的清欠活动。苏乃起忙得不亦乐乎，一时成了香饽饽。先是系统内的一些单位请他帮助清欠，而后百纺批发公司特聘他为"清理外欠全权代表"，继而是外系统的也来找他帮忙，市财委更是"釜底抽薪"抽他到外贸公司搞清欠，还聘他为"常年法律顾问"，在短短的一个月内，苏乃起就为外贸公司清欠42万。半年时间，苏乃起为13个企业清理债务400多万元，新田饭庄的外欠也清理得差不多了。

"你说苏乃起这×是属啥的？一会审你，审得你贼死，谁碰上他没有不头痛的。一会儿又帮你，这次清欠还亏了这愣头货……"

苏乃起想哭，像这漫天的凄雨；苏乃起却又想笑，正直而诚实的劳动不也一如眼前的细雨，于悄无声息中滋润出理解的新绿吗。

苏乃起觉得自己变了，变得少了些浮躁多了些深沉，变得比先前通达而多情了。

民事起诉状

原告：侯马百货纺织品批发公司

法定代表人：李清江，男，现住市商业局家属院，该公司经理。

委托代理人：苏乃起，男，侯马市路东法律服务所法律工作者，现住侯马市新田路76—9号。

被告：中国人民政治协商会议山西省侯马市委员会

法定代表人：××，男，现任市政协主席。

案由：讨还债务

诉讼请求：

1. 依法判令被告全额归还原告借款3万元。

2. 赔偿借款期间利息计7704元。

3. 诉讼费用由被告承担。

4. 赔偿由此而造成的一切损失。

事实与理由：

被告从 1991 年 8 月 5 日开始借公款 3 万元，经我单位多次派人催款无效，在我们商业集团总公司发出侯商审追字（1993）第 510 号《审计追款通知书》至今，已超过审计追款清债限期时间，但始终不见被告的面。为维护我单位的生存，促进国有商业企业的发展，保证国家和企业的财政、财务收入，根据法律追债的程序，请求法院依法给予清偿。

以上事实，请人民法院深入调查，依法调解或判决，以实现我诉讼请求。

此　致

侯马市人民法院

原告：侯马百货纺织品批发公司

委托代理人：苏乃起

一九九三年七月十五日

附：一、本诉状副本 1 份

　　二、证据复印件 1 份

苏乃起走在去往法庭的路上。

人群熙攘叫卖声迭起哜哜嘈嘈，雨后蘑菇似的店铺把街道挤得越发的细瘦了，汽车自行车行人拧着团地向前涌进，城市显得无序嘈杂而又生机勃发。苏乃起走在人群中，他觉得这一切都是顺理成章自然而然的，没了这喧嚣才是不可理解的，正如此时自己去为企业打官司，早脱了它的神秘和陌生。所有的人都将习惯并学会用法来约束和保护自己的，这进程就取决于脚下这片喧嚣的热土，热土上的喧嚣应来得更强烈更彻底些。

为了把清欠工作更有效地开展下去，苏乃起和市人民法院协商，在商业系统设立了市场巡回庭，审计科作为市人民法院经济审判联络站。他还被市路东法律事务所特聘为业务主任和法律工作者。苏乃起还与市人民法院执行庭联系，对已判决、调解、裁定、民事督促程序、发生法律效力的判决书、调解书、裁定书、支付令等均由执行庭予以执行。清欠以来，苏乃起对临汾地区信托投资公司侯马业务代办处、市监察局等 63 家依法进行起诉，诉讼标底 157 万元。

苏乃起走在去往法庭的路上。

他憬然觉得自己所从事的神圣的工作，似乎早就存在于这个城市了，就像一块石头被一种无形的力量推动起来，沿着既定的路面情况随意向前滚动着。这平凡生活中的宿命让他感到从未有过的坦然，他用坦然的心情观照这狭窄的道路和嘈杂无序的人与车混合的潮流。蓦然回首，不远处的交通警正指挥往来的车辆，平伸的手臂稳稳托一轮活泼的太阳，辉光为远山近舍镀一层生动的橘黄，塑一座灵光的人的雕像。他伫立痴迷有些感动了，他想到早逝的当过八路的父亲，想到训诫自已要堂堂正正活人的已故的母亲，甚至想到儿时偷了两块红薯被人抓住，母亲用镰刀把像对付臭贼那样好打，他真切感到了刻在心灵上的隐痛，他知道必须认真地拖着痛楚去面对眼前的生活，尽管这急剧流动的生活常使他疲惫不堪，但也只有如此才能跟上潮流，才有资格汇自己微小的力量于历史、于托起新世纪太阳的雄浑的冲动中。

他坚定地走着，行色匆匆……

写于 1993 年 10 月

——载《决策参考》1993 年第 4 期